OCEANIA

Du même auteur, dans la même trilogie :

LA PROPHÉTIE DES OISEAUX
SUR LES AILES DU VENT

OCEANIA

Horizon Blanc

Hélène Montardre

RAGEOT

Pas de liaisons satellites, pas de nouvelles.
Ni de l'Europe, ni du reste du monde !
Noémie Larroque

Couverture de François Baranger.

ISBN 978-2-7002-3677-4
ISSN 1772-5771

Loi n° 49-956 du 16-07-1949 sur les publications destinées à la jeunesse.

LES CLANDESTINS

1

Tommy ne pouvait pas détacher son regard de la fille.

Le bar new-yorkais était comble, mal éclairé par des appliques aux abat-jour roses et violets, et il ne la voyait que de profil. Et puis elle s'était tournée vers lui avec un mouvement de la tête qu'il aurait reconnu entre mille. Il s'était figé. Impossible. Ça ne pouvait pas être elle !

La fille ne lui avait pas vraiment prêté attention, comme si elle ne le voyait pas, comme si elle ne le reconnaissait pas. Il avait la gorge sèche et ses mains tremblaient tandis qu'il restait là à l'écart, prêt à bondir à l'extérieur au moindre signe suspect. Il se força à respirer lentement pour retrouver son calme. Quand elle leva à nouveau les yeux vers lui, il lui adressa un signe prudent. Elle se détourna.

Il eut un mouvement d'impatience. Qu'est-ce qu'il lui prenait ! Elle ne comprenait donc pas qu'il lui fallait rester discret !

Il ne la quittait pas du regard. Elle dut le sentir car, à plusieurs reprises, elle lui jeta de brefs coups d'œil en portant ostensiblement à ses lèvres un verre plein d'un liquide de même couleur que l'éclairage du bar.

Il fallait qu'il l'attire jusqu'à lui, qu'il la force à se détacher du comptoir, à se séparer de ses amis… Mais comment ?

Une grande brune tapa sur le bras de la fille en le désignant d'un geste moqueur. Celle-ci haussa les épaules et tourna délibérément le dos à Tommy. Il sentit la fureur l'envahir. De quoi se mêlait-elle, cette brune !

Il recula de façon à se dissimuler dans l'ombre.

Quand la fille le chercha à nouveau, il était quasiment invisible. Elle posa son verre sur le comptoir et se dirigea vers le fond du bar. Tommy crut qu'elle venait enfin vers lui.

Pas du tout.

Elle allait aux toilettes.

Il lui laissa prendre quelques mètres d'avance puis, avec la souplesse d'un chat, il lui emboîta le pas, se glissant avec aisance entre les groupes de consommateurs.

Les toilettes avaient été aménagées dans la cour et communiquaient avec le reste de l'établissement par un couloir étroit. Il vit la porte se refermer sur elle et se posta dans le couloir, le dos au mur, bien décidé à l'aborder dès qu'elle sortirait.

Il n'attendit que cinq minutes.

Quand elle ouvrit la porte et apparut en pleine lumière, le dévisageant d'un air étonné, il eut le souffle coupé. C'était bien elle ! Il leva la main pour la toucher, comme pour s'assurer de sa présence, mais elle ne lui en laissa pas le temps et l'apostropha d'une voix coupante :

– Tu as du culot, toi ! Tu crois que je ne l'ai pas vu, ton petit manège ? Ça ne te suffit pas de me faire des signes, il faut aussi que tu me suives jusqu'aux toilettes !

– Mais… commença Tommy.

– Laisse-moi passer ou je crie.

– Flavia… murmura Tommy.

Elle eut une imperceptible hésitation.

À cet instant, ils perçurent des crissements de pneus sur l'asphalte. Une voiture venait de piler devant le bar, aussitôt suivie d'une deuxième puis d'une troisième. Des portières claquèrent.

Sans réfléchir, il lui saisit le poignet et l'entraîna.

– Viens !

Elle tenta de se dégager.

– Mais tu es fou !

Rien à faire. Sa poigne était de fer. Il dédaigna le couloir qui les ramenait vers le bar, poussa une porte, bondit dans la cour, obligeant la fille à le suivre. En un quart de seconde il évalua la situation. À l'intérieur, le brouhaha augmentait, aucun doute possible c'était une descente de vigiles, ils allaient contrôler tout le monde. La cour était pleine de caisses de boissons empilées le long des murs qui la fermaient. Il poussa la fille devant lui, la força à grimper sur l'une des piles, bondit à côté d'elle, la hissa au sommet d'un mur.

Elle cria :

– Tu es complètement dingue ! Ouille ! Tu me fais mal !

Il lui prit le bras et ils sautèrent sur le trottoir puis il se mit à courir, sans la lâcher, s'enfonçant dans un dédale de rues sans prêter attention à ses protestations.

Il stoppa sa course quand il se jugea suffisamment à l'écart et s'appuya contre le mur. À ses côtés, la fille haletait. Dès qu'elle eut repris son souffle, elle lui jeta :

– Tu es un malade, toi ! Il va falloir te faire soigner !

Tommy la regarda plus attentivement. Elle avait quelque chose de différent, dans le regard peut-être, ou dans le pli de la bouche.

– Lâche-moi maintenant. Je te préviens, si je hurle on va m'entendre.

Il ne parvenait pas à desserrer son étreinte. Il aurait voulu parler, les mots ne venaient pas. Qui était cette fille ? Était-il possible qu'il se soit trompé ?

Une sirène retentit et il tressaillit.

– Tu as peur des vigiles, hein, c'est ça ?

La sirène se rapprochait. Il fallait s'enfuir. La fille avait pris de l'assurance ; elle déclara en le regardant droit dans les yeux :

– Moi pas.

C'était sa voix. Exactement la même voix. Incroyable.

La voiture des vigiles n'était plus qu'à deux rues de là. La fille se dégagea d'un mouvement sec et dit :

– Va-t'en !

Il recula d'un pas, hésitant.

Alors elle leva la main vers lui comme pour le retenir et lança :

– Une minute ! Comment m'as-tu appelée tout à l'heure ?

– Flavia, murmura Tommy. Flavia. Mais tu n'es pas Flavia.

En un éclair, il venait de réaliser son erreur. Cette fille n'était pas celle qu'il croyait. Il recula sans pouvoir en détacher son regard. Qui était-elle ?

Le son de la sirène enflait.

– Attends ! cria la fille.

Il courait déjà et dans son dos la fille hurlait :

– Reviens !!!

2

Chris revenait toujours ici.

Pourtant, l'endroit n'avait rien de séduisant et il était peu fréquenté : une placette minuscule avec une plaque fixée sur un mur qui indiquait « New Point Square ». On y parvenait par un itinéraire compliqué, une rue étroite au bout de la ville, bordée d'entrepôts, fermée par un mur à l'angle duquel s'ouvrait un passage.

C'était là.

C'était là qu'avec Flavia ils auraient dû rejoindre le capitaine Blunt le jour de la manifestation. Mais lui avait manqué le rendez-vous.

Dans sa tête, les événements se déroulaient à un rythme infernal.

Sans le vouloir, Flavia et lui avaient été pris dans la manifestation des sans-papiers et ils s'étaient retrouvés coincés entre les manifestants et les vigiles. Ils avaient couru, ils étaient près de leur échapper, et puis Flavia avait trébuché et il avait lâché sa main.

Il avait lâché sa main !

Comment avait-il pu faire une chose pareille ? Il avait été happé, entraîné, poursuivi, arrêté, enfermé. Heureusement pour lui, il avait ses papiers et on avait fini par le laisser partir... trois jours plus tard.

Beaucoup trop tard.

Il était sorti de là sale, dépenaillé, il avait faim, il avait soif, ses yeux étaient rougis par le manque de sommeil. Il avait couru comme un fou et dans la rue les gens s'arrêtaient sur son passage, se demandant où il allait si vite. Il était arrivé sur la placette indiquée par le capitaine Blunt.

New Point Square.

Avec trois jours de retard.

Il avait crié, hurlé, appelé.

Cela n'avait servi à rien bien sûr.

Si Flavia était passée par ici, il n'en restait aucune trace. Mais était-elle vraiment venue jusque-là ? Il n'en savait rien. Et c'était cela le pire. Il ignorait ce qu'il était advenu de Flavia, si elle avait échappé aux vigiles, si elle avait réussi à embarquer sur le *Samantha*. Il lui avait fait promettre de partir, de quitter cette ville quoi qu'il arrive, même si elle devait le faire seule. Lui avait-elle obéi ? Peut-être avait-elle péri, rejoignant la cohorte des milliers de sans-papiers anéantis par la milice et dont plus personne ne parlait.

Il n'avait aucun moyen de le savoir.

Depuis, Chris revenait chaque jour à New Point Square. Il cherchait une trace, un indice. Si elle était venue là, il devait le sentir. Mieux encore, peut-être lui avait-elle laissé un message, une indication.

Patiemment, minutieusement, il explora les moindres recoins, détailla les murs gris... rien.

Des ruelles partaient de la placette. Il les emprunta, l'une après l'autre. L'une d'elles conduisait à un bassin qui s'ouvrait sur l'océan par une brèche étroite pratiquée dans la digue. C'est sans doute là que le *Samantha* s'était amarré.

Il s'assit sur le bord du quai, juste au-dessus de l'eau. D'ici, il n'entendait pas le bruit de la ville, il aurait pu en être très loin. L'eau clapotait à ses pieds. Les vagues s'engouffraient par la brèche, enflaient et s'écrasaient de chaque côté sur la digue. Pour guider le *Samantha* sur leurs crêtes menaçantes, entre les hauts murs de béton, le capitaine Blunt devait être un sacré marin.

Les oiseaux restaient à l'entrée du passage. Ils arrivaient du large, planaient sur le vent jusqu'à la brèche sans réussir à la franchir. Chris ne parvenait plus à en détacher son regard. Les oiseaux c'était aussi Flavia, ce rapport étrange qu'elle avait avec eux – « Les oiseaux donnent des nouvelles du monde » disait-elle –, il était peut-être là le message qu'elle avait voulu lui transmettre ?

Mais il avait beau écouter leurs cris incessants, il ne percevait rien.

Flavia.

Il ferma les yeux.

Le jour où il l'avait découverte au pied de la digue, il avait su que c'était elle qu'il aimerait.

Jusqu'alors, il avait été un jeune étudiant insouciant, simplement préoccupé de son bien-être. Flavia lui avait ouvert les portes du monde.

Où était-elle ? Elle en avait réchappé, il en était certain. Sinon, comment aurait-il pu survivre ? Depuis longtemps, son cœur aurait cessé de battre.

Elle en avait réchappé…

Oui.

Mais il aurait juste voulu en avoir la preuve.

Il se força à quitter le bassin et se fit la promesse de cesser d'y revenir. Du moins pas chaque jour, cela ne servait à rien. Il viendrait de temps en temps, une fois par semaine par exemple, au cas où…

En attendant, il devait sortir de sa torpeur. Quand Flavia était ici, elle fréquentait les jeunes qui avaient débarqué avec elle à New York : Benjamin, Noémie… Le jour de la manifestation, Noémie était avec eux. Et si elle était toujours à New York ? Si elle savait quelque chose à propos de Flavia ? Impossible de négliger cette éventualité. Il devait trouver Noémie, elle était le fil ténu qui le reliait à Flavia, elle était son seul espoir.

Il sauta sur ses pieds et tourna le dos à la place. Il remonta l'étroit passage, parcourut la ruelle, déboucha sur une avenue. Il fallait procéder méthodiquement. Il ne pouvait se confier à personne ni interroger quiconque, car officiellement les sans-papiers avaient été éradiqués. Mais Chris les avait assez fréquentés durant les mois précédents pour savoir qu'ils n'avaient pas dû se laisser faire, qu'il devait subsister quelque part des réseaux. À lui de les découvrir.

Il décida de commencer par explorer les quartiers qu'il avait parcourus avec Flavia, ceux où se tenaient les réunions secrètes, ces salles dissimulées dans les arrière-cours des immeubles où, pour la première fois, il avait croisé le chemin de Noémie, de Benjamin, de leurs parents et de leurs amis.

Leurs visages étaient gravés dans sa mémoire. S'il les croisait, il les reconnaîtrait.

3

La fille était nerveuse. Depuis plusieurs jours, elle revenait dans ce bar avec l'espoir de revoir ce garçon. Elle ignorait tout de lui. Elle saurait le reconnaître, elle en était certaine, car elle avait eu le temps de l'observer durant cette drôle de soirée où il l'avait contrainte à fuir les vigiles.

Que craignait-il ? Ce n'était qu'un contrôle de routine. On se demandait pourquoi d'ailleurs, car il n'y avait plus de clandestins à New York. Peut-être n'avait-il pas ses papiers sur lui, voilà tout ! Mais quelle réaction bizarre...

Et il y avait ce prénom qu'il lui avait jeté à la figure.

Flavia.

Voilà des années qu'elle ne l'avait pas entendu et une foule de souvenirs douloureux étaient remontés à la surface. Pourquoi l'avait-il appelée ainsi ? La question la taraudait, l'empêchant de dormir.

Il fallait qu'elle le retrouve, il fallait qu'elle sache.

Il vint le sixième jour.

Elle était assise à une petite table, regardant la rue et soudain il fut là, à la même place, un peu tendu, à attendre qu'elle s'aperçoive de sa présence. Quand elle posa les yeux sur lui, il lui indiqua l'extérieur, se détacha du mur et sortit. Elle se leva en hâte, régla sa consommation, le rejoignit. Il commença aussitôt à marcher à longues enjambées, la tête baissée, les mains enfoncées dans les poches.

Elle ajusta son pas sur le sien, l'observant à la dérobée. Il était plutôt séduisant : grand, le crâne rasé, avec un anneau doré à l'une de ses oreilles et des yeux d'un bleu...

– Je suis désolé, dit-il enfin. Pour l'autre soir. Je n'aurais pas dû...

– Tu m'as prise pour quelqu'un d'autre, dit-elle.

– C'est ça.

– Flavia.

Il s'arrêta et la dévisagea, les yeux remplis d'incertitude.

– Mais tu n'es pas Flavia, n'est-ce pas ?

– Non.

– Alors qui es-tu ?

– Je m'appelle Amalia.

– Amalia... répéta-t-il dans un souffle.

Elle marcha quelque temps à ses côtés en silence. Ce qu'elle avait à dire était difficile. Elle savait qu'en le questionnant elle allait ouvrir une porte sur son passé, une porte qu'elle avait crue close à jamais, un passé qu'elle avait tout fait pour oublier.

– Cette Flavia, tu la connais ? demanda-t-elle.

Il hocha la tête.

– Qui c'est ?

– Une fille.

À son air fermé, elle comprit qu'elle aurait du mal à en apprendre plus.

– Elle est ici ? À New York ?

Il secoua la tête.

– Où alors ? dit-elle, déconcertée. Et je lui ressemble tant que ça ?

– Tu lui ressembles à un point tel...

Il n'acheva pas sa phrase.

Ils se dirigèrent vers la digue. Quand ils parvinrent au pied des escaliers qui y donnaient accès, Tommy proposa :

– On monte ?

– D'accord.

Ils entreprirent côte à côte la longue ascension vers le sommet. Tommy avait beau vivre à New York depuis des mois, il éprouvait toujours la même exaltation à se retrouver ici.

La digue était une invention énorme.

À la fin du siècle précédent, bien avant que l'océan ne commence à gagner sur les terres, les Américains avaient décidé de l'édifier. C'était une muraille gigantesque qui courait sur des centaines de kilomètres, protégeant la côte atlantique. Derrière, la population était à l'abri. Les eaux pouvaient monter, le pays ne serait pas envahi.

Quand ils débouchèrent sur la promenade, Tommy respira à pleins poumons. L'océan était là, de l'autre côté ; on entendait sa rumeur grave, on percevait son parfum puissant. Ici, il se sentait bien.

– Pour que tu m'aies prise pour elle, il faut que je lui ressemble vraiment, lança Amalia.

– Oui.

Tommy était décidé à ne pas poursuivre la conversation. Il était revenu au bar poussé par la curiosité. Il voulait la revoir, vérifier que la ressemblance était frappante et c'était le cas. Mais ce n'était qu'une ressemblance. Cette fille n'était pas Flavia et cette certitude lui suffisait. Pas question de raconter sa vie à une inconnue. Il ne pouvait se fier à personne et seule son extrême prudence l'avait jusque-là sauvé.

Car Tommy n'était pas citoyen de ce pays. Il était entré dans la ville illégalement et il y vivait depuis en clandestin. Il ne courrait pas le risque de dévoiler quoi que ce soit à qui que ce soit.

Amalia dut le sentir car elle décida de réamorcer le dialogue.

– L'autre soir, c'est vrai, je t'ai pris pour un fou. Je me demandais ce que tu me voulais. Je me suis déjà fait aborder dans des bars, bien sûr, seulement toi tu me regardais avec une telle insistance... Et puis, quand tu m'as obligée à te suivre, j'ai eu vraiment très peur. Mais il y a ce prénom que tu as prononcé : Flavia.

Tommy ne broncha pas.

Amalia respira un grand coup et reprit :

– Bon, ce n'est pas facile pour moi de parler de ça. Je ne suis pas née ici. Quand mes parents sont arrivés, j'étais bébé ; nous venions d'Europe, de la côte atlantique. Et...

Elle s'interrompit, la voix cassée. Elle ne savait pas qu'il lui serait aussi difficile de dire son histoire. Elle se força à poursuivre :

– Mon grand-père était resté là-bas, en Europe, avec... ma sœur. J'avais une sœur jumelle.

Tommy s'arrêta net et la dévisagea.

Amalia ne s'en aperçut pas. Prise par son récit, elle avait baissé la tête et continuait à voix basse :

– Au moment de partir, elle était trop malade pour entreprendre un tel voyage. Mes parents l'ont confiée à mon grand-père. Ils devaient nous rejoindre tous les deux dès qu'elle irait mieux, ou mon grand-père devait la faire venir en Amérique avec un ami sûr. Quelque temps après, nous avons reçu des nouvelles. Ma jumelle était morte. Et si j'ai été choquée, l'autre soir, c'est qu'elle s'appelait...

– Flavia, compléta Tommy.

Amalia leva vers lui des yeux noyés de larmes.

– Bien sûr, je ne l'ai jamais vraiment connue, mais quand j'y pense, il y a un vide à l'intérieur de moi. Peut-être parce que nous étions jumelles. On dit que quand l'un des jumeaux meurt, l'autre ressent toujours ce manque d'une façon particulière.

– Flavia et Amalia, murmura Tommy. Des jumelles. Ça explique tout.

– Ça explique quoi ?

Tommy considéra Amalia d'un œil neuf.

– C'est une histoire compliquée. Où sont tes parents ?

– Mes parents ! dit Amalia avec violence. Qu'est-ce que ça peut te faire ! La seule chose que je veux savoir, c'est pourquoi tu as utilisé ce prénom. Je t'ai raconté mon histoire, c'est à toi à présent.

– Viens, dit Tommy en lui prenant le poignet. Viens. Marchons.

Il se sentait inexplicablement heureux. Du sommet de la digue, il dominait la ville qui étendait à perte de vue ses immeubles et ses millions d'habitants, et l'océan qui se déroulait jusqu'à l'Europe ; l'Europe vers laquelle Flavia était en train de voguer.

– Je suis à New York depuis des mois, commença-t-il. Si j'ai fui les vigiles l'autre soir…

– C'est que tu n'as pas de papiers, coupa Amalia. Ou que tu ne les avais pas sur toi ?

– Peu importe.

– Comment t'appelles-tu ?

– Tommy. Moi aussi, j'arrive d'Europe. Sur le bateau qui m'a amené ici, il y avait d'autres passagers, dont une fille. Une fille comme toi, même taille, mêmes cheveux, même visage, même regard… Enfin, presque le même regard, rectifia-t-il en dévisageant Amalia avec attention. Cette fille s'appelle Flavia.

Amalia s'arrêta net.

– C'est impossible !

– C'est pourtant vrai. C'est ta jumelle. Il n'y a pas d'autre explication.

– Ma jumelle est morte, murmura Amalia.

– C'est ce que tu as cru. C'est ce qu'on t'a dit.

– Continue. Que sais-tu d'autre ?

– Ce que je sais, c'est à peu près ce que tu viens de me dire, Amalia ! Flavia vivait sur la côte atlantique. Quand elle était bébé, ses parents ont dû partir pour l'Amérique. Elle était malade. Ils l'ont confiée à son grand-père et il était convenu que tous deux les rejoindraient quand elle serait guérie.

– Et après ?

– Après, mon histoire est un peu différente de la tienne, admit Tommy. Et en plus elle se complique. Les parents de Flavia étaient des chercheurs réputés. Ils devaient traverser l'océan sur un bateau à bord duquel se trouvaient des scientifiques européens. Le bateau a coulé, victime d'un attentat, et tous les passagers sont morts. Enfin, c'est ce que le grand-père de Flavia lui a raconté.

– Mais c'est faux ! s'exclama Amalia. Nous n'étions pas sur ce bateau ! Mes parents m'en ont parlé. Ils connaissaient des gens qui avaient embarqué, ils ont perdu des amis. Mais eux ne s'y trouvaient pas. Ni moi.

– Non, dit Tommy. Je le sais. Vous étiez sur le bateau d'un ami de ton grand-père, le capitaine Blunt. C'est un brick goélette qui s'appelle le *Samantha*. Et c'est ce même bateau qui a conduit Flavia ici, seize ans plus tard.

Journal de Chris

Aujourd'hui, il a commencé à neiger sur la ville, et cette année le froid semble plus vif, plus pénétrant. Est-ce parce que tu es absente, Flavia, et que mon cœur glacé empêche mon corps de se réchauffer ?

J'ai renoncé à me rendre à New Point Square. C'est inutile. J'arpente les rues, je visite les bars et les cours des immeubles, je cherche Noémie et Benjamin, par eux j'espère apprendre ce qui t'est arrivé. Souvent je vais sur la digue dans l'espoir de les croiser et pour interroger les oiseaux. Enfin, j'essaie de les interroger. Ils tournoient dans le ciel au-dessus de l'océan, ils crient et se poursuivent. Toi tu saurais sans doute déchiffrer le message qu'ils ont à transmettre, moi j'en suis incapable.

J'écoute avec attention, pourtant. Est-ce ton nom qu'ils confient ainsi au vent ? Je ne le reconnais pas.

Mon amour…

Voici tout ce qu'il me reste, ces deux mots et ma solitude pour les dire, et le souvenir de toi qui me hante, le jour et la nuit.

Derrière notre digue, nous vivons bien à l'abri. Nous ne manquons de rien et nous ne risquons rien. Nous n'avons pas d'informations hormis celles qui sont retransmises par nos chaînes de radio et de télévision, et il est facile pour nous de croire qu'ailleurs on vit dans la même sécurité et le même bien-être. Grâce à toi, je sais à présent qu'il n'en est rien. J'ignore ce qu'il s'est passé dans le reste du monde, mais en Europe, tu me l'as appris, vous n'aviez pas de digue. Et quand l'océan a monté, les eaux ont envahi les plats pays, poussant les populations à refluer vers l'intérieur des terres. C'est ce qui a décidé ton grand-père à te faire partir.

En haut de la digue, je me sens plus près de toi. Pour m'y rendre, je suis obligé de m'équiper : sous-pull et pull, blouson fourré, bonnet, gants, chaussettes et bottes. Là-haut, le vent ne fait pas de cadeau. Je t'imagine grelottant sous les rafales cinglantes. Où que tu sois, terrée dans un coin de la cité ou sur le Samantha au milieu de l'Atlantique, tu dois avoir les doigts gelés, les pommettes glacées, les yeux brillants. J'espère que tu prends soin de toi.

Dès que je redescends vers la ville, c'est différent. C'est aussi cela la magie de la digue. Les ingénieurs qui l'ont conçue ont installé dans ses entrailles d'énormes ventilateurs. Ils aspirent l'air froid de l'extérieur, le brassent, le réchauffent et le soufflent sur la cité. Il y en a tout le long de la digue et ils sont tellement puissants qu'ils maintiennent sur New York une certaine douceur.

Il pourrait geler à pierre fendre, nous ne nous en apercevrions pas.

Je ne sais pas pourquoi je te raconte ça. Peut-être pour oublier que je n'ai encore retrouvé aucune trace de ceux qui t'ont connue, ou pour me rassurer, me convaincre que tu es quelque part à l'abri ?

Flavia, où es-tu ?

4

Les larmes roulaient sur les joues d'Amalia. Elle avançait à grandes enjambées, les poings serrés au fond de ses poches et Tommy, un peu embarrassé, avait réglé son pas sur le sien. Régulièrement, il jetait des coups d'œil furtifs derrière lui. Il avait pour principe de ne jamais rester longtemps au même endroit et voilà un moment qu'ils arpentaient la digue. Elle dut sentir son impatience, car elle se tourna vers lui et demanda :

– Comment tu sais tout ça ?

– Je te l'ai dit. J'étais sur le *Samantha* avec Flavia.

– Où est-elle ?

– Ça, c'est une autre histoire. Et là, je n'ai plus le temps…

– Elle sait qu'elle a une sœur ?

– Non. C'est ça qui est bizarre. Son grand-père lui a dit que ses parents étaient morts, il n'a jamais évoqué une sœur jumelle. C'est ici qu'elle a découvert la vérité, enfin une partie de la vérité : que ses parents n'étaient pas sur le navire qui a coulé, qu'ils étaient bel et bien parvenus à New York. Mais de toi, il n'a pas été question. Amalia, où sont-ils ? Que leur est-il arrivé ? Que vous est-il arrivé ?

– Où ils sont ! jeta Amalia d'un ton amer. Eh bien tu vois, ça aussi c'est une autre histoire. Je veux savoir une chose encore pour être sûre que tu ne mens pas.

– Tu crois que je mens ?

Ils s'affrontèrent du regard. Le regard bleu de Tommy était glacial et, avec son crâne rasé et sa haute stature, il avait presque l'air menaçant. Mais Amalia n'avait pas peur. Elle le dévisagea sans ciller et devant les yeux bruns piqués de vert que Tommy connaissait si bien, ce fut lui qui se détourna le premier.

– Dis toujours, fit-il.

– La profession du grand-père de Flavia, tu peux la nommer ?

– Il est guetteur.

Il y eut un profond silence.

– Alors c'est vrai, finit par murmurer Amalia. Guetteur. C'est le mot que j'avais retenu et tu n'aurais pas pu l'inventer ; personne ne l'utilise ici. En quoi ça consiste ?

– Tu ne le sais pas ?

– Si je te le demande...

– Les guetteurs sont chargés de surveiller l'environnement, les changements qui l'affectent. Pour cela, ils observent les oiseaux. S'il s'agit de migrateurs par exemple, ils notent la date à laquelle ils arrivent et celle à laquelle ils repartent, comment ils nichent, s'il y a des évolutions dans leur comportement...

– Les oiseaux ? interrogea Amalia, sceptique.
– Oui. On apprend beaucoup en les étudiant. Ils sont les premiers à signaler les modifications du climat.
– Et après ?
Tommy haussa les épaules.
– En principe, ça sert à prendre les mesures nécessaires pendant qu'il est encore temps. C'est ce qu'ont fait les Américains en édifiant cette digue. En Europe, en revanche...
– En Europe ?
– En Europe, l'océan a monté et il n'y avait rien pour l'arrêter.
– Je ne savais pas que les guetteurs existaient vraiment. Je croyais qu'il s'agissait d'un conte.
– Bien sûr que non ! Si tu es la sœur de Flavia, tu es aussi la petite-fille du guetteur de la côte atlantique européenne.
– Anatole, chuchota Amalia. C'est ainsi qu'il se nomme n'est-ce pas ?
– Anatole Farge, confirma Tommy.
– C'est invraisemblable.
– Je dois partir, fit brusquement Tommy.
– Il faut qu'on se revoie !
– Bien sûr. Où ?
– Dis-moi où, toi.
Tommy réfléchit et jeta :
– Dans trois jours, vendredi, seize heures. Ici.
– D'accord.
Tommy rejoignit les grands escaliers en courant et descendit vers la ville sans ralentir l'allure.

Une fois dans la rue, il se mêla aux passants. Il ressemblait à n'importe quel jeune Américain et nul ne lui prêtait attention.

Mais il n'était pas n'importe quel jeune Américain. Il était un sans-papiers et, depuis la grande répression, plus que jamais il vivait dans le secret. Car s'il était à New York, c'était pour remplir une mission.

À cet instant cependant, ce n'était pas à sa mission qu'il pensait. Il réfléchissait à l'extraordinaire rencontre qu'il venait de faire. Flavia se croyait fille unique et orpheline... Et voilà que son double surgissait !

Après quelques secondes de réflexion, Tommy parvint à la conclusion que ce n'étaient pas ses affaires.

5

Comment retrouver une clandestine dans une ville comme New York ?

Chris arpenta les bas quartiers, mais il n'y découvrit aucun visage connu et il n'osa interroger qui que ce soit de peur d'attirer l'attention.

Jusqu'à ce qu'un jour...

Son cœur se mit à battre à vive allure. Cette fille dans ce bar, qu'il voyait de profil, la tête un peu penchée, à l'écoute de ce grand gars au crâne rasé, c'était elle.

Noémie.

Impossible de s'y tromper, il l'avait souvent vue sur la digue quand Flavia et lui s'y promenaient, le soir après ses cours. Noémie, qui avait fait irruption chez lui le jour de la manifestation au moment où ils devaient partir pour l'Europe. Elle cherchait son frère Benjamin. Mais le garçon assis à côté d'elle n'était pas Benjamin.

Il s'approcha à pas lents de leur table. Il y avait aussi un homme plus âgé avec eux. Quand Chris fut tout près, ils se turent et le dévisagèrent en silence.

Noémie fut la première à réagir.

– Chris ! Ne reste pas debout comme ça. Prends une chaise. Assieds-toi.

– Noémie, est-ce que Flavia... murmura-t-il.

– Assieds-toi, je te dis, tu vas nous faire repérer.

Tommy s'agitait déjà, soudain pressé de quitter les lieux.

Noémie posa une main apaisante sur la sienne et expliqua :

– C'est Chris, l'ami de Flavia.

– Je sais, répliqua Tommy d'un ton sec.

– Du calme, jeunes gens, intervint le troisième comparse avec bonhomie. Chris, asseyez-vous et dites-nous ce que vous désirez.

Chris se laissa tomber sur une chaise et demanda :

– Noémie, sais-tu ce qui est arrivé à Flavia ?

Noémie secoua la tête.

– Nous avons été séparés pendant la manifestation. Après, je ne l'ai pas revue. Moi, si je m'en suis sortie, c'est grâce à Tommy, ajouta-t-elle en désignant son compagnon.

– Tommy ? releva Chris en dévisageant le jeune homme.

Flavia lui en avait souvent parlé mais jamais il ne l'avait rencontré.

– Et moi, je suis Noël Nora, intervint l'homme. Ancien journaliste, ancien Européen, immigré ici depuis la montée des eaux en Europe.

– Vous êtes un clandestin, vous aussi ?

– Non. Je suis entré dans ce pays avec un visa.

Il y eut un moment de silence que Tommy brisa :

– Je dois partir.

– C'est ta phrase favorite, remarqua Noémie avec un sourire.

– C'est une règle, corrigea Tommy.

– Tu devrais le lui dire, reprit Noémie en désignant Chris du menton.

– Me dire quoi ? fit Chris.

Il avait presque crié.

– Chut ! Tais-toi ! Ça va pas non !

Déjà Tommy se levait. Il expliqua très vite :

– Flavia est partie sur le *Samantha*, avec le capitaine Blunt. J'en suis quasiment certain.

– Mais pas complètement ? releva Chris avec dépit.

– Non.

– Dis-lui aussi pour le reste, souffla Noémie.

– Amalia, murmura Tommy.

Il repoussa sa chaise et ajouta :

– Raconte-lui, toi. J'ai des choses à faire... N'est-ce pas ? acheva-t-il en se tournant vers Noël Nora.

Celui-ci esquissa un geste d'assentiment tandis que Tommy, négligeant l'entrée principale du bar, se glissait vers le fond de la salle. Une porte donnait sur une pièce plus petite qu'il traversa, puis sur une ruelle. En face, un porche s'ouvrait, vaste passage carré sous un immeuble de béton. Il s'y engouffra. C'était sa façon à lui de circuler, par des chemins peu empruntés, devenant ainsi, s'il le désirait, invisible.

– Amalia ? questionna Chris.

– Tu vas voir, fit Noémie les yeux brillants. C'est une histoire rocambolesque. Et encore, nous en savons si peu !

– Attends ! Voilà des jours que je te cherche, alors tu vas d'abord me dire ce qui t'est arrivé. Ton frère ? Tes parents ?

– Ce jeune homme a raison, approuva Noël Nora. Il mérite des explications !

Le visage de Noémie s'assombrit.

– Mon frère Benjamin, je ne sais pas. Mes parents et les autres, des scientifiques et leurs familles, ont quitté la ville. Ils avaient un passeur pour franchir les barrages. Ils ont choisi le jour de la manifestation en pensant qu'on ne les remarquerait pas. Ils avaient raison.

– Ils sont partis alors, constata Chris. Et toi ?

– Moi... Tu te souviens quand les chars sont arrivés ? Quand la foule a reculé ? Nous avons été séparés. J'ai couru comme tout le monde. À ce moment, je n'avais plus qu'une idée : rejoindre le point de rendez-vous fixé par mes parents et m'enfuir avec eux. Je m'imaginais que Benjamin y serait...

– Et tu n'y es pas arrivée, suggéra Chris.

– Non. Les rues étaient barrées. Et de toute façon, jamais je ne serais partie sans Benjamin.

– Tu es folle.

– C'est mon frère. Je ne l'aurais pas abandonné. Après, j'ai eu de la chance. J'ai croisé Tommy. Il se cachait comme moi, comme d'autres. Puis nous avons trouvé Noël, il nous a aidés. Grâce à lui, nous avons un endroit sûr où rester.

– Mais tu n'as aucune nouvelle de Benjamin ?

Noémie baissa la tête.

– Non.

Noël Nora lui donna une bourrade affectueuse.

– Rien n'est perdu. Parle-lui d'Amalia à présent.

6

Tommy errait dans les rues sans but particulier.

L'irruption de nouvelles personnes dans son existence le déstabilisait. Il s'était habitué à Noémie, il appréciait sa candeur, son humour, sa passion pour la littérature. Une fois installés dans le refuge fourni par Noël Nora qu'ils partageaient avec d'autres sans-papiers, la première chose qu'elle avait demandée avait été un livre. Dès qu'ils se trouvaient confrontés à une situation particulière, elle citait l'exemple d'un roman et comment les personnages s'en étaient sortis. Cela avait quelque chose de rassurant.

Il l'avait mise en garde pourtant : la vie n'était pas une fiction, la vie était beaucoup plus complexe et imprévisible qu'une fiction.

Et voici que dans leur univers bien circonscrit, Amalia surgissait, puis Chris. Tommy n'avait qu'une envie : leur tourner le dos et les laisser se débrouiller. Avoir résolu le problème de l'extraordinaire ressemblance entre Amalia et Flavia lui suffisait.

Il savait cependant que Noémie ne serait pas de son avis et qu'elle remuerait ciel et terre pour les aider. Elle était ainsi Noémie, toujours prête à rendre service, à offrir son amitié.

Lui ne pouvait pas se le permettre, pas question de perdre de vue sa mission. La fois précédente, il ne l'avait pas menée à bien et il devait à présent la terminer. Car si Tommy avait traversé l'Atlantique en même temps que Flavia, c'était dans un but précis : récupérer dans l'ordinateur central les connaissances scientifiques qui y étaient stockées, les copier sur une clé alpha et rapporter cette clé à une base de recherche installée en Europe.

Lors de sa première tentative, l'alarme s'était déclenchée et il n'avait pas eu le temps de copier la totalité des données. Il avait alors décidé de rester à New York pour compléter les informations manquantes tandis que le capitaine Blunt se chargeait de rapporter la clé alpha et les premières données qui y figuraient en Europe.

Tommy parvint à l'immeuble où se trouvait l'ordinateur central. Il s'y rendait rarement afin de ne pas se faire repérer, mais parfois il éprouvait le besoin d'entreprendre le tour du quartier. Noël Nora, bien introduit dans les milieux new-yorkais, était son informateur et il serait prochainement en mesure de lui fournir les nouveaux codes d'accès. Bientôt, Tommy serait prêt à agir et il était exclu de se laisser distraire par des histoires qui n'étaient pas les siennes.

Car une fois le reste des connaissances récupéré, il y aurait encore un problème à résoudre : les faire parvenir à leurs destinataires, en Europe.

7

Chris était abasourdi par les révélations de Noémie.

– Une sœur jumelle ! Tu es certaine ?

– Tommy est formel.

– C'est incroyable...

– Flavia ne t'a jamais parlé de rien ?

– Bien sûr que non ! Elle ignore son existence, j'en suis sûr. Il faut que je rencontre cette fille.

– Nous en avons tous envie. Nous accompagnerons Tommy à son rendez-vous vendredi, si tu veux. En attendant, je pars.

Noémie se leva, enfila son manteau et, après leur avoir adressé un petit signe, s'en alla par le chemin que Tommy avait emprunté.

Noël Nora termina son café et regarda Chris d'un air pensif.

– Flavia m'a parlé de vous, dit le jeune homme. Elle m'a raconté comment vous l'aviez aidée à participer à ce jeu, en Europe. Vous faites quoi, ici ?

– Vous connaissez le centre Gatstone ?

– Oui, naturellement. Il s'occupe de la surveillance de la digue.

– Entre autres. Sa mission est aussi d'en gérer les différentes zones, celles ouvertes au public et celles qui sont interdites ; et surtout, il surveille l'océan et analyse le mouvement des courants.

– C'est là que vous travaillez ?

– Exactement.

Chris fronça les sourcils.

– J'ignorais qu'il y avait des journalistes à Gatstone.

– Il n'y en a pas. Je me suis reconverti. Je suis documentaliste à la bibliothèque du centre.

– Ils emploient des étrangers ?

– J'ai eu de la chance. L'un de mes amis, Simon Lawson, dirige le service qui s'occupe de la surveillance des courants. Nous nous connaissons depuis longtemps. Je lui ai rendu service autrefois... Quand je suis arrivé à New York, il m'a donné un coup de pouce.

– Vous possédez donc un visa et un permis de travail, constata Chris. Et vous fréquentez les clandestins...

– Discrètement. J'essaie de comprendre comment fonctionne ce pays.

– Que voulez-vous dire ?

– Dans l'ensemble, vous, les Américains, êtes vraiment étonnants. N'avez-vous pas remarqué, jeune homme, que vous vivez coupés du reste du monde, bien à l'abri ?

– C'est ce que disait Flavia. Mais avant de la rencontrer, ça ne m'était jamais venu à l'idée.

– Ni à celle de la plupart de vos compatriotes. Et vous ne vous êtes pas demandé pourquoi il en était ainsi ? Savez-vous qui contrôle Gatstone ?

– Un groupe privé, je suppose ?

– Exactement. Le groupe Uranus. Pourtant, la digue est un point névralgique de ce pays et la surveillance des courants une nécessité vitale car elle permet d'anticiper les travaux d'entretien et de renforcement. On pourrait imaginer que c'est la chasse gardée du gouvernement, une priorité nationale qu'on ne peut confier à personne. Eh bien non, cet enjeu capital est sous la tutelle d'un groupe privé !

– Mais chez nous, tout est privé !

– C'est vrai. World Media aussi est privé.

– World Media ? releva Chris.

– La société qui gère vos chaînes de télévision ainsi que la radio. D'ailleurs, vous seriez surpris de savoir à qui elle appartient, cette société.

– À qui ?

– Au groupe Uranus. Sur ce, je dois vous laisser, je reprends le travail dans une demi-heure.

Noël Nora se redressa, posa son chapeau sur sa tête, s'emmitoufla dans son pardessus et se dirigea vers la sortie.

– À bientôt, jeune homme. Je pense que nous aurons l'occasion de nous revoir.

Chris resta seul. Les paroles de Noël Nora rejoignaient les remarques de Flavia et ravivaient ses propres interrogations.

8

Seize heures.

Il faisait froid sur la digue et malgré son manteau, Amalia avait du mal à se réchauffer. Elle était arrivée en avance et arpentait les lieux depuis un bon moment, dévisageant les rares passants. Et si Tommy ne venait pas ? Elle avait la gorge sèche à l'idée qu'il pouvait ne plus jamais reparaître. À présent qu'elle avait entrouvert la porte de son passé, elle voulait savoir.

Seize heures dix.

Il était en retard.

Un garçon et une fille avançaient à sa rencontre, la tête baissée pour se protéger du vent glacial, les mains enfoncées dans les poches de leur blouson.

Quand le garçon leva les yeux et rencontra son regard, il s'arrêta, figé de stupeur.

Elle fut un instant déconcertée.

Chris détaillait le visage connu, la bouche charnue, le nez droit, le regard... Le regard n'était pas tout à fait le même. Quoique, s'il n'avait pas été prévenu !

La fille s'avança vers elle avec un grand sourire et annonça chaleureusement :

– Tu dois être Amalia. Je suis Noémie. Tommy n'a pas pu venir et il nous a envoyés à sa place. Et voici Chris.

Amalia eut un instant d'hésitation. Pourquoi Tommy n'était-il pas venu ? Que lui voulaient-ils ces deux-là ?

– Nous sommes des amis de Flavia, poursuivit Noémie. J'étais avec elle sur le bateau et Chris...

– Flavia et moi... coupa Chris.

Il n'alla pas plus loin, mais Amalia avait compris.

– C'est ta petite amie, compléta-t-elle.

Ils se mirent à marcher, le vent dans le dos. Sur leur gauche, l'océan grondait. Haut dans le ciel, des oiseaux tournoyaient en jetant des cris perçants, sans s'approcher. Chris les désigna.

– Toi aussi, tu communiques avec les oiseaux ?

– Que veux-tu dire ? interrogea Amalia surprise.

– Tu vois bien ! Les oiseaux ne viennent jamais au-dessus de la digue ni au-dessus de la ville, comme s'il y avait un mur invisible qui les empêche de passer. Flavia, elle, leur faisait franchir ce mur.

– Comment ?

– Je ne sais pas. En se concentrant. Il y a un lien entre elle et les oiseaux.

– Sans doute parce qu'elle a été élevée par notre grand-père, commenta Amalia avec amertume.

– Et toi, Amalia, demanda Noémie, qui t'a élevée ? Tes parents ?

– Mes parents ! Vous êtes comme Tommy ! Lui aussi n'a que ce mot à la bouche ! Et moi, je ne vous intéresse pas ?

Noémie et Chris étaient déconcertés.

– Si, bien sûr ! fit Noémie. Mais Flavia aurait tellement voulu savoir ! Elle est repartie en Europe pour cela, pour interroger son grand-père, alors que tu étais là !

– C'est stupide ! jeta Chris avec violence. Pourquoi ne t'avons-nous pas rencontrée plus tôt ?

– Je n'étais pas à New York. J'étais à Hartford. Je suis ici depuis deux semaines. J'ai été transférée.

– Transférée ?

– Dans un autre centre d'accueil.

Noémie et Chris échangèrent un regard.

– On nous a menti à Flavia et à moi, toute notre vie. Et à présent elle est partie. L'Europe ! C'est à peine si je sais où c'est !

– Par là, indiqua Chris en désignant l'océan.

– Tommy m'a dit que l'Europe avait été envahie par les eaux, qu'elle n'existait peut-être plus.

– Bien sûr que si elle existe ! s'exclama Noémie. Il y a des montagnes en Europe ! Et les montagnes ont arrêté l'eau !

– Comment tu le sais ?

– C'est logique, dit Chris. Noémie a raison. L'Europe existe toujours, mais on ne sait pas à quoi elle ressemble. Si seulement on avait des nouvelles…

– Pas de liaisons satellites, pas de nouvelles. Ni de l'Europe ni du reste du monde ! fit Noémie. Nous vivons comme si une partie de la planète n'existait pas.

Le regard d'Amalia passait de l'un à l'autre.

– Comment vous savez tout ça ?

– Mais d'où tu sors, toi ? C'est quoi cette histoire de centre d'accueil ?

– Oh ! Celui où j'étais à Hartford n'avait pas la section que je voulais faire : maths-physique. Physique surtout, c'est ce qui m'intéresse. J'étais la meilleure élève, alors ils ont décidé de me transférer ici. Ça les arrange d'avoir de bons élèves de temps en temps. Et moi, vivre ici ou ailleurs, c'est pareil.

– Que fais-tu dans un centre d'accueil ? demanda Noémie.

– Tu ne sais pas ce que c'est ?

– Moi je sais, expliqua Chris. C'est un lieu d'hébergement pour les jeunes qui n'ont plus de famille.

Amalia baissa la tête.

– Alors tes parents... commença Noémie.

– Mes parents... répéta Amalia.

Elle ne parvint pas à aller plus loin. Ses épaules étaient secouées de sanglots, mais elle ne pleurait pas. D'une voix hachée, elle murmura :

– J'ai froid. J'ai tellement froid.

Noémie lui passa un bras autour du cou et se serra contre elle.

– Normal, il fait froid sur la digue ! dit-elle avec gentillesse. Viens. Marchons plus vite, ça nous réchauffera.

Amalia secoua la tête.

– J'ai froid. J'ai toujours froid. Il faisait si froid ce jour-là...

Journal de Chris

Flavia, il est arrivé quelque chose d'extraordinaire. J'ai rencontré ton sosie.

Quand Noémie m'a expliqué, je n'y ai pas cru. Elle a tellement d'imagination que parfois on croit qu'elle affabule. Pas du tout. Elle n'avait rien inventé.

Quand nous nous sommes avancés vers cette fille sur la digue, j'ai cru que mon cœur allait cesser de battre. C'était ta silhouette, tes cheveux, ta façon de marcher, une foule de petits riens qui n'appartiennent qu'à toi.

C'était toi.

Et ce n'était pas toi.

Pas le même regard. Pas cette douceur, cette curiosité, cet émerveillement... Tout ce qui fait que tu es Flavia et pas Amalia.

Car à présent, il y a Amalia. Ta sœur jumelle, Flavia, aucun doute n'est permis. Elle nous a raconté son histoire, votre histoire, des pans entiers s'éclairent, d'autres demeurent dans l'ombre, pourquoi tant de mystères ?

Flavia, je sais à présent que tu navigues sur l'Atlantique à bord du Samantha. *Enfin j'en suis presque certain, Noémie et Tommy ont réussi à m'en convaincre. D'après Noémie, si tu étais à New York, Noël Nora t'aurait trouvée. Et d'après Tommy, tu es sur le* Samantha. *Reste l'hypothèse selon laquelle tu aurais succombé lors de la manifestation, mon cœur me dit qu'il n'en est rien, que si c'était le cas il aurait cessé de battre depuis un bon moment.*

Donc tu es sur les flots, sur un océan désert que plus personne, depuis la montée des eaux et l'absence de liaisons, n'ose affronter, et tu vogues vers l'Europe, ignorant qu'ici ta sœur jumelle a découvert ton existence.

Flavia, que vas-tu trouver sur les côtes de ton pays ? Qui t'attend là-bas ? Qui sera capable de te dire les mystères qui entourent ton enfance, votre enfance à Amalia et à toi ?

Flavia, pourquoi ne suis-je pas auprès de toi ? Quand nous reverrons-nous…

LES VOYAGEURS DES NEIGES

9

Flavia se réveilla d'un coup, en alerte. L'instant d'avant elle dormait profondément, mais quelque chose l'avait brutalement tirée de son sommeil. Quoi ? Elle demeura un moment allongée sur le dos à contempler le plafond. Son corps épousait les mouvements du bateau et elle imagina le *Samantha*, toutes voiles déployées, en train de filer sur une mer déserte.

Et puis elle se souvint.

Chris.

Elle ferma les yeux, s'abandonna au balancement du brick goélette tandis que le vide envahissait son ventre, sa tête, son corps. Chris. Il était resté là-bas. Comment avait-elle pu ? Pourquoi lui avait-elle obéi ? Qu'était-il devenu ? Était-il encore vivant ? Oui, c'était certain. Sinon elle n'aurait pas survécu, son cœur aurait cessé de battre en même temps que le sien.

Elle respirait ? Lui aussi ! Il ne pouvait en être autrement. Il allait la rejoindre, il le lui avait promis.

Elle se força à rouvrir les yeux, à déployer ses membres. Il fallait bouger, s'obliger à contrôler ce vide intense, cette absence, apprendre à vivre avec.

À survivre.

En l'attendant.

Elle s'assit sur le bord de la couchette, passa la main sur son visage, dans sa chevelure. Elle se sentait sale, la tête lui tournait un peu et elle avait très faim.

Elle se redressa et se regarda dans le petit miroir accroché à l'une des cloisons. Elle avait les yeux gonflés, les cheveux emmêlés ; ses vêtements étaient froissés. Durant son sommeil, on lui avait apporté de l'eau. Elle se déshabilla, aspergea son visage, ses bras, se frictionna avec la serviette qui l'attendait, rangée dans un coffre. Après quelques instants d'hésitation, elle remit ses vêtements : elle n'en avait pas d'autre ! Puis elle démêla avec ses doigts ses cheveux châtains – où allait-elle trouver une brosse sur ce bateau ? – et les noua en queue de cheval.

Quand elle déboucha sur le pont, elle fut surprise par le vent. Il n'était pas très violent, mais glacé, inhabituel pour la saison.

Le pont arrière était désert. Tanguant un peu et s'accrochant au bastingage, elle gagna tant bien que mal le pont avant. Le capitaine Blunt était là, debout, les yeux levés vers le ciel.

Flavia suivit son regard et découvrit l'oiseau. Elle le reconnut aussitôt aux taches argentées qu'il portait au bout de ses ailes : c'était l'un des deux oiseaux qui avaient guidé le *Samantha* dans la passe étroite permettant de quitter New York. C'était grâce à lui qu'ils avaient franchi la digue et s'étaient élancés vers les flots, vers la liberté.

– Tu as bien dormi? demanda le capitaine Blunt sans la regarder.

– Oui.

– Tu peux descendre à la cuisine, si tu veux. Max s'occupera de toi.

Elle désigna l'oiseau.

– Il nous guide encore?

– On dirait...

– Mais nous sommes loin des côtes à présent!

– Oui. Il aurait dû faire demi-tour depuis longtemps et pourtant il est toujours là. Je ne sais pas pourquoi. Habituellement, ces oiseaux-là ne s'aventurent jamais aussi loin en mer. Il doit avoir une bonne raison. Alors je le suis.

– Mais vous savez où nous sommes quand même?

– Sur l'océan, entre l'Amérique et l'Europe.

– C'est tout?

Le capitaine eut un sourire.

– C'est suffisant pour l'instant! Je sais que nous naviguons dans la bonne direction. Je sais aussi que quelque chose a changé...

– Quoi?

Il eut un geste d'ignorance.

– Difficile à dire. Rien n'est exactement comme avant. Et puis... Tu ne sens pas comme il fait froid?

Flavia grelottait.

– Si…

Il l'observa d'un œil critique.

– Il te faut d'autres vêtements. Demande à Max, il va te dénicher ça.

– Oh ! Regardez ! l'interrompit Flavia.

L'oiseau avait piqué au ras des vagues. Il remonta haut dans le ciel, puis vint planer au-dessus du pont et jeta dans l'air un cri aigu qui couvrit le claquement des voiles. Flavia sentit la chaleur de son corps et le mouvement des grandes ailes.

Il survola le *Samantha*, cria encore une fois, puis il s'éleva dans les airs, gagnant la poupe du bateau.

– Il retourne vers la terre, murmura le capitaine.

– Il nous dit adieu, observa Flavia d'une voix tremblante.

Elle se précipita vers le pont arrière pour tenter d'apercevoir l'oiseau, mais celui-ci n'était plus qu'un petit point gris qui se fondait dans le ciel. Très vite, il disparut.

Grelottant toujours, Flavia regagna à pas lents le pont avant.

– Nous voilà seuls à présent, déclara le capitaine, l'air pensif.

10

Toute la journée, le *Samantha* poursuivit sa route vers l'est. Privé de l'oiseau, le capitaine fit le point et il traça sur la carte le trajet parcouru.

La température ne cessait de baisser et les huit marins qui manœuvraient le brick goélette descendaient au chaud dans leurs quartiers, à tour de rôle, dès la fin de leur quart.

Avec le capitaine Blunt, Max qui faisait office de second et Flavia, ils étaient onze. Onze personnes au milieu de l'océan, entre deux continents, sans aucun moyen de communication. Pas de liaison radio, pas de télévision, nul ne savait ce qu'il était advenu de l'Europe, et l'Amérique était déjà loin derrière eux.

Le soir, Flavia rejoignit le capitaine Blunt dans le petit salon. Elle portait une tenue de marin trop grande pour elle, mais avec les trois tee-shirts enfilés les uns sur les autres et le pull de grosse laine passé par-dessus, elle n'avait plus froid, et les lampes allumées ainsi qu'un chauffage d'appoint rendaient le salon agréable.

Quand Flavia pénétra dans le carré, le capitaine Blunt la regarda d'un air songeur. Un an auparavant, pour rendre service à son ami Anatole, il avait accepté de la conduire de l'autre côté de l'océan. Elle était alors une adolescente vive et curieuse.

Aujourd'hui, elle avait grandi, mûri et elle était belle.

Si belle qu'il se sentit un instant intimidé.

– Entre, Flavia. Assieds-toi, dit-il à mi-voix.

– Merci.

Flavia tendit des mains frileuses vers le poêle.

– Pourquoi fait-il si froid ? Vous le savez, vous ?

– Non. Mais ça ne présage rien de bon. Flavia, je n'ai aucune idée de ce que nous allons découvrir en Europe. Que comptes-tu faire quand nous serons arrivés ?

– Ce que je compte faire ?

Flavia laissa sa phrase en suspens. Il avait de drôles de questions, le capitaine !

– Vous le savez ! s'exclama-t-elle. Je veux retrouver mon grand-père. Je veux savoir pour quelle raison il m'a caché que mes parents étaient vivants. Je veux qu'il me dise où ils sont à présent !

– Tu es consciente que l'endroit où tu as vécu n'existe plus ? La dune est sous les eaux, le village est sous les eaux, ta maison est sous les eaux, la mer a envahi les zones côtières.

– Comment vous le savez ? Vous n'y étiez pas !

– Regarde les choses en face, Flavia ! Le niveau de l'océan a monté. Je le sais, tu le sais, tout le monde le sait ! En Amérique, ils ont cette digue et ils vivent derrière, à l'abri. En Europe, il n'y avait rien. Ton grand-père a dû partir, s'éloigner de la côte. Ou alors il est mort.

– Il n'est pas mort, décréta Flavia.

Le capitaine haussa les épaules.

– Toujours aussi têtue, hein ?

– Il ne peut pas être mort. C'est impossible. Où qu'il soit, je le trouverai ! Et vous ? Vous le savez peut-être, ce que vous allez faire ? Vous l'avez dit : nous ignorons ce que nous allons découvrir !

– C'est exact. Mais quoi qu'il en soit, je dois apporter la clé alpha à la base des scientifiques. Comment je vais y parvenir, c'est une autre histoire...

– Où est-elle cette base ?

– À l'intérieur du pays. Dans les montagnes, dans la forêt, loin de la mer.

11

Ils l'aperçurent deux jours plus tard, en fin d'après-midi, vers dix-sept heures.

– Regardez ! fit l'un des marins en tendant le bras.

Au début ce ne fut qu'un point minuscule sur le gris du ciel. Flavia plissa les yeux. Le temps était couvert et une étrange luminosité régnait, obligeant à conserver les paupières à demi baissées. La tête levée, elle se concentra pour ne pas perdre de vue la tache mouvante et une vague douleur lui enserra les tempes.

– Bon sang, qu'est-ce que c'est ? murmura le capitaine.

– Ce n'est pas gros, dit Max. Pas plus gros qu'un oiseau.

– Un oiseau ne se déplacerait pas ainsi.

Le point semblait se diriger dans leur direction, mais les coups de vent le faisaient dévier, retardant sa progression.

– C'est dangereux ? demanda Flavia.

Le capitaine Blunt eut un geste d'ignorance.

– On ne va pas tarder à le savoir. Max, va chercher les jumelles.

Quelques instants après, le capitaine jura :

– Bon sang ! C'est un oiseau ! Mais qu'est-ce qu'il a ? Il vole bizarrement, comme s'il était à moitié paralysé... Réduisez la voilure ! Nous devons ralentir ! Il cherche à se poser, il faut l'aider.

Aussitôt, les marins obéirent et amenèrent les voiles. Le *Samantha* resta en équilibre sur les vagues, avançant à vitesse réduite. L'oiseau gagnait du terrain. Bientôt, ils distinguèrent le bec court, le plumage gris perle, les pattes repliées sous le ventre. Le capitaine avait raison, il peinait. Il peinait de plus en plus.

Et soudain, alors qu'il parvenait au-dessus du *Samantha*, il se laissa tomber comme une pierre. La seconde d'après, il s'écrasait contre le pont avec un bruit sourd.

Ils firent tous cercle autour de l'oiseau et se regardèrent.

– Mais qu'est-ce que... commença l'un des marins.

Le capitaine s'accroupit. L'oiseau ne bougeait plus, boule de plumes inanimée que seul le vent faisait encore frémir, et déjà ses yeux se ternissaient. Il tendit une main hésitante, essaya de déplier une aile qui se brisa, et il resta là, perplexe, avec ce morceau d'oiseau entre les doigts.

Personne n'osait parler.

Personne n'avait jamais vu ça.

Le capitaine Blunt retourna l'oiseau, examina les pattes, le ventre, fit des yeux le tour de ceux qui l'observaient, debout, en cercle. Il ouvrit la bouche pour parler, mais ce qu'il avait à annoncer était si étonnant qu'il hésitait. Il s'y reprit à deux fois pour déclarer :

– Gelé. Il est gelé.

Les autres se dévisagèrent. Leur capitaine était-il devenu fou ? Mais le bout d'aile entre ses doigts ne trompait pas, ni le vol hésitant de l'oiseau pour les rejoindre et encore moins sa chute ultime sur le pont.

– Gelé, répéta Max comme un écho. C'est impossible, ajouta-t-il, résumant ce que tous pensaient.

Le capitaine ramassa l'oiseau et se redressa en palpant le corps inerte.

– À moitié gelé, corrigea-t-il. C'est ce qui explique qu'il ait pu voler jusqu'à nous.

Il leva les yeux vers le ciel.

– Larguez les voiles, vite ! Il ne faut pas traîner !

Personne ne bougeait.

– D'où vient-il, cet oiseau ? demanda l'un des marins.

– C'est quoi comme espèce ? fit un autre.

– Que fait-il là, si loin des côtes ?

– Pourquoi est-il gelé ? Jamais vu un oiseau geler en plein vol...

– C'est un bécasseau tacheté, murmura Flavia. On n'en voit pas en Europe, ou alors très rarement. Ils nichent en Alaska et migrent en Amérique du Sud. Celui-ci ne devrait pas être ici.

– Il a fui, dit le capitaine.

– Je n'en sais rien, répliqua Flavia. En tout cas, il s'est perdu. Et il est mort à cause du froid...

– Il se passe quelque chose, conclut le capitaine, quelque chose de terrible. Pour qu'un oiseau gèle en plein vol... Il n'y a pas une seconde à perdre. Vous ne sentez pas ?

Il les dévisagea. Les visages des marins et de Flavia étaient rouges, ils claquaient des dents, ils étaient frigorifiés. En peu de temps, la température avait chuté de plusieurs degrés.

– Vite ! répéta le capitaine. Il n'y a pas une seconde à perdre, il faut rejoindre une terre.

– Mais la terre est à plusieurs jours, observa Max.

– Raison de plus ! déclara le capitaine. Tout le monde à son poste !

Flavia se réfugia dans le petit salon. Elle n'avait pas le courage de se retrouver seule dans sa cabine. Ici, au moins, il y avait des livres, des cartes. Elle battit des bras pour se réchauffer. Malgré le poêle, la température restait basse. Sous ses pieds, le voilier craquait. Ils prenaient de la vitesse, mais pour aller où ? Qu'est-ce qui les attendait plus loin, à l'est ?

Le soir tomba sans que le *Samantha* ralentisse l'allure, sans que Flavia ait trouvé le courage de rejoindre sa cabine.

Tard dans la nuit, le capitaine la découvrit endormie sur la banquette. Il étala sur elle une couverture épaisse et, dans l'obscurité, s'installa dans l'un des fauteuils. Il avait besoin de réfléchir à ce qui était arrivé, mais la respiration régulière de Flavia le troublait. Il aurait aimé allumer sa pipe, il n'osa pas de peur que le parfum du tabac ne la dérange.

Il finit par s'endormir sans avoir réussi à démêler l'écheveau confus de ses pensées. Un oiseau gelé en plein vol au milieu de l'Atlantique... Pourquoi ?

12

Flavia le vit la première. Trois jours avaient passé et, à présent, nul ne pouvait s'aventurer sur le pont sans s'emmitoufler chaudement. Max avait déniché pour elle des bottes, une paire de gants épais, un bonnet de laine rouge. Elle se plaisait à penser que ces vêtements avaient appartenu à Tommy et ainsi protégée, elle retrouvait avec plaisir les embruns océaniques.

L'objet semblait flotter au-dessus de l'eau de façon indécise. Il était tantôt blanc tantôt gris clair, assez haut au-dessus des vagues.

– Max !

La voix de Flavia se perdit sur les flots et elle répéta plus fort en regardant autour d'elle :

– Max !

– Il n'est pas sur le pont, mademoiselle Flavia, répondit l'un des marins. Je peux vous aider ?

– Vous avez vu, là-bas ? fit Flavia. On dirait qu'il y a quelque chose qui flotte. Qu'est-ce que c'est ?

Le marin suivit la direction qu'elle lui indiquait et déclara aussitôt :

– Je vais chercher le capitaine.

Quand le capitaine Blunt surgit aux côtés de Flavia, elle tendit à nouveau le bras.

– Nom de... jura le capitaine Blunt. Barre à tribord ! Toute !

Un instant surpris par l'ordre lancé, les marins s'activèrent. Très vite, le *Samantha* s'inclina et obliqua sur les vagues.

– Mais pourquoi... commença Flavia. Si on s'éloigne, on ne saura jamais ce que c'est !

– Je le sais, coupa le capitaine. Et il vaut mieux ne pas s'approcher.

– Pourquoi ?

– Parce que c'est un iceberg.

– Un quoi ? s'étrangla Flavia.

– Un iceberg. Et on ne voit là que sa partie émergée. Ce qui veut dire qu'en dessous...

– Oui, je sais ! Ça veut dire qu'en dessous, il y a une masse énorme que la quille du *Samantha* pourrait heurter.

– Exactement.

– Mais enfin, où sommes-nous ? interrogea Flavia. Beaucoup trop au nord, non ? Nous avons fait fausse route !

– Je n'ai pas l'habitude de me tromper dans mes calculs, mais je vais vérifier.

Le capitaine fit demi-tour d'un pas raide tandis que le *Samantha* laissait l'iceberg dans son sillage.

Flavia lui emboîta le pas.

Dans le petit salon, il déploya une carte marine, considéra la ligne qu'il avait tracée, refit ses calculs.

– Alors ? demanda Flavia.

– Alors, nous sommes exactement où je pensais, répondit le capitaine d'un air songeur. Nous n'avons pas dévié.

– Mais à l'aller, nous n'avions pas vu d'iceberg, murmura Flavia.

– Non. Parce qu'il n'y en a jamais eu dans cette partie de l'Atlantique.

– Qu'est-ce que ça veut dire ?

– Ça veut dire qu'il s'est passé quelque chose d'effroyable.

Ils naviguèrent trois jours sans autre alerte. Même si la température continuait à baisser, aucun autre îlot de glace ne traversa leur route.

À l'aube du quatrième jour, une voix tonna :

– Iceberg droit devant !

Ils se précipitèrent sur le pont.

L'iceberg annoncé était deux fois plus gros que le premier et ils s'en approchaient rapidement. Le capitaine donna les ordres nécessaires puis annonça :

– Dorénavant, il faut une vigie. Je veux quelqu'un en haut du grand mât en permanence jour et nuit. Vous vous relaierez par quarts de deux heures. Tout le monde, toi aussi Flavia. La nuit, nous avancerons à vitesse aussi réduite que possible.

Sur la vigie avec Flavia

Chris…

Tu es si loin. Si près.

Si loin dans l'espace, dans cette ville que j'ai dû fuir. Si près dans mon cœur, mes pensées, mes rêves… Tu ne me quittes jamais, pas une seule seconde.

Nous avançons sur l'océan depuis des jours, droit vers l'est, vers l'Europe. J'avais rêvé ce voyage avec toi à mes côtés sur le pont du Samantha. *Ensemble, nous aurions contemplé l'horizon, observé les voiles se déployer sur le gris du ciel. C'est beau un bateau sur la mer.*

Nous sommes seuls, immensément seuls. Depuis notre départ, aucun navire n'a croisé notre route. J'ai du mal à imaginer qu'autrefois cet océan était sillonné par des paquebots, des cargos, des voiliers dont les passagers communiquaient entre eux et avec ceux restés à terre, ceux qu'ils aimaient. Comment tout cela a-t-il pu s'arrêter ? Les hommes ont inventé les moyens de communication les plus sophistiqués et plus rien ne fonctionne.

J'enrage. Si les liaisons satellites existaient encore, nous pourrions nous parler à distance, j'aurais un de ces téléphones qui existaient autrefois sur lequel le visage de l'interlocuteur s'affichait. Contempler tes yeux, ton regard, ta bouche, le grain de ta peau. Entendre le son de ta voix… Je donnerais n'importe quoi pour cela.

Je n'ai que le bruit de la mer, les cris des marins qui se perdent sur les vagues, l'immensité du ciel vide, même les oiseaux ont déserté, nous sommes seuls, si nous disparaissions, personne ne s'en apercevrait, personne ne le saurait jamais.

Si nous disparaissions, quelque chose se briserait-il dans ton cœur ?

Chris… Je te parle comme si tu étais vivant, je sais que tu es vivant, sinon plus rien n'a d'importance.

J'imagine la ville derrière la digue, y fait-il aussi froid qu'ici ? J'ai du mal à le croire. Là où je suis, sur la vigie, presque en haut du grand mât, l'air est glacial. Par quarts de deux heures a dit le capitaine, je crois que bientôt il faudra réduire à quatre-vingt-dix minutes, sinon nous ne tiendrons pas.

Je scrute l'océan sans arrêt, pas question de me laisser distraire alors que toutes mes pensées sont tournées vers toi. Si je vois un iceberg, je dois donner l'alerte en utilisant le porte-voix.

Ça ressemble à un jeu et ça n'en est pas un.

À force de scruter le ciel et la mer, la mer et le ciel, mes yeux sont pleins de gris, un gris identique à celui qui règne dans mon cœur, mon cœur qui te garde comme un secret, comme un trésor précieux.

13

Pendant deux jours, ils ne virent pas d'autres icebergs et la température se stabilisa.

Le lendemain, ils étaient cernés par quatre à cinq masses blanches que les marins, réunis sur le pont, observaient avec inquiétude.

– Ce n'est pas le moment de mollir, jeta le capitaine. Nous ne sommes plus loin des côtes, il suffit d'être vigilants. Tout le monde à son poste !

Flavia était fascinée. Le *Samantha* se glissait avec aisance entre les énormes blocs de glace tout en restant à distance respectueuse. Mais les icebergs étaient à présent si nombreux qu'il devenait difficile de passer au loin.

La situation était irréaliste. Comme si le *Samantha* se retrouvait, d'un coup de baguette magique, au centre d'une de ces photographies en noir et blanc devant lesquelles elle rêvait, autrefois, en lisant les aventures des explorateurs partis à la conquête des pôles.

Sauf que le *Samantha* ne naviguait pas dans une photographie mais sur la mer, et que le pôle était loin, trop loin pour qu'il y ait des icebergs.

Un matin, en montant sur le pont, Flavia trouva Max et le capitaine, côte à côte, accoudés au bastingage. Ils lui tournaient le dos et fixaient l'horizon. Elle s'approcha et un vent glacé lui fouetta le visage. Elle plissa les yeux. Pour la première fois depuis leur départ, le ciel s'était dégagé et des lambeaux de bleu apparaissaient entre le gris des nuages. Un rayon de soleil dansait sur les vagues, l'air était d'une lumineuse transparence. Au bout de l'océan, une ligne était visible, très blanche, très nette.

Elle s'accouda à son tour et interrogea :

– La côte ?

Et une énorme bouffée de joie l'envahit. Ils avaient réussi ! Ils avaient quitté New York, traversé l'océan sans aide aucune, navigué parmi les icebergs – il y en avait encore ce matin – et aujourd'hui, la terre apparaissait enfin, la terre d'Europe où elle était née, où se cachait le secret qui entourait la disparition de ses parents, où se trouvait Anatole, elle en était certaine.

Sa joie fut de courte durée.

Aucun des deux hommes n'avait répondu ni même tourné la tête vers elle. Elle regarda plus attentivement.

– C'est normal que ce soit aussi blanc ? demanda-t-elle d'une voix hésitante.

– Si on veut... grogna Max.

– Pour un continent gelé, c'est normal, trancha le capitaine.

– Un continent gelé ! s'exclama Flavia. Mais où sommes-nous ?

Elle se tourna avec fureur vers le capitaine.

– Vous m'avez menti ! Depuis le début ! Vous m'avez fait croire qu'on allait en Europe et vous nous avez conduits beaucoup plus au nord ! Et eux, ajouta-t-elle dans un geste qui désignait Max et les marins, ils le savent ou vous mentez à tout le monde ?

– J'aimerais tellement que tu aies raison, répliqua le capitaine. Ce serait plus simple.

– Plus simple que quoi ?

– Que la vérité.

– La vérité ?

Elle jeta un coup d'œil indécis vers la ligne blanche. Le capitaine reprit :

– Tu m'as vu faire le point sur les cartes. Je t'ai même montré comment effectuer les calculs, ça t'intéressait. Tu les as refaits après moi. Notre route, tu l'as tracée aussi bien que moi. Et que disent les cartes ? Où sommes-nous à présent ?

Le capitaine avait raison. Chaque soir, dans le petit salon, il lui avait appris à utiliser le sextant et le compas, à faire le point, à calculer où se trouvait le *Samantha*.

– Les cartes ne mentent pas, Flavia. Nous sommes au large des côtes d'Europe, à peu près à l'endroit où j'étais il y a un an, quand j'ai jeté l'ancre pour prendre mes passagers et quand tu as embarqué. Simplement, la côte ne ressemblait pas à cela.

– À quoi ressemblait-elle ? demanda Flavia d'une voix tremblante.

– À n'importe quelle côte : une ligne sombre, au bout de l'horizon.

– Mais alors, pourquoi…

– La terre est couverte de neige, Flavia. Il n'y a pas d'autre explication. Une belle épaisseur de neige.

– De la neige ? Mais c'est impossible ! Ici le climat a toujours été doux. Sous cette latitude, ça ne peut pas arriver, vous le savez !

– Apparemment, il va falloir revoir un certain nombre de certitudes. Tout ce que tu affirmes était exact… lorsque nous sommes partis. Aujourd'hui, les données ont changé et les nouvelles données, je ne les connais pas, ni personne à bord.

– Mais comment allons-nous faire ? Comment allons-nous accoster ?

Les questions se pressaient dans la bouche de Flavia. Elle termina à voix basse :

– Et les villages ? Les maisons ? Les gens qui habitaient là ? Mon grand-père ? Oncle Jean ? Que sont-ils devenus ?

Le capitaine Blunt eut un geste fataliste :

– On va bien voir…

– On va bien voir ! protesta Flavia. Il n'y a jamais rien qui puisse vous émouvoir ! Vous n'aimez personne, c'est ça, hein !

Elle avait les yeux pleins de larmes.

– Tais-toi, ordonna-t-il rudement, tu ne sais pas ce que tu dis. Et sèche tes larmes, sinon elles vont geler et ta peau va gercer ; ou alors, rentre à l'intérieur.

Elle essuya ses yeux d'un geste rageur. Elle s'en voulait de s'être laissée aller à pleurer mais ne s'avouait pas vaincue. Elle reprit :

– Vous acceptez tout, comme si c'était normal, comme s'il n'y avait rien à faire ! Moi je ne suis pas comme ça ! Je ne le serai jamais ! Jamais !

Il la regarda d'un air goguenard :

– Ah oui ? Et qu'est-ce que tu proposes ? Souffler sur la neige pour la faire fondre ?

Elle poussa un soupir de dépit.

Il ajouta :

– Tu ne comprends pas que la planète est en train de changer ? A déjà changé ? Et que ces bouleversements nous dépassent ? Alors ça ne sert à rien de dire « Je ne veux pas », « Je n'accepterai pas ». Tu n'as pas le choix. C'est ainsi, Flavia : la côte où tu as vécu n'est plus la même. Une partie est sous la mer, l'autre sous la neige. Tu peux le refuser aussi fort que tu veux, cela ne changera rien. Personnellement je trouve plus utile de me demander comment je vais approcher. C'est pour cela que tu m'as accompagné, non ? Pour accoster sur cette terre ?

– Euh... Oui... reconnut Flavia.

– Alors nous sommes d'accord ! conclut le capitaine en tournant les talons.

Décontenancée, Flavia vint s'accouder aux côtés de Max.

Longtemps, ils fixèrent sans parler la ligne blanche. Puis Max dit :

– Vous savez, mademoiselle Flavia, faut pas croire, le capitaine Blunt il vous aime bien. Il tient beaucoup à vous.

Elle ne trouva rien à répondre.

14

Ils naviguaient à vitesse réduite et le capitaine était d'une prudence extrême. Il y avait toujours des icebergs qui dérivaient, et il se méfiait des courants qui avaient peut-être changé. Quand la nuit tomba, Flavia eut l'impression que la ligne blanche était toujours à la même place, qu'ils ne s'en étaient pas approchés.

La journée suivante se déroula de façon identique. Les marins se relayaient sans discontinuer, s'effondrant sur leurs couchettes dès que leur quart se terminait tant leur travail exigeait une concentration soutenue.

Un silence pesant régnait. Pas un oiseau, pas un poisson. Rien ne troublait l'immensité qui les entourait. Ils se seraient crus au début du monde… ou à la fin.

Les feux s'allumèrent une fois la nuit installée.

Un marin surgit dans le petit salon où le capitaine, l'air soucieux, faisait une fois de plus le point en compagnie de Flavia.

– Capitaine ! Venez voir ! Sur le pont…

Ils s'emmitouflèrent et se précipitèrent à l'extérieur.

Au bout de l'horizon, là où se trouvait la ligne blanche, trois grands brasiers luisaient, perçant l'obscurité d'une lumière chaude et effrayante.

Ils les contemplèrent en silence. Tous attendaient que le capitaine Blunt se prononce.

– Des naufrageurs, finit-il par murmurer. Ce sont des naufrageurs.

– Vous voulez dire... commença Max.

– Ils cherchent à nous attirer. Cette terre n'est donc pas déserte, après tout.

Flavia n'était pas sûre d'avoir compris. Elle connaissait le terme de « naufrageur » pour l'avoir rencontré dans les vieux bouquins traitant de marine, d'océan et de navigation que possédait son grand-père. Elle savait que, dans les temps anciens, les bandits allumaient des signaux sur les côtes pour faire croire aux marins qu'il y avait là un port ou un passage. Les marins suivaient les signaux et s'échouaient sur la côte ou se fracassaient sur les rochers. Il ne restait alors qu'à piller les navires.

– Ça n'existe plus ! remarqua-t-elle.

– Ça n'existait plus, corrigea le capitaine.

– Comment savez-vous que ce sont des naufrageurs ? interrogea-t-elle. Ce sont peut-être de vrais signaux pour nous indiquer le chemin ! Des gens ont vu le *Samantha* arriver et ils font cela pour nous aider...

Le capitaine eut une moue.

– Je n'y crois pas. Et pour trouver ma route, je préfère me fier aux cartes et à ma mémoire.

Il leva la tête vers le ciel d'un noir d'encre et ajouta :

– Dommage qu'il n'y ait pas d'oiseau !

– Mais vos cartes ne sont plus bonnes ! constata Flavia. Tout a changé !

– C'est vrai, mais le tracé des fleuves doit être identique. Nous allons tenter une grande première...

– Que voulez-vous dire ?

– Je veux dire que, dès demain, nous naviguerons au-dessus de ce qui était autrefois la terre.

– Quoi !

– Oui, Flavia. L'endroit où tu as vécu est sous les eaux : la plage, les dunes où ton grand-père observait les oiseaux, les marais, ta maison, le village... Et nous allons passer au-dessus.

– Mais c'est impossible ! souffla Flavia.

– Les cartes sont formelles.

– Et comment savez-vous qu'on peut naviguer là ?

– Je ne le sais pas, je le tente. Ne prêtez pas attention à ces feux, poursuivit le capitaine à l'intention des marins. Suivez le cap que je vous ai indiqué.

15

Le matin suivant, la côte était proche et on ne distinguait aucune trace de présence humaine comme si les feux de la nuit n'avaient été qu'un mirage.

Le capitaine ne quittait pas le pont et guidait le *Samantha* avec une grande prudence.

Flavia passait d'un bord du navire à l'autre. Elle scrutait l'eau grise. Elle n'arrivait pas à croire qu'elle flottait au-dessus de ce qui avait été son univers. Cela signifiait qu'il y avait là des maisons et des jardins, des prairies où autrefois les vaches paissaient... Les vaches ? Où étaient passées les vaches ? Et les gens ? Les gens avaient eu le temps de fuir, se répétait-elle ; ils s'étaient mis à l'abri.

Mais l'eau insondable conservait son mystère. Elle était sombre, épaisse et ne laissait rien deviner.

Bientôt, dans la ligne blanche qui dominait la mer, une ouverture se dessina. Le capitaine Blunt la montra du doigt et déclara :

– C'est là que nous allons.

– Qu'est-ce que c'est ? demanda Flavia.

– Le fleuve.

– Il n'a pas gelé ?
– Pas ici. Pas si près de la mer.
– Où va-t-il nous conduire ?
– Je l'ignore. On va le remonter aussi haut que possible. Voilà des années que je n'ai pas circulé sur un fleuve... surtout entre des murs de neige ! poursuivit-il tandis que le *Samantha* se glissait avec aisance dans l'embouchure.

Ils avaient à présent quitté l'océan et naviguaient entre deux rives blanches. Elles étaient basses et peu éloignées du voilier. Flavia ne reconnaissait rien de son ancien pays et elle aurait été incapable de dire à quelle hauteur ils se trouvaient à l'intérieur des terres. Le paysage qu'elle découvrait défiait la raison et elle devait se concentrer pour se persuader que ce qu'elle vivait était réel et non pas le fruit de son imagination.

On ne voyait personne sur les berges, pas âme qui vive, aucune trace humaine.

– Vous aviez raison, capitaine, observa Max. La nuit dernière, il s'agissait bien de naufrageurs.

– Comment vous pouvez en être sûr ? interrogea Flavia.

– Regardez, mademoiselle Flavia, il n'y a personne. Si ceux qui ont allumé les feux avaient de bonnes intentions, ils seraient là sur le bord à nous accueillir, à essayer d'entrer en contact avec nous. Au lieu de ça, ils se cachent pour mieux nous espionner. Si vous voulez mon avis, ils nous attendent au tournant...

Flavia frissonna. Les rives désertes et glacées lui parurent soudain hostiles. Quels dangers, quelles menaces recelaient-elles ?

– Mais pourquoi ils nous attaqueraient ? Nous ne leur avons rien fait ! dit-elle.

– Ce sont des pilleurs, mademoiselle Flavia. Ils s'imaginent qu'il y a des choses à bord qui peuvent leur servir. Ils doivent manquer de tout, ici.

Le vent se leva d'un coup, surprenant l'équipage et propulsant le *Samantha* vers l'avant.

– Tous à vos postes ! hurla le capitaine. Réduisez la voilure !

– On ne peut pas réduire plus, capitaine, releva Max. Le bateau sera ingouvernable.

– Alors, accrochez-vous ! fit le capitaine. Flavia ! Où est Flavia ?

– Là ! Je suis là !

– Viens à côté de moi !

Elle le rejoignit et il l'agrippa par le bras.

– Tu te tiens ici et tu ne lâches pas, sous aucun prétexte. Et attache-toi avec ça, ajouta-t-il en l'entourant vivement d'un filin qu'il fixa à un anneau avant d'en faire autant.

Poussé par le vent, le *Samantha* filait de plus en plus vite sur l'étroit chenal. Parfois, il gîtait dangereusement et ils crurent à plusieurs reprises qu'il allait s'écraser sur l'une des rives, mais à chaque fois, il se redressait et retrouvait sa trajectoire. Chacun s'était solidement arrimé et suivait avec anxiété la course folle du navire livré à lui-même.

Et soudain…

– Attention ! cria le capitaine. Tenez-vous !

Devant eux, le fleuve venait mourir sur un sol gelé incliné en pente très douce. Emporté par son élan, le *Samantha* sortit des eaux, poursuivit sa course sur le sol, presque droit, glissant sur sa quille...

Ils entendirent le crissement du bois sur la neige et le voilier craquer et gémir. Autour d'eux, il n'y avait plus d'eau, que du blanc, et c'était hallucinant d'imaginer le *Samantha* avancer encore et encore, comme s'il était toujours sur l'eau et comme s'il était toujours gouverné.

Pendant un instant, les yeux écarquillés, attentifs à la catastrophe imminente qui se préparait sans qu'ils aient la moindre chance d'intervenir, ils sentirent le *Samantha* filer sur la neige, comme un immense traîneau, rectiligne, la proue résolument tournée vers l'avant. Puis le vent faiblit et le bateau s'inclina doucement pour se coucher sur le côté droit.

Le souffle coupé, ils attendirent un bon moment avant d'oser le moindre mouvement.

Enfin, comme plus rien ne bougeait, le capitaine constata :

– Je crois que nous sommes échoués. Nous n'irons pas plus loin. Pas avec le *Samantha* en tout cas.

Il dénoua le filin qui le retenait et se redressa tant bien que mal. Sur le brick goélette penché, il était difficile de conserver son équilibre, et il se laissa tomber à quatre pattes, assurant ses prises.

– Pas de blessés ? interrogea le capitaine. Tout le monde est là ?

Un à un, les marins se dépêtraient des filins avec lesquels ils s'étaient attachés et rejoignaient le capitaine.

Bientôt, ils furent tous sur le pont avant, installés dans des positions inconfortables, essayant d'évaluer l'étendue des dégâts.

Pour la première fois depuis qu'elle le connaissait, Flavia eut l'impression que le capitaine Blunt ne savait pas quelle décision prendre.

Il n'eut pas le temps de lancer un ordre. Il venait juste de constater qu'ils étaient indemnes lorsqu'une pierre s'écrasa sur le pont tandis que des hurlements crevaient le silence.

– Abritez-vous ! clama le capitaine.

Il empoigna la main de Flavia, la tira vers l'écoutille, la poussa devant lui, l'obligeant à s'abriter, lui emboîta le pas, Max sur ses talons, tandis que les marins s'éparpillaient.

Le souffle coupé, Flavia s'appuya à la paroi. Elle avait du mal à réaliser ce qui se passait. Tout allait trop vite ! Elle entendait le choc des pierres sur le pont et contre la coque. Le capitaine se posta derrière un hublot.

– Ce sont des pilleurs, annonça-t-il.

– Nous n'avons pas d'armes ! fit Max aussitôt.

– Juste ça, dit le capitaine en sortant de ses vêtements un poignard à la lame longue et étroite.

– Je ne suis pas certain que ça suffise, constata Max. Il nous faudrait les pistolets.

– Ils sont dans ma cabine, regretta le capitaine.

– Dommage.

Flavia les regardait tour à tour, incrédule. Un poignard, des pistolets... Ils avaient l'intention de se battre ? Le capitaine surprit son expression.

– Il va y avoir de la casse, dit-il.

– Que peuvent-ils nous faire ? demanda Flavia.

– Tout, jeta le capitaine. Nous tuer...

Flavia frissonna. Elle savait qu'il avait raison. À New York, lors de la grande manifestation des sans-papiers, elle avait vu de quoi les hommes étaient capables. Ils n'avaient pas hésité à tirer sur les manifestants, à envoyer les chars sur eux, à les traquer, à les abattre. Alors ici, dans ces lieux déserts... Les naufrageurs avaient attaqué sans même lancer de sommation. Max avait vu juste : il s'agissait de pilleurs. Ils avaient échoué à les attirer avec leurs brasiers, mais à présent les passagers du *Samantha*, prisonniers de leur bateau couché sur la neige, constituaient une proie facile. C'était fou. Avoir vécu tout ce qu'elle avait vécu, traversé l'océan deux fois, échappé à un naufrage, à la noyade, aux milices, au massacre de la manifestation... pour tomber aux mains de pilleurs. C'était stupide !

Et Chris...

S'il avait été là, il l'aurait protégée !

Comment ?

Elle n'eut pas le temps de s'appesantir sur la question.

16

La porte s'ouvrit brutalement sous la poussée d'un coup de pied lancé à la volée. Le capitaine se porta aussitôt en avant, solidement campé sur ses deux jambes, le poignard en main pour contrer l'arrivant.

C'était un colosse. Il portait de hautes bottes qui enserraient une culotte de peau, une lourde pelisse bordée de fourrure, une toque qui descendait jusqu'aux yeux et couvrait les oreilles avec, posé par-dessus, un chapeau de pirate, et il avait en main un long pistolet ouvragé semblable à ceux que Flavia avait vus dans les livres d'histoire de son grand-père. En un quart de seconde, il évalua la situation.

– Le capitaine, hein ! fit-il en détaillant celui qui lui faisait face.

Ses yeux se posèrent sur Max :

– Un marin. Le second peut-être ?

Puis sur Flavia :

– Hmmm... Ça c'est joli ! dit-il d'un air appréciateur.

Flavia recula d'un pas. D'un seul coup, elle venait de comprendre ce qu'elle risquait. Le monde où ils arrivaient était un monde primitif et les hommes n'y avaient aucun scrupule. Le poignard du capitaine ne pèserait pas lourd dans la balance.

Ils se dévisagèrent en silence. Au-dessus de leurs têtes, on entendait des bruits de cavalcade, des cris. Combien pouvaient-ils être ? Peut-être les marins étaient-ils plus nombreux. Oui mais les assaillants étaient armés. Quoique, pas sûr ! Ils les avaient attaqués avec des pierres !

– Vous êtes le premier bateau à arriver depuis… Je ne sais même plus depuis quand, reprit le géant.

Ni le capitaine, ni Max, ni Flavia n'avaient encore ouvert la bouche.

– Vous comprenez ce que je dis ? questionna le géant.

Le capitaine eut un geste d'assentiment.

– Vous allez me suivre au camp. On verra là-bas ce qu'on fait de vous.

Flavia avait l'impression de vivre un rêve, ou plutôt un cauchemar. Impossible de croire que ce qui lui arrivait était la réalité. Un instant, elle imagina que le capitaine allait se jeter en avant, que Max allait intervenir, qu'à eux deux ils parviendraient à maîtriser l'intrus puis ceux qui l'accompagnaient…

Eh bien pas du tout.

Le capitaine ne bougea pas d'un pouce et Max non plus.

– Qui êtes-vous ? interrogea l'homme. Et d'où venez-vous ? Comment êtes-vous arrivés jusqu'ici ?

– Je suis le capitaine Blunt, déclara le capitaine. Samuel Blunt. Je commande ce navire, mon navire, le *Samantha*. Nous arrivons d'Amérique et nous venons de nous échouer. Il faut dire... Il faut dire que le tracé des côtes s'est passablement modifié depuis mon dernier passage, ajouta-t-il avec une pointe d'humour. Voici Max, mon second, et sur le pont ce sont mes marins, termina-t-il.

– Et elle ? fit l'homme en tendant un doigt vers Flavia.

Le capitaine saisit la main de Flavia et la serra si fort dans la sienne qu'elle crut que ses os allaient craquer. Elle grimaça de douleur tandis que le capitaine énonçait d'une voix forte :

– Elle, c'est ma femme. Flavia. Flavia Blunt !

– Qu... commença Flavia, suffoquée.

Mais une deuxième pression, aussi forte que la première, la fit taire et sa protestation se termina dans un hoquet.

– Elle est bien jeune, fit l'homme en détaillant Flavia.

– C'est exact. J'aime les femmes jeunes, affirma tranquillement le capitaine.

– Je vois... fit l'autre.

– Êtes-vous d'ici ? enchaîna le capitaine. Enfin, je veux dire, de la région ? Telle qu'elle était autrefois ?

– En quoi cela vous intéresse-t-il ?

– Parce que ma femme est originaire d'ici. Son nom de jeune fille est Maurel...

L'autre l'interrompit d'un geste.

– Ce n'est pas à moi qu'il faut raconter ça. Vous allez nous suivre.

– Où ?

Le géant ne répondit pas. Il s'effaça en leur montrant, du bout de son pistolet, les marches qui menaient vers le pont et ordonna :

– Dehors ! Et donnez-moi ça, termina-t-il en avançant la main pour se saisir du poignard du capitaine.

Le cœur battant, Flavia observa le géant glisser l'arme sous sa pelisse. Il les poussa devant lui et ils grimpèrent sur le pont, Max le premier, Flavia ensuite, puis le capitaine.

Dehors, un soleil éblouissant régnait. Le vent avait chassé les nuages qui avaient laissé la place à un ciel d'un bleu intense. Ils clignèrent des yeux sous la luminosité, rejoignirent en titubant les huit marins du *Samantha* tenus en respect par une troupe d'une quinzaine d'assaillants vêtus aussi bizarrement que leur chef.

– Pour le moment, ne touchez à rien ! ordonna celui-ci. On les conduit au camp, on prend les ordres et on avise.

Ils descendirent par une échelle de corde le long de la coque du *Samantha* et, pour la première fois depuis de longs jours, ils foulèrent le sol. L'Europe ! C'était l'Europe ! Et sous leurs pas, la neige crissait. Où étaient passés les prairies verdoyantes, les haies ombragées, les villages tranquilles, la douceur paisible qu'ils avaient autrefois connus en ces lieux ?

Une longue colonne s'organisa. Le chef ouvrait la marche, les prisonniers suivaient, encadrés par la bande de pilleurs. Parfois, le capitaine, Max, Flavia ou l'un des marins se retournaient vers le *Samantha*. Couché sur la terre ferme, le bateau était énorme. Il s'était échoué si doucement que rien ne semblait endommagé. Les mâts se dressaient vers le ciel, à l'oblique, les voiles ferlées, quelques filins pendaient, mollement agités par la brise. Ils avaient le sentiment qu'il aurait suffi de le pousser pour le remettre à l'eau, mais pour aller où ?

17

Au bout d'une demi-heure de marche, ils parvinrent en vue d'une falaise et franchirent une palissade qui protégeait un vaste espace enneigé. Des hommes allaient et venaient, des enfants jouaient, des femmes s'affairaient autour de cahutes. Leur arrivée provoqua un mouvement de curiosité. Tous se précipitèrent pour les observer mais en restant à une distance respectueuse.

Le chef ne ralentit pas et ignora les regards, les questions et commentaires qui fusaient :

– D'où viennent-ils ?

– Qui sont-ils ?

– On va en faire quoi ? Encore des bouches à nourrir...

Flavia jetait des coups d'œil effarés de part et d'autre. Ils pénétraient dans un monde étranger, comme s'ils avaient basculé dans un lointain passé.

Le chef les conduisit vers la falaise et les fit entrer dans une cavité naturelle qui servait d'antichambre à une salle plus vaste où on les poussa. Une douce chaleur les surprit après l'air vif de l'extérieur. La salle était éclairée par des torches plantées dans la paroi et dont la fumée s'échappait par des fissures, douillettement aménagée avec des peaux, des fourrures, des couvertures jetées sur des banquettes, des tapis étendus sur le sol. Des coffres et de petites tables complétaient l'ameublement. L'endroit était à la fois rustique, confortable, et solennel en raison de ses dimensions et de son éclairage incertain.

Ils comprirent qu'ils étaient arrivés à destination et se regroupèrent au centre de la salle. Le chef désigna quelques hommes pour les surveiller, renvoya les autres et ils attendirent.

Quoi ?

Ils n'en avaient aucune idée.

Flavia se serait volontiers assise ou étendue sur l'une des banquettes, mais cela semblait impossible. Elle avait faim et soif. Elle s'étonna de prêter attention à de tels détails alors qu'ils étaient confrontés à une situation pour le moins délicate. Qu'allait-on faire d'eux ? Une remarque entendue à l'extérieur résonnait à ses oreilles : « Encore des bouches à nourrir… » Ces gens-là devaient manquer de tout ; de nourriture, surtout. Elle frissonna.

Puis un nouveau personnage fit son entrée. Il était plus grand encore que l'homme qui dirigeait le groupe qui les avait conduits jusque-là. Il portait également une culotte de peau et de hautes bottes, mais une veste épaisse aux multiples poches remplaçait la lourde pelisse et un bonnet marine crasseux coiffait ses cheveux hirsutes.

Un instant, Flavia crut qu'elle était en train de devenir folle. Celui qui se rapprochait à longues enjambées décidées, elle le connaissait, elle le reconnaissait. Depuis toujours, aussi loin que remontaient ses souvenirs, elle avait trouvé à ses côtés ce colosse paisible. Si elle savait aujourd'hui sur le bout des doigts le nom des crustacés et des algues des rivages de l'Atlantique, c'est à lui qu'elle le devait. Il l'avait bercée d'une multitude d'histoires et de légendes où pirates, marins, pêcheurs et aventuriers tenaient les premiers rôles. Aucun jour ne s'était écoulé sans qu'elle entende le son de sa voix, sans qu'il déboule dans la maison d'Anatole, sans qu'il l'entraîne pour lui enseigner les secrets de l'océan.

Elle se jeta en avant, courut vers lui, sauta à son cou :

– Oncle Jean !

Sa voix résonna joyeusement sur les parois de la grotte.

– Oncle Jean ! répéta Flavia en enfouissant sa tête dans le cou du géant, respirant avec délices le parfum de la veste usagée. Oncle Jean... Si tu savais... Si tu savais...

L'homme avait vacillé sous le choc, mais ses bras s'étaient refermés sur l'adolescente accrochée à son cou et il la berçait à présent tendrement, sous l'œil incrédule des personnes présentes.

– Flavia. Ma toute petite, ma perle, c'est toi, c'est bien toi...

Ils tournoyèrent sur eux-mêmes, ivres de bonheur, puis Flavia dégagea sa tête du cou du géant et déclara :

– Il va falloir que tu me racontes ! Où est grand-père ? Ici ? Avec toi ? Et que s'est-il passé ? Où est la maison ? La plage ? Les oiseaux ?

Le géant posa Flavia sur le sol.

– Flavia... Je n'arrive pas à y croire !

– Eh bien Jean, j'ai rarement été aussi heureux de vous voir ! l'interrompit le capitaine Blunt.

Il s'était approché et les deux hommes se serrèrent la main avec émotion.

– Capitaine Blunt ! s'exclama Jean. J'aurais dû m'en douter ! Il n'y avait que vous pour conduire un bateau jusqu'ici !

– Et mon grand-père, où est-il ? les interrompit Flavia. Je veux le voir !

– Vous êtes naufrageur, Jean, à présent ? interrogea le capitaine sans lui prêter attention.

– Mon grand-père ! répéta Flavia. Oncle Jean, dis-moi où il est !

Jean leva les bras.

– Doucement, doucement... Je vais tout vous expliquer.

– Dis-moi juste où est mon grand-père. Pour l'instant, ça me suffit.

– Il n'est pas là, Flavia.

– Il est sorti ? Il va revenir ? Quand ? Bientôt ?

Jean secoua la tête.

– Non. Il est... loin.

L'exaltation de Flavia retomba d'un coup.

– Loin… Il n'est pas mort, hein ? Il n'est pas mort, n'est-ce pas ? répéta-t-elle à voix basse.

– Non ! Bien sûr que non ! Il est ailleurs, voilà tout. Tu sais, ici…

– Oui, que s'est-il passé ? coupa le capitaine Blunt. Si vous nous racontiez ? Et puis c'est quoi cet endroit ? ajouta-t-il en désignant la grotte. Et ces gens qui nous ont conduits ici ? Et vous, quel est votre rôle ?

Jean repoussa son bonnet en arrière et se gratta la tête d'un air perplexe.

– Eh bien voyez-vous, c'est assez compliqué et très simple en même temps. Asseyons-nous là-bas.

Flavia s'avança entre les deux hommes et déclara d'une voix où vibrait la colère :

– Oncle Jean, si tu ne me dis pas immédiatement où se trouve mon grand-père, je quitte cet endroit et je ne t'adresserai plus jamais la parole.

Jean éclata de rire.

– Flavia ! Qu'est-ce que je suis content de te revoir ! Tu es en pleine forme ! Je vais te le dire, je te le promets. Cela fait partie de l'histoire.

Il se tourna vers l'homme qui les avait amenés là et expliqua :

– Ce sont des amis, Abel. Ils arrivent de loin. Ils ne savent pas ce qui s'est passé.

18

Ils s'installèrent sur les banquettes qui meublaient la grotte. Abel prit place à côté de Jean qui se mit à raconter.

– Après votre départ, l'océan a continué à monter. La dune a tenu longtemps, des jours et des jours, mais Anatole savait qu'elle finirait par céder.

– Les oiseaux, murmura Flavia.

– Oui, les oiseaux. Quand ils ont commencé à partir, Anatole m'a dit : « Mon vieux Jean, il faut plier bagage. » Nous étions là à contempler l'océan. Plier bagage ! Pour aller où ? J'ai toujours vécu ici, au rythme des marées. L'océan rongeait la dune et ton grand-père, Flavia, rangeait ses livres où depuis des décennies il inscrit les mouvements des oiseaux. Il n'a emporté que ça.

– Il les a emportés où ? interrogea Flavia.

– Un homme et une femme sont venus. Il m'a dit que c'étaient des scientifiques, des gens qui avaient connu tes parents.

– Mes parents ? releva Flavia.

– Oui. Ils sont venus le chercher, il est parti avec eux. Il y a une base à l'intérieur du pays...

– Dans les montagnes, dans la forêt, loin de la mer, compléta le capitaine Blunt.

– Vous la connaissez ? demanda Jean.

– Pas encore. Mais c'est là que je dois me rendre. J'ai quelque chose à leur apporter.

– Et mon grand-père est là-bas ? dit Flavia.

– Oui. Enfin, je suppose. Il n'y a plus aucun moyen de communication.

Flavia se tourna vers le capitaine.

– Quand partons-nous ?

Il eut un petit sourire.

– On va peut-être laisser Jean nous dire la fin de l'histoire.

– Je n'ai pas voulu partir, poursuivit Jean. Je ne peux pas quitter l'Atlantique. Ailleurs, je ne suis plus rien. Je me suis replié à l'intérieur et l'océan a avancé.

– Les habitants ? fit le capitaine Blunt.

– La région était déjà quasiment vide, tout le monde avait fui vers l'arrière-pays. Nous n'étions qu'une poignée. Et puis, la température a commencé à baisser. Doucement au début, puis de plus en plus vite. Et il s'est mis à neiger, durant des jours et des jours. Une belle neige, épaisse, qui s'amoncelait. Personne n'avait jamais vu ça. C'était étrange. Nous nous sommes regroupés, organisés. Je ne sais pas trop comment cela s'est fait, je suis devenu le chef. Peut-être parce que je suis le plus grand. Ou parce que j'ai toujours vécu ici, je ne sais pas...

Jean se tourna vers son compagnon.

– Abel va vous raconter la suite. Sa vie a suivi un parcours curieux et, vous allez voir, il connaît une foule de choses.

– Il n'est pas naufrageur, alors ? s'étonna Max.

– Naufrageur ? Ah non, quelle drôle d'idée ! Il a suivi à une certaine époque des études de géologie et d'océanographie. Et cela lui a probablement sauvé la vie. Abel, c'est à toi !

Abel se leva, se racla la gorge, s'inclina et déclara :

– Mesdames, messieurs, merci de votre attention. Jean vous l'a dit, c'est grâce à mes études que j'ai tout de suite compris ce qui se passait. Pourtant, pendant des années, mes parents m'ont répété qu'elles ne menaient à rien. Ils avaient tort ! Quand ce vent glacial a commencé à souffler à nos oreilles, je n'ai pas perdu de temps. J'ai ressorti mes cours d'océanographie et les rapports de guetteurs que j'avais utilisés pour mon mémoire de recherche. Et j'ai vu que je ne me trompais pas. Le Gulf Stream, capitaine, vous avez entendu parler du Gulf Stream ?

– Naturellement ! C'est un courant marin chaud de l'Atlantique. Je ne vois pas...

– Attendez !

Abel frappa dans ses mains et ordonna :

– Le tableau ! Apportez le tableau !

Deux hommes installèrent un tableau devant le groupe et l'un d'eux tendit une boîte de craies à Abel.

Flavia était effarée. Le tableau était la réplique exacte de celui qui se trouvait dans la classe où elle avait suivi sa dernière année de primaire. Un instant, elle se demanda s'il s'agissait du même tableau que les hommes qui vivaient là auraient récupéré, comme c'était sans doute le cas pour la quasi-totalité des objets et des meubles. Puis elle se concentra sur les explications d'Abel.

– C'est simple, commença celui-ci en traçant une ligne blanche sur le tableau. Ceci est l'équateur.

Il esquissa rapidement le contour des continents et dessina en bleu une nouvelle ligne en commentant :

– Voici le Gulf Stream. Il passe au large de la Floride et il remonte à peu près jusqu'ici, au sud du Québec. Là, il bifurque vers l'est et traverse l'Atlantique. Il en profite pour changer de nom et prendre celui de « dérive nord-atlantique ». Et il vient baigner les côtes européennes. Vous l'avez dit, il s'agit d'un courant chaud qui arrive des Tropiques. Dans l'Atlantique Nord, c'est lui qui régule la température. La douceur du climat européen, c'est en partie à lui que nous la devons ; que nous la devions plutôt... Car voici ce qui s'est passé.

D'un geste vif Abel fit basculer le tableau pour qu'apparaisse le panneau vierge qui se trouvait de l'autre côté. Il reconstitua les continents et, toujours à l'aide de la craie bleue, poursuivit son exposé :

– Suivons la dérive nord-atlantique vers le nord, jusqu'au large de la Norvège et du Groenland. Durant son parcours, ses eaux se font plus froides, plus salées et plus denses. En hiver, elles deviennent si lourdes qu'elles peuvent plonger très loin en profondeur, car à cet endroit il y a du fond ! Ce qui était un courant de surface se transforme alors en un courant profond qui repart vers le sud.

La craie continua sa course sur le tableau, traçant des pointillés depuis le haut vers le bas, depuis le nord jusqu'au sud.

– Il descend vers l'Atlantique Sud et se répand dans tous les océans de la planète. Petit à petit, les eaux se réchauffent, remontent vers la surface et repartent vers l'Atlantique Nord. C'est un peu comme un tapis roulant qui effectue toujours la même rotation. Simple, non ? Les scientifiques appellent ce tapis roulant géant « circulation thermohaline ». Pourquoi ? Parce qu'il est piloté par les écarts de température et de salinité. Quand il est froid et salé, il plonge ; quand il est plus chaud et moins salé, il remonte.

Le capitaine, Max, Flavia et les marins hochèrent la tête, un peu embarrassés. Ils avaient globalement suivi la démonstration d'Abel, mais aucun d'eux ne voyait où il voulait en venir ni le rapport à établir avec l'arrivée du froid.

Abel reprit son discours :

– Dans l'océan Atlantique, ce courant a une grande importance. S'il ne venait pas réchauffer les côtes européennes, nous n'aurions pas un climat aussi doux. Vous voulez un exemple ? Eh bien sans lui, la Norvège aurait le climat de l'Alaska ! À présent, imaginez…

Abel traça une croix le long des côtes du Groenland.

– C'est ici que le courant de surface plonge vers les abysses. Mais pourquoi plonge-t-il ?

Personne ne répondit.

– Je vous l'ai dit pourtant. Il plonge parce qu'ici l'eau est plus salée, plus froide et plus dense. Or voici ce qui se passe aujourd'hui : ici, ici, là... des fleuves puissants déversent de l'eau douce dans la mer. Vous me direz que cela a toujours été le cas. D'accord, mais en quelques décennies, l'activité humaine a eu pour conséquence d'augmenter considérablement la quantité de ces eaux douces. En effet, la planète a commencé à se réchauffer, la glace du Groenland à fondre et, dans cette partie du monde, les précipitations sont devenues plus importantes. Toute cette eau douce s'est déversée dans la mer, lui ôtant une part de sa teneur en sel. En même temps, la planète a connu un réchauffement global qui a allégé les eaux de surface. Du coup, les mers de cette partie du globe sont devenues de moins en moins froides et de moins en moins salées. Résultat...

Abel laissa sa phrase en suspens.

– Résultat, murmura le capitaine, les eaux de l'Atlantique Nord n'ont plus rencontré les conditions qui leur étaient nécessaires pour plonger et repartir vers le sud.

– Bonne déduction ! Poursuivez...

Le capitaine se leva, s'approcha du tableau à pas lents, passa sa main sur le dessin d'Abel comme s'il avait besoin de toucher du doigt la réalité, se tourna vers l'homme qui le regardait à présent d'un air exalté et déclara :

– C'est impossible. Ce que vous affirmez est impossible.

L'autre leva les bras au ciel.

– Sur cette planète, rien n'est impossible. Vous entendez ? Rien ! Allez au bout de votre raisonnement, capitaine, jusqu'au bout ! Si les eaux ne peuvent plus plonger, si elles ne peuvent plus faire demi-tour, que font-elles ?

– Elles... elles s'arrêtent...

– Exactement. Elles s'arrêtent. Conséquence ?

– Conséquence, les effets de ce courant s'arrêtent aussi. Plus rien ne vient réchauffer les côtes européennes.

– Et notre continent se refroidit, conclut Abel.

– Mais ailleurs, interrogea Flavia, il s'est passé la même chose ?

– Non. La dérive nord-atlantique est spécifique à cette partie du monde. Le continent américain, qui ne bénéficiait pas de ses effets, n'a pas dû voir son climat changer. Peut-être connaît-il un hiver un peu plus froid, mais rien d'extraordinaire. Quant aux autres continents, il n'y a aucune raison pour qu'ils soient touchés par cette baisse des températures.

– Et par la montée des eaux ?

– Pas forcément non plus. Du moins pas forcément dans les mêmes proportions que sur les côtes atlantiques.

Dans le silence qui régnait, Abel conclut :

– Naturellement, cela ne s'est pas produit en un jour, mais il arrive un moment où les effets de ce changement se font sentir. Et ce moment, nous y sommes...

Le capitaine le fixa dans les yeux.

– Combien de degrés avons-nous perdus ?

– Exactement, je l'ignore. Pas beaucoup en fait. C'est assez curieux, il suffit d'une baisse de quelques degrés pour modifier les conditions climatiques. Pas considérablement, certes…

– Pas considérablement ! l'interrompit le capitaine Blunt. Le pays est couvert d'une épaisse couche de neige et vous ne trouvez pas ça considérable ?

Abel secoua la tête.

– Malgré les apparences, ce ne sont pas les conditions du pôle Nord. À peine celles du Grand Nord canadien. Mais cela a suffi à bouleverser nos modes de vie.

Jean s'approcha et reprit la parole :

– Le froid est arrivé très vite, avec des tempêtes de neige, des vents glacés inhabituels. Personne n'était préparé. Aucune mesure n'avait été prise. Il y avait déjà eu la montée des eaux, les populations qui avaient reflué vers l'intérieur des terres… Toutes les activités se sont arrêtées.

– Mais pourquoi ? fit Flavia.

– Parce que les demandes d'énergie sont devenues colossales. Nos équipements n'ont pas su y répondre. Plus d'électricité… Je vous laisse imaginer…

– La neige, le froid… Ils ont atteint l'intérieur du pays ?

Jean secoua la tête.

– Nous l'ignorons. Abel pense que toute l'Europe occidentale est concernée.

– Ce… C'est épouvantable. J'ai besoin de sortir. Vous permettez ?

Ni Max, ni Flavia, ni les marins n'osaient bouger. Jamais aucun d'eux n'avait vu le capitaine dans cet état. Le temps semblait s'être arrêté. Ici, dans la grotte, il faisait bon, des torches brûlaient, des tapis, des fourrures rendaient le lieu habitable. Dehors, il en allait autrement. Dehors, il n'y avait plus rien, ou pas grand-chose. Et chacun comprit alors que, dans ce nouveau monde, il n'y avait pas de place pour tous. Les ressources ne le permettaient pas. La survie serait réservée aux plus forts, aux plus débrouillards, à ceux qui seraient capables de s'organiser, comme les individus qui les avaient conduits ici.

Le capitaine tituba vers la sortie comme un homme ivre ou blessé.

Max esquissa un geste pour le suivre, mais Jean l'arrêta.

– Laissez-le. Laissez-le regarder la neige.

19

Flavia était abasourdie. Elle avait compris les explications d'Abel sans parvenir à réaliser ce qu'elles signifiaient. Une Europe occidentale gagnée par la neige et le froid... Et les populations ? Où étaient-elles ? Tout le monde n'avait pas pu disparaître !

Elle se planta devant le tableau, posa son doigt sur le dessin d'Abel et murmura :

– L'Amérique.

Son doigt traversa l'océan, désigna les côtes européennes.

– Et à New York, tout continue comme avant...

– Flavia, dit Jean, que s'est-il passé ? Pourquoi es-tu revenue ?

Impulsivement, elle se blottit dans ses bras.

– Oncle Jean, si tu savais, si tu savais...

Quand le capitaine les rejoignit dans la grotte, il était redevenu celui que Flavia et les marins avaient toujours connu : un homme sûr de lui, apte au commandement.

– Combien êtes-vous ici, dans ce campement ? Comment fonctionnez-vous ? Y a-t-il d'autres groupes comme le vôtre ? Êtes-vous en contact avec eux ?

Jean écarta les bras dans un geste d'ignorance.

– Il ne faut pas trop m'en demander ! Ici, nous avons réussi à nous organiser. Ailleurs, je ne sais pas.

– D'accord. Mais vous devez savoir d'où viennent ces gens ! Et dites-moi, cet homme, Abel... Il a parfois un comportement curieux, non ?

– Il est légèrement perturbé par les événements, admit Jean. Il n'est pas le seul... Mais c'est un bon adjoint. Vous savez, nous sommes passés par de drôles de moments. C'est impressionnant de voir le lieu où vous avez toujours vécu se transformer en Grand Nord canadien !

– Je veux bien le croire. Mais c'est quand même lui et ses comparses qui allument des feux sur la côte !

– Pour indiquer l'embouchure du fleuve. Depuis des semaines, ils s'imaginent qu'un bateau peut arriver et qu'il faut lui montrer la passe afin de lui éviter le naufrage. Pour ma part, je pensais que personne ne se risquerait à tenter une pareille folie. Évidemment, avec vous...

– Ce ne sont pas des naufrageurs, alors, murmura le capitaine.

– Bien sûr que non ! Même s'ils avaient sans doute dans l'idée de récupérer ce qui peut l'être sur le *Samantha*. Le tissu des voiles, le bois...

– D'où leur accueil… musclé.

– C'est ça.

– Donc il n'y a pas d'autres communautés comme la vôtre aux alentours.

– Non.

– C'est parfait. Le *Samantha* ne risque rien, je vais pouvoir le remettre à l'eau en toute sécurité.

– Remettre le *Samantha* à l'eau ! s'exclama Flavia.

– Remettre le *Samantha* à l'eau ? répéta Jean, dubitatif.

– Je retourne en Amérique, déclara d'une voix ferme le capitaine Blunt.

– Quoi !

Flavia se planta devant le capitaine, les mains sur les hanches.

– Vous avez promis de me conduire à mon grand-père ! Et vous voulez déjà faire demi-tour ?

– Je ne t'ai rien promis, surtout pas de te conduire à ton grand-père ! Je t'ai proposé de profiter de mon bateau pour rentrer en Europe. C'est tout.

– Et votre mission ? Vous l'avez oubliée votre mission ? Cette clé alpha que vous devez apporter aux scientifiques ?

– Je ne l'ai pas oubliée, loin de là. Mais vois-tu, les choses s'arrangent plutôt bien. Anatole se trouve avec les scientifiques, à la base de recherche. Tu as l'intention de t'y rendre, je suppose ?

– Évidemment !

– Eh bien, tu emporteras la clé alpha et c'est toi qui la leur remettras. Inutile que nous soyons deux à effectuer le même voyage.

– Mais je…

Flavia était abasourdie.

– Ça peut être dangereux ! finit-elle par lui lancer, furieuse.

– Exact. Mais le fait d'emporter la clé alpha n'augmente en rien le danger. Si tu vas là-bas, autant la prendre avec toi.

– Vous n'avez pas peur que je la perde ? Que je n'y arrive pas ?

– Non, répliqua le capitaine.

– Je ne comprends rien à votre histoire, intervint Jean.

– C'est très simple, expliqua le capitaine. J'ai en ma possession une clé alpha sur laquelle sont enregistrées des données scientifiques. Ces informations ont été stockées par les Américains sur un ordinateur auquel un nombre limité de personnes ont accès. Cela leur a pris du temps et leur a coûté beaucoup d'argent, mais ils ont réussi à rassembler des connaissances importantes en mathématiques, physique et astronomie qui leur ont permis de prendre une avance considérable. En Europe, nous avons été incapables de réaliser ce travail. Résultat, nos scientifiques manquent d'un certain nombre de données pour poursuivre leurs recherches. Quand j'ai quitté l'Europe pour l'Amérique avec Flavia, j'avais deux missions : conduire là-bas une équipe de scientifiques qui devaient ensuite rejoindre la base du pôle

Nord ; dérober puis rapporter en Europe les informations stockées par les Américains.

– C'est bien compliqué, marmonna Jean, mais je crois avoir compris. Il y a toutefois une chose qui m'échappe : pourquoi diable voulez-vous retourner là-bas ?

Le capitaine eut une seconde d'hésitation avant de répondre :

– Nous n'avons pas réussi à copier toutes les données. Il en manque. Je dois aller les chercher. En attendant, ce que j'ai en ma possession doit être transmis. Et Flavia va s'en charger.

– Flavia ! Flavia ! bougonna Jean. Vous en parlez à votre aise ! D'abord que fait-elle ici ? Pourquoi n'est-elle pas restée en Amérique ?

– Demandez-le-lui !

– Je veux retrouver mon grand-père, déclara Flavia d'un air buté.

– Mais pourquoi ? Que t'est-il arrivé ?

Flavia se dressa devant oncle Jean, les yeux pleins de colère. Une idée venait de lui traverser l'esprit, une idée abominable.

– Ce qu'il m'est arrivé ? Tu dois le savoir, toi aussi ! J'ai appris quelque chose en Amérique, quelque chose de terrible. Mon grand-père m'a menti pendant toute ma vie ! Il m'a menti !

– Menti ?

Jean était abasourdi devant la violence de Flavia.

– Il m'a fait croire... Il a prétendu que mes parents étaient morts dans cet attentat sur le bateau. Et ce n'est pas vrai ! Ils n'étaient pas sur le bateau ! Ils n'y étaient pas...

Les larmes inondèrent le visage de Flavia tandis qu'elle poursuivait :

– Ils étaient sur le *Samantha*. Ils sont allés à New York et ils ont vécu là-bas. Tu le savais, hein, oncle Jean ? Tu le savais, comme le capitaine Blunt le savait ! Comme d'autres le savaient aussi ! Et personne ne me l'a avoué ! Vous m'avez menti, tout le monde m'a menti !

Jean était pétrifié.

– Qu'est-ce qu'elle raconte ? murmura-t-il. Qu'est-ce que c'est cette histoire avec ses parents ?

– Arrête à présent ! hurla Flavia. Dis-moi plutôt pourquoi grand-père et toi m'avez trompée pendant toutes ces années ! Ils étaient vivants et vous me l'avez caché !

– Vivants ? répéta Jean. Tes parents étaient vivants ? Tu es sûre de ça ?

Il se tourna vers le capitaine Blunt qui acquiesça.

– Vivants... C'est incroyable, Flavia ! C'est formidable ! Je l'ignorais. Je te jure que je n'en savais rien. Tu les as retrouvés alors ? Tu les as rencontrés ?

– Tu ne savais rien ? interrogea Flavia d'une petite voix.

– Rien ! Je te le jure ! Tu me connais. Comment aurais-je pu te cacher une chose pareille ?

– Grand-père me l'a bien caché, lui !

Jean fronça les sourcils.

– Anatole ? Pourquoi aurait-il fait ça ?

– C'est pour lui poser la question que je suis revenue, dit Flavia d'un air farouche. Je veux savoir. Parce que je ne les ai pas retrouvés, tu comprends. Ils ne sont plus à New York. Personne ne sait où ils se trouvent.

– Mon petit… Ma petite… murmura Jean en l'attirant contre lui. Tu vas rejoindre Anatole. Je te le promets. S'il t'a menti, c'est qu'il avait une raison, une bonne raison.

Dans la grotte avec Flavia

Chris...

Je t'ai parlé de la plage de mon enfance, celle où j'ai appris à marcher, celle où les oiseaux laissaient leurs traces dans le sable. Je revois cette petite fille vêtue d'un maillot de bain et d'un tee-shirt, la tête coiffée d'un grand chapeau de paille...

Cette petite fille qui était moi...

Les lieux ont disparu. La plage est sous les eaux, la terre qui la bordait sous la neige. La petite fille a grandi et troqué sa tenue d'été contre des vêtements chauds, les oiseaux se sont enfuis. C'est un autre monde ici, une autre planète.

Et oncle Jean est là ! Quel bonheur de le retrouver. Il est devenu le chef d'une troupe dont nous ignorons s'il s'agit de brigands ou de gens honnêtes ! Comment a-t-il réussi à s'imposer à eux alors qu'il a toujours vécu seul ? C'est un mystère ! Il est là, c'est l'essentiel.

Nous avons parlé. Un peu. Il dit tout ignorer de mon histoire et je le crois. Il est incapable de mentir, de dissimuler quoi que ce soit. Anatole ne lui a rien raconté. Pour quelle raison ? Je com-

mence à me dire qu'un mystère terrible entoure mon enfance. Lequel ? Comment le percer ?

La vie prend une drôle de tournure. Quand on est petit, on croit que rien ne changera jamais, que toujours les vagues viendront balayer le sable doré de la plage, que ceux que nous aimons resteront auprès de nous, immuables et solides.

Il n'en est rien. Tout change. Tout bascule.

Sauf mon amour pour toi. La température peut baisser, la plage disparaître sous les eaux et la neige recouvrir mon pays, je sais que tu es là, quelque part, vivant, que tu penses à moi si fort que je pourrais presque toucher du doigt ces sentiments que tu éprouves.

Il me suffit de fermer les yeux pour te voir, t'entendre.

Chris.

Je prononce ton nom tout bas, comme un cadeau que je m'offre et alors le ciel s'éclaire, la terre se réchauffe, mon cœur bat la chamade, le fil qui nous relie par-delà cet océan vibre d'une douceur sans pareille.

Je t'aime...

20

Épuisée, Flavia s'était assoupie sur l'une des banquettes dans un recoin de la grotte. Quand elle s'éveilla, elle se demanda un instant où elle était, puis tout lui revint en bloc : leur arrivée, l'échouage du *Samantha*, les faux naufrageurs, oncle Jean…

Elle se pelotonna sous la couverture qu'on avait déposée sur elle. Elle aurait voulu rester là, ne plus bouger, attendre que Chris arrive. Il avait promis de la rejoindre. Elle imagina qu'il allait entrer à pas de loup dans la grotte, avancer vers elle, s'asseoir sur la banquette, se pencher. Sa main caresserait ses cheveux, ses lèvres rencontreraient les siennes. Elle eut mal. La scène était si claire, si réelle, si impossible.

Elle se mordit les lèvres pour ne pas crier et se força à retenir ses larmes. Chris était là-bas. Un océan la séparait de lui.

Quelqu'un s'avança dans la pénombre.

Ce n'était pas Chris.

Il s'assit sur la banquette, lui prit affectueusement la main. Flavia se redressa, se pressa contre la veste rugueuse.

– Oncle Jean… murmura-t-elle.
– Tu as dormi. Il va bientôt faire nuit.
– Où sont les autres ?
– Ils se sont installés comme ils ont pu. Nous allons manger. Tu veux venir ?
Elle hocha la tête. Elle avait faim.
– Parle-moi de l'Amérique, demanda oncle Jean en repliant la couverture.
– La digue, commença Flavia. Ils ont une digue, énorme, si élevée, tu ne peux pas imaginer. L'océan se fracasse contre elle et il ne passe pas. Les gens vivent derrière, à l'abri. Des millions de gens dans une ville pleine de lumière. On ne peut pas quitter la ville. Les oiseaux restent au-dessus de la mer. On dirait que la digue a modifié les vents. Ils volent, haut dans le ciel, ils approchent, et au moment où ils s'apprêtent à franchir la digue, ils en sont empêchés, comme s'il y avait un mur. Et moi…
– Toi ?
– Moi, je parviens à les attirer. Je marche sur la digue, je les observe, j'en suis un du regard, je pense très fort à lui et il réussit à forcer le passage. Tu comprends ?
Jean secoua la tête.
– Non. Ton grand-père a toujours eu un rapport particulier aux oiseaux. C'est un guetteur exceptionnel. Tout ce qui arrive, il aurait pu le prédire. Il a compris depuis longtemps que la planète n'est pas aussi imprévisible qu'elle le paraît. Il suffit de l'écouter et de l'observer, de suivre le manège des oiseaux. Il disait toujours que s'ils changent de comportement, c'est que

la planète change elle aussi. Mais personne n'a écouté les guetteurs. Quant à toi, c'est autre chose. Depuis que tu es toute petite. Je t'ai souvent vue faire : les oiseaux venaient te manger dans la main et tu trouvais ça normal !

– C'est vrai !

Flavia eut un sourire à l'évocation des jours heureux de son enfance, quand elle trottinait sur la plage derrière oncle Jean.

– Il y a encore des bateaux sur l'océan ? interrogea Jean.

– Non. Et aucune liaison n'est possible. Une fois qu'on est sur l'eau, on est seul.

– Il n'y a que Samuel Blunt pour tenter des traversées pareilles.

– Il dit que la digue va très loin vers le nord et vers le sud, qu'elle protège tout le continent sur sa façade atlantique.

– Tu sais, j'ai cru que je ne te reverrais pas. Que j'allais mourir ici, dans le froid. Et te voilà. Tu aurais dû rester là-bas. Tu y étais en sécurité.

Flavia protesta.

– Non, justement. Ils ne veulent pas des gens comme nous. Ils ne veulent pas de clandestins. Pour vivre là-bas, il faut des papiers, un visa. Ils ont...

Flavia fit un énorme effort pour se forcer à parler.

– Au moment où je suis partie, les clandestins se sont rassemblés pour défiler dans les rues, pour réclamer des droits. Ils étaient des milliers. On les a massacrés...

– C'est impossible.
– Je te jure que c'est vrai.
– Quel drôle de monde. En Europe nous avons l'impression qu'il n'y a plus rien, ni gouvernement, ni armée, ni police. Juste des survivants. Et encore, combien sommes-nous ?
– Tu es sûr de ça ? Il doit y avoir des gens ailleurs. Dans les grandes villes, ils ont dû s'organiser. Oncle Jean, tu vas m'aider à retrouver mon grand-père ?
– Bien sûr, je vais t'aider. Mais tu sais, ça peut être dangereux. Les gens sont démunis et sans scrupules. Ils sont prêts à tout pour se procurer ce qui leur manque. Il faudra que tu fasses très attention.

21

Quand Flavia sortit de la grotte, le soleil déclinait. Une lumière rose baignait le sol glacé et le ciel avait pris une teinte d'une infinie douceur. Elle fut frappée de la beauté du lieu et de la plénitude de l'instant. Elle eut une pensée émue pour le *Samantha* couché sur la neige et imagina la glace envahissant les filins, tissant de la dentelle sur les voiles repliées, recouvrant la coque peu à peu… Il devait avoir une drôle d'allure.

Nul ne perdait de temps à rêver devant le paysage. Hommes et femmes allaient et venaient, chacun semblant avoir une tâche précise. Des appels résonnaient : des prénoms d'enfants qu'on rappelait avant que l'obscurité ne soit complète.

Un peu à l'écart, une haute silhouette se dressait : le capitaine Blunt !

Le sang de Flavia ne fit qu'un tour. Elle avait un compte à régler avec lui et elle allait le régler tout de suite.

Elle se planta devant lui.

– Dites donc, comment avez-vous osé ?

Le capitaine Blunt posa sur elle un regard surpris.

– Osé quoi ?

– Vous savez très bien de quoi je parle ! Prétendre que je suis votre femme ! « J'aime les femmes jeunes », cita-t-elle en imitant le capitaine. Vous rêvez !

Le capitaine Blunt éclata de rire.

– Flavia ! Du calme ! C'est la première chose qui m'est venue à l'esprit pour te protéger.

– Me protéger, d'accord ! Mais ce n'est pas une raison pour inventer n'importe quoi !

– Flavia, quand ces hommes ont débarqué, on ne savait rien de la situation ici. On ignorait que Jean était parmi eux. C'est une chance d'ailleurs. Sinon...

– Sinon ?

– Dans des situations comme celle que nous vivons, l'humanité a vite fait de revenir à des préoccupations essentielles : se nourrir, avoir chaud, et les femmes ont rarement la meilleure place. Une fille qui n'appartient à personne peut être prise par n'importe qui. J'ai voulu t'éviter cela. Tu t'es regardée dans un miroir, Flavia ? Tu es belle...

– C'est une idée d'homme, ça ! Appartenir à quelqu'un ! Je n'appartiens à personne. Je donne mon cœur à qui je veux, vous entendez ? J'ai donné mon cœur à...

Sa voix s'étrangla.

Le capitaine l'observait sans broncher.

– Je n'ai pas été élevée comme ça, termina-t-elle dans un murmure.

– Le monde dans lequel tu as été élevée n'existe plus, Flavia, répondit le capitaine d'un ton sec. Ouvre les yeux. J'ai dit cela dans l'urgence pour te protéger. Si je t'ai blessée, je le regrette.

Il lui tourna le dos sans lui accorder un regard.

22

La nuit venue, tout le monde se réfugia dans les grottes. Il ne faisait pas aussi froid que Flavia le craignait. Même si les feux étaient entretenus avec parcimonie pour économiser le bois, la température restait constante.

Dehors, c'était l'obscurité totale. Le ciel s'était empli d'étoiles et aucune lumière ne ternissait leur éclat. Le silence était profond, serein. Ils auraient pu se croire les seuls survivants de la planète et Flavia se dit que c'était peut-être le cas.

Impossible.

De l'autre côté de l'océan, il y avait la digue et, derrière, des millions d'habitants. Ils n'avaient pas pu disparaître. S'ils avaient une digue, ils disposaient aussi de quoi lutter contre l'hiver. Et dans le reste du monde, la vie continuait sans doute.

Une fois le repas terminé, Jean, le capitaine Blunt, Max, Flavia et Abel se réunirent.

Le capitaine déploya une carte dans la lumière, pointa un doigt.

– La base des scientifiques est ici.

Flavia se pencha.

La zone que désignait le capitaine était située loin à l'intérieur des terres, dans une région montagneuse. Une main avait tracé un nom en lettres minuscules : Landvik.

– Et nous, nous sommes là, reprit le capitaine en indiquant un point sur la côte atlantique. À environ cinq cent cinquante kilomètres. Les routes sont couvertes de neige, il n'y a plus de moyens de transport et je suppose que nous ne savons rien de ce qui s'est passé à l'intérieur des terres ?

– Pas grand-chose, reconnut Jean.

– Mon grand-père est là-bas ? interrogea Flavia.

– En tout cas, c'est là-bas que ceux qui sont venus le chercher l'emmenaient. Et je leur fais assez confiance pour être persuadé qu'ils ont réussi.

– Comment peut-on s'y rendre ?

– En traîneau.

Elle posa sur Jean un regard effaré.

– Qu'est-ce que tu veux dire ?

– Exactement ce que je viens de t'annoncer. En traîneau, avec des chiens. C'est la meilleure façon de circuler.

– Mais... Je ne sais pas... Je n'y arriverai jamais !

– C'est vrai, ça, je ne te l'ai pas appris ! Mais nous avons quelqu'un ici qui maîtrise la situation. Je suis sûre que tu t'entendras très bien avec elle.

– Elle ?

– Elle s'appelle Anita. Je lui ai déjà dit ce qu'on attendait d'elle. Demain, elle prépare l'attelage. Après-demain, si tu le souhaites toujours, vous partirez.

– Il faut que Flavia s'en aille au plus tôt, intervint le capitaine Blunt. À la base, ils ont besoin de la clé alpha.

– Parce que vous êtes toujours décidé à ne pas m'accompagner ?

– Plus que décidé. Demain, je commence à renflouer le *Samantha*, rétorqua le capitaine Blunt sur un ton sans réplique.

– Je comprends votre souhait de retourner en Amérique, le modéra Jean. Cependant, on ne peut pas laisser Flavia et Anita s'embarquer seules dans un tel périple. Il leur faut… Il leur faut un…

Jean hésita.

– Un homme, oncle Jean ! fit Flavia. Vas-y, dis-le ! Il nous faut un homme ! Nous ne sommes que deux frêles jeunes filles…

Jean était embarrassé. Il confirma cependant :

– Oui. Je crois qu'il vous faut un homme.

– Jean a raison ! trancha le capitaine Blunt. Vous ne pouvez pas partir seules.

– Je ne suis pas certain d'avoir ici quelqu'un en qui j'aurais suffisamment confiance pour… commença Jean.

– On ne peut prendre aucun risque, coupa le capitaine Blunt. Il faut une personne sûre.

Il les dévisagea tour à tour et son regard s'arrêta sur son second.

– Max est parfait ! déclara-t-il. Max vous accompagnera.

– Moi ! s'exclama le marin.

– C'est un ordre, Max. Une mission. Tu escorteras Flavia et Anita jusqu'à Landvik. Elles sont à présent sous ton entière responsabilité.

– Bien capitaine !

Flavia dévisagea Max d'un air curieux. Jamais elle ne l'avait vu discuter un ordre du capitaine Blunt et, en y réfléchissant, elle n'imaginait pas qu'il puisse le faire. En tout cas, leur sort était réglé. Max les accompagnerait et elle n'en était pas mécontente.

23

Le lendemain, un soleil éblouissant régnait et un concert de jappements emplissait l'air.

– C'est Anita qui prépare ses chiens, dit Jean en voyant Flavia sortir de la grotte.

– Ils viennent d'où ces chiens ?

– D'un peu partout. Au début, nous avons dû nous défendre. Abandonnés, poussés par la faim, ils nous attaquaient sans cesse. Nous avons abattu les plus féroces et nous avons dressé ceux qui pouvaient l'être, ceux qui faisaient preuve d'assez de résistance. À présent, nous avons cinq équipages de chiens de traîneaux.

– C'est incroyable.

– Flavia, tout est devenu incroyable ! Viens, il faut que tu rencontres Anita.

– D'où vient-elle ?

– D'un cirque ! Elle a pas mal voyagé et elle en connaît un rayon. Elle sera un guide sûr.

Les chiens formaient une horde excitée qui tournoyait autour d'une jeune fille brune. Ils sautaient, aboyaient, venaient se frotter contre elle, se détournaient pour mieux revenir, guettant un appel, une caresse. Parfois, deux d'entre eux se montraient les crocs, cherchant à mordre ; elle les séparait d'un ordre bref.

– Regarde, expliqua Jean, elle est en train de les sélectionner.

Il y avait déjà six chiens à l'écart, couchés au pied d'un adolescent.

– Et lui, c'est qui ? demanda Flavia.

– Roberto. Le frère d'Anita. Il ne parle plus. Ils sont arrivés ici à moitié morts de faim et de froid. Anita portait son frère sur son dos. Il est resté dans une sorte d'hébétement pendant plusieurs jours. Nous étions sûrs qu'il ne survivrait pas. Nous n'avions rien pour le soigner. Un jour, il a ouvert les yeux. Mais il n'a jamais reparlé. Pas avec les hommes en tout cas. En revanche, avec les bêtes... Regarde comme les chiens sont calmes avec lui !

Anita cria deux noms et sa voix résonna dans l'air glacé :

– Tomek ! Osak !

L'adolescent s'approcha, flatta deux jeunes bergers allemands qui rejoignirent aussitôt les six autres chiens.

– Voici ton attelage, Flavia, fit Jean.

Anita poussa la horde glapissante de ceux qui n'avaient pas été choisis dans un enclos dont elle ferma la porte tandis que Roberto conduisait ailleurs les huit bêtes retenues.

– Anita ! appela Jean.

La jeune fille vint vers eux. Son visage était rouge et ses yeux brillaient d'excitation.

– On va avoir un équipage du tonnerre ! déclara-t-elle.

– Anita, voici Flavia, dit Jean. Flavia, voici Anita. Elle te conduira là où tu dois te rendre.

Les deux jeunes filles se dévisagèrent. Elles ne se ressemblaient pas. Anita était plus grande, plus carrée, plus robuste, avec un visage décidé. Flavia comprit tout de suite pourquoi elle avait survécu, parvenant même à sauver son frère. Dans le regard d'Anita, brûlait une petite lueur qui ne trompait pas, une furieuse envie de vivre et une détermination à toute épreuve. Elle se sentit soudain vulnérable et incertaine et pourtant, elle savait qu'une flamme identique brûlait aussi en elle, au fond de son cœur.

Anita eut un large sourire et tendit une main gantée.

– Salut !

– Bonjour ! lança Flavia en serrant maladroitement la moufle épaisse qui protégeait la main d'Anita à la fois du froid et des crocs des chiens.

– Le traîneau est prêt, déclara Anita. Tu veux le voir ?

Flavia eut un geste d'assentiment.

– Je vous laisse, conclut Jean.

Anita entraîna Flavia vers une grotte dans la falaise, encombrée d'un matériel hétéroclite. Au centre, le traîneau attendait, long, solide, chargé de fourrures et de sacs.

– Voilà ! annonça Anita fièrement.

Flavia s'approcha et l'examina. Qu'était-elle supposée dire ou faire ? Elle le sentait, Anita attendait d'elle des commentaires, des ordres peut-être. Elle interrogea :

– Nous avons là de quoi tenir pendant plusieurs jours ? Il nous faudra manger, bivouaquer, nous défendre, qui sait...

En prononçant ces mots, Flavia avait conscience de l'étrangeté du voyage qu'elle entreprenait et des dangers qu'ils allaient encourir.

– Nous avons tout, affirma Anita. À part les armes. Nous les aurons au moment du départ.

– Les armes ? s'inquiéta Flavia en essayant de maîtriser le tremblement de sa voix.

– Deux fusils, des poignards, expliqua Anita.

– C'est bien, murmura Flavia. Le reste ?

Anita se lança dans une description minutieuse de ce que portait le traîneau. Au fur et à mesure qu'elle parlait, Flavia se détendait. Elle avait en face d'elle quelqu'un de solide et d'entier en qui elle pourrait avoir confiance. Elle continua à questionner, à commenter. Il lui fallait apprendre, et vite si elle voulait aider Anita !

Une heure plus tard, elles quittaient la grotte côte à côte, discutant avec animation. Anita déclamait les noms des chiens, comme une litanie : Tomek, Osak, Valdo, Karyl, Baltik, Louna, Shadow, Plume, et Flavia les répétait après elle.

Roberto leur avait emboîté le pas.

– Nous serons trois alors ? Max, toi et moi ?

– Quatre, rectifia Anita. Je ne pars pas sans Roberto.

– Tu l'as dit à oncle Jean ?

– Non. Mais c'est comme ça.

Flavia se retourna vers l'adolescent. Il avait ôté ses gants et tressait, tout en marchant, trois brins de cuir.

– Que fait-il ? demanda-t-elle.

– Tu peux t'adresser à lui ! Il ne parle plus, mais il n'est pas sourd.

– Qu'est-ce que tu fais ? interrogea Flavia en désignant les lacets.

Roberto leva la tête et dévisagea Flavia. Il avait de grands yeux très noirs et Flavia eut l'impression qu'en un seul regard il l'avait sondée au plus profond d'elle-même.

Il tendit les mains vers elle en poursuivant son travail plus lentement pour lui permettre de suivre ses gestes. Au bout de quelques instants, il plaça son ouvrage dans les mains de Flavia. Maladroitement, elle essaya de l'imiter. Avec douceur et patience, il guida ses doigts, l'encourageant à poursuivre.

– C'est pour l'attelage, expliqua Anita. Il nous faut des courroies de rechange et nous devons en fabriquer autant que possible.

– Je comprends, murmura Flavia concentrée à présent sur ce qu'elle faisait.

– Jean a dit que nous avions cinq cent cinquante kilomètres à parcourir.

– Ça va vite un traîneau tiré par des chiens ?

– Oui, ça va vite ! Mais nous, nous devons marcher derrière ! Le traîneau ne peut porter qu'une à deux personnes à la fois.

– Marcher sur cinq cent cinquante kilomètres ! s'exclama Flavia. Ça va prendre des semaines !

– Pas avec le traîneau, pas en nous relayant. Et avec les raquettes, nous marcherons mieux.

– Les raquettes ?

– J'en ai préparé une paire pour toi. Tu devrais les essayer et t'entraîner un peu.

– Bien sûr…

– En principe, nous en avons pour une quinzaine de jours ! termina Anita d'une voix légère.

– Si longtemps, murmura Flavia.

24

Le capitaine Blunt l'attendait.

C'est ce que lui avait dit oncle Jean. Cela ressemblait fort à une convocation et Flavia se demanda un instant si elle y répondrait. Après tout, elle ne faisait pas partie de l'équipage du *Samantha* et elle n'avait aucune raison d'obéir au capitaine Blunt au doigt et à l'œil comme les marins. Mais elle était curieuse de savoir ce qu'il lui voulait.

Il se tenait dans un coin discret, à l'abri des regards et des oreilles.

– Flavia, commença-t-il aussitôt. Il faut que je te donne quelques précisions sur ta mission.

Flavia était abasourdie.

– Ma mission ! Vous ne manquez pas de culot, vous ! Il s'agit de VOTRE mission !

– Elle est devenue la tienne à présent. Écoute-moi, poursuivit-il sans lui laisser le temps de l'interrompre. On n'entre pas à Landvik comme dans un moulin. Il y a des codes.

– Je m'en doute.

– Et il y a cette clé alpha.

Il prit un étui dans sa poche.

– Depuis que Tommy me l'a remise, je ne l'ai jamais sortie de son enveloppe, expliqua-t-il.

Flavia avait du mal à comprendre où il voulait en venir. Le capitaine Blunt poursuivit.

– Ce n'est pas une clé alpha ordinaire. C'est une clé alpha alpha.

– Je ne sais pas ce que cela signifie, dit Flavia.

– Elle est issue d'un procédé qui a été mis au point par les scientifiques de Landvik et elle est unique en son genre.

– Qu'est-ce qu'elle a de particulier ?

– Pour être lue, elle doit être initialisée.

– Mais toutes les clés alpha doivent être initialisées avant usage !

– Oui, « avant usage » comme tu dis. La particularité de celle-ci est qu'elle doit être initialisée avant que l'on y copie des informations et c'est ce que Tommy a fait. Et elle doit aussi l'être avant lecture.

– Par la même personne ?

– Non. C'est l'un de ses avantages.

– Bon, et alors ?

– Alors son mode d'initialisation avant lecture se fait de façon particulière. Il se fait avec une empreinte humaine. Attends ! Laisse-moi terminer. Les lignes de la main de chaque être humain sont uniques. C'est notre marque de fabrique. Cette clé ne peut être initialisée que d'une seule façon : elle doit d'abord être placée sur la paume de la main de son utilisateur. Elle analyse le tracé des lignes et le grave dans sa mémoire de manière indélébile. Pour lire la clé, l'ordinateur exige la même empreinte. L'utilisateur doit donc scanner la paume de sa main pour lui fournir cette information.

– Pourquoi me racontez-vous ça ?

– Pour l'instant, cette clé n'est pas initialisée.

– Eh bien c'est simple, en arrivant je la remets à un chercheur et il se débrouillera avec ! Et en attendant, je n'y touche pas !

– Pas si simple. Il se trouve que cette clé est également le seul moyen que nous ayons pour entrer dans la base.

– Quoi !

– Qu'est-ce que tu t'imagines ? Qu'il te suffit d'aller là-bas, de sonner à la porte et que quelqu'un viendra t'ouvrir ? La base est ultra-secrète. Pour y accéder, il fallait un système inviolable.

– Vous y êtes allé ?

– Jamais. Mais je sais exactement où elle se situe. C'est en pleine nature, dans un endroit sauvage et rien n'est visible de l'extérieur.

– Alors comment allons-nous la découvrir ? demanda Flavia, perplexe.

– Ce ne sera pas difficile. Tu emportes une carte et une boussole. Je t'ai appris à les utiliser, tu t'en sortiras très bien. Pour y entrer, c'est autre chose. Tu devras initialiser cette clé avec ta main et une fois que cela aura été fait, ta présence sera indispensable pour que son contenu puisse être lu. Si tu disparais, tout le savoir qu'elle contient sera perdu.

Soudain, Flavia eut peur. En un quart de seconde, elle réalisa que ce qu'on lui demandait dépassait la seule tâche de messagère. Elle allait être la dépositaire d'un ensemble unique et elle serait la seule à en permettre l'accès !

– Stop ! cria-t-elle. Pourquoi vous me dites ça à moi ? Pourquoi pas à Max ? Ou à Anita qui a l'air si débrouillarde ?

– Max est un marin, dit le capitaine. Il obéit aux ordres et je n'ai pas à l'impliquer dans cette affaire. Anita, je ne la connais pas. Toi, je sais qu'il y a une volonté qui te pousse, une volonté qui sera plus forte que tout. Tu parviendras à Landvik parce que tu veux retrouver ton grand-père. Et pour y entrer, tu as besoin de la clé. Alors, écoute-moi bien…

25

Le traîneau était fin prêt. Oncle Jean avait apporté à Flavia une véritable tenue d'Esquimau : pantalon en peau, veste de fourrure, bottes molletonnées, gants, toque... Flavia se sentait un peu engoncée mais au chaud.

Déjà attelés, les chiens gémissaient tandis qu'Anita faisait le tour du traîneau, vérifiant que les bagages étaient solidement arrimés. Une place était aménagée pour un passager, ils s'y installeraient tour à tour.

Oncle Jean adressait à Flavia ses dernières recommandations.

– Prends bien garde à toi. Anita est quelqu'un de sûr, Roberto est un garçon solide et Max est plein de bon sens. Mais je ne sais pas ce que vous trouverez sur votre route.

Flavia avait les larmes aux yeux.

– Pourquoi tu ne viens pas ? murmura-t-elle.

– Ne pleure pas, dit-il en lui essuyant les yeux. Il fait trop froid, il ne faut pas pleurer par cette température. Je ne peux pas venir. Ma place est ici, avec eux, près de la mer.

– Et si la mer gèle ?

– C'est toujours la mer...

– Madame Blunt, prends bien soin de Max ! fit une voix dans leur dos.

Flavia jeta un regard furibond au capitaine Blunt.

– Ne m'appelez pas comme ça !

– Ah ! Voilà ! Je te préfère ainsi, Flavia ! Furieuse et déterminée. Mais ma recommandation reste valable : prends bien soin de Max.

– Je croyais que c'était à lui de veiller sur moi ! répliqua Flavia.

– Ça n'empêche pas. Et je ne voudrais pas qu'il vous arrive quelque chose, ni à l'un ni à l'autre.

– Accompagnez-nous alors ! C'est votre mission, non ? Vous êtes un lien, n'est-ce pas ? Un passeur...

Le capitaine Blunt secoua la tête.

– Un passeur d'océans. Sur la terre, je ne vaux rien. Je suis comme Jean, un homme de la mer. Et je dois repartir. C'est ce que je ferai dès que le *Samantha* sera prêt.

– Vous m'abandonnez ! jeta Flavia.

Elle était furieuse soudain. Furieuse parce qu'elle avait peur. Peur de ce périple qu'elle entreprenait, de l'inconnu qui s'ouvrait devant elle, peur aussi de ne pas être à la hauteur. Après tout, elle n'était qu'une adolescente. Elle aimait bien Max et sa présence tranquille, mais elle ne se sentait pas, à ses côtés, à l'abri du danger comme c'était le cas auprès du capitaine Blunt.

– C'est toi qui veux retrouver ton grand-père, observa celui-ci. Ça ne te coûte pas beaucoup de transporter la clé alpha par la même occasion.

– C'est vrai… murmura Flavia.

Une fois de plus, il touchait juste et il la mettait en face de ses responsabilités.

– Et j'ai de bonnes raisons de repartir en Amérique, poursuivit-il.

– Oui, je sais. Il manque une partie des informations, Tommy doit vous les communiquer.

– Ce n'est pas seulement ça. Tommy prend des risques énormes, je veux être là.

– La première fois qu'il est allé dérober les informations, vous n'aviez pas ces scrupules. Vous étiez loin, en mer.

– C'est différent aujourd'hui. Nous ignorons ce qui est arrivé après l'échec de la manifestation.

– Vous allez l'aider ?

– Je veux être là, répéta le capitaine Blunt d'une voix tendue.

– Pourquoi ? demanda Flavia, surprise de ce ton inhabituel.

– Parce que Tommy est mon fils.

Flavia regarda le capitaine Blunt d'un air stupéfait.

– Tommy ! Votre fils ?

Il hocha la tête avec un sourire ironique et lança :

– Né d'un premier mariage, naturellement !

– Votre fils ! répéta Flavia sans relever la plaisanterie. Pourquoi ne l'a-t-il pas dit ? Et vous ? Pourquoi le cachez-vous ?

Le capitaine Blunt secoua la tête.

– Nous n'avons plus le temps... Bonne chance, Flavia. Fais très attention, il faut que tu réussisses. Et si je ramène Tommy, il te rejoindra. À présent, je connais les lieux et nous avons des amis sûrs, ici !

Il l'attira à l'écart et lui chuchota à l'oreille :

– Pour tes parents, le secret a été bien gardé. Nul ne sait qu'ils ont échappé au naufrage de *L'Avenir* et qu'ils se sont réfugiés en Amérique. Garde le secret, toi aussi. N'en parle à personne sauf si cela te semble indispensable.

26

Ils étaient quatre.

Quatre perdus dans une immensité étincelante et déserte. Quatre voyageurs et huit chiens qui couraient joyeusement, ivres d'espace et de grand air, excités par les cris d'Anita et par la lanière du long fouet qui claquait au-dessus de leurs oreilles.

La veille, ils avaient débattu pour savoir combien de personnes participeraient à l'expédition. Oncle Jean avait tranché. Le traîneau devait être aussi léger que possible et une personne supplémentaire signifiait de la nourriture en plus et un chargement plus lourd. Anita ayant refusé de se séparer de son frère, il n'avait plus été question que quelqu'un d'autre se joigne à eux. D'ailleurs, Jean était convaincu qu'Anita était la plus apte à diriger l'équipage et qu'elle était capable de les sortir de n'importe quelle situation.

La neige était juste assez dure pour que les chiens ne s'enfoncent pas et leurs aboiements résonnaient dans l'air vif.

– Ce n'est pas dangereux ? s'étonna Flavia. Ils ne risquent pas de nous faire repérer ?

– On ne peut pas les empêcher d'aboyer, dit Anita en encourageant son attelage. Et de toute façon, on aura du mal à passer inaperçus !

Elle était debout à l'arrière du traîneau. Flavia était installée sur le siège aménagé au cœur des bagages. Chaussés de raquettes, armés de bâtons, Max et Roberto les suivaient. Plus tard, ils échangeraient les places et Flavia se demandait comment Max et elle apprendraient à guider les chiens. Mais Max était une personne pleine de ressources.

Ils menaient un train d'enfer depuis plus d'une heure quand il proposa, au cours d'une brève halte :

– Donnez-moi votre fouet, Anita, que je voie si je sais toujours faire ça.

Elle le détailla de la tête aux pieds.

– Parce que vous avez déjà mené des chiens de traîneau ? interrogea-t-elle ; et le ton de sa voix montrait qu'elle n'y croyait pas une seconde.

– Absolument, déclara Max très sûr de lui. Vous allez voir.

Et d'autorité, il prit le fouet des mains d'Anita, fit claquer sa langue contre son palais, lança un ordre dans une langue inconnue.

Les chiens se jetèrent en avant, arrachant le traîneau à la neige.

Quand enfin ils firent une pause à l'abri d'un bosquet aux branches gelées, Flavia eut du mal à s'extirper de son siège. Elle se sentait courbaturée et avait honte d'avoir occupé la place toute la matinée.

– Cette après-midi, je marcherai, affirma-t-elle.

Anita eut un geste d'assentiment.

– D'accord. Tout à l'heure, les chiens iront moins vite, ils commencent à se calmer.

Flavia se tourna vers Max.

– Max, où avez-vous appris à mener les attelages de chiens ?

– Au pôle Nord, mademoiselle Flavia !

– Au pôle Nord ! s'exclama Flavia.

Ses paroles restaient en suspens dans l'air glacé. Les deux mots avaient ravivé le souvenir de Noémie, de Benjamin et de l'équipe des scientifiques. Le pôle Nord ! C'était là leur but. Et elle ignorait s'ils avaient réussi à quitter New York et à s'y rendre. Le saurait-elle jamais... D'ailleurs, qu'y avait-il là-bas ? Elle imaginait un espace de liberté où des chercheurs du monde entier s'étaient réunis pour tenter de sauver la planète. Et si ses parents s'y trouvaient aussi ?

– Que faisiez-vous au pôle Nord ? demanda-t-elle.

– J'accompagnais le capitaine Blunt. Nous avions un message du guetteur du Pacifique Sud pour la base de recherche.

– Le capitaine n'a jamais évoqué ce voyage ! dit Flavia abasourdie. C'était il y a longtemps ?

Max la regarda d'un air perplexe.

– Vous savez, mademoiselle Flavia, le capitaine Blunt a navigué sur toutes les mers du globe et il connaît tous les guetteurs. Le pôle, cela fait... des années !

– Et vous êtes allés jusqu'à cette base ?

– Naturellement. Nous avons navigué aussi loin que nous avons pu avec le *Samantha*. Sur la banquise, un traîneau nous attendait pour nous conduire à la base. Nous sommes restés là-bas plusieurs semaines. C'est là que j'ai appris à conduire les attelages et à utiliser les raquettes. Je me suis dit que ça pouvait toujours servir... Et vous voyez, je n'avais pas tort !

– Et parmi les occupants de la base, il n'y avait personne du nom de Maurel ?

– Je m'en serais souvenu, mademoiselle Flavia. Et le capitaine aussi...

– On y va ! l'interrompit Anita en sautant sur ses pieds. Il ne faut pas perdre de temps.

Songeuse, Flavia emboîta le pas à Roberto, plaçant ses pas dans les traces qu'il laissait. Ainsi, le capitaine s'était rendu à la base polaire... Pourquoi ne lui en avait-il pas parlé ?

Le rythme de l'après-midi fut plus modéré. Les chiens se fatiguaient et, dès que la lumière commença à baisser, les voyageurs cherchèrent un endroit pour bivouaquer. Ils le repérèrent dans un repli du terrain. Il y avait là de gros rochers auxquels ils adossèrent et fixèrent leur abri.

– Qu'est-ce que ça pouvait bien être ? murmura Flavia.

– Une ancienne carrière, sans doute, suggéra Anita. Je vais m'occuper des chiens.

– Et moi je pars trouver de quoi les nourrir, dit Max.

Flavia le regarda s'éloigner sans comprendre. Très vite, le claquement d'un coup de feu lui apprit de quelle façon Max comptait s'y prendre. Le marin revint peu après, traînant une prise.

– Il y a du gibier, déclara-t-il.

Flavia s'approcha.

– Un chevreuil ! s'exclama-t-elle. Les animaux survivent, alors ?

– Les animaux s'adaptent, répliqua Max en commençant à dépecer l'animal.

– Vous savez tout faire, constata Flavia en observant sa dextérité.

Il lui jeta un regard rieur.

– Mademoiselle Flavia, pourquoi croyez-vous que le capitaine Blunt tenait à ce que je vous accompagne ?

Roberto tapa sur l'épaule de Max en lui montrant un lacet de cuir avant de désigner le chevreuil.

– Que veut-il dire ? interrogea Max.

– Que demain, c'est lui qui s'occupera de la chasse, intervint Anita. Inutile de gaspiller nos munitions. Il sait s'y prendre autrement.

Roberto s'accroupit à côté de Max et, d'autorité, entreprit de l'aider.

Stimulés par l'odeur du sang, les chiens gémissaient, se pressaient les uns contre les autres, se mordaient.

– Tomek, Osak, Valdo, Karyl, Baltik, Louna, Shadow, Plume ! lança Anita.

Les chiens se calmèrent et se jetèrent sur les morceaux que Max leur distribua.

Plus tard, ils allumèrent un feu, mangèrent rapidement, s'enroulèrent dans les fourrures, serrés les uns contre les autres. Nul besoin de monter la garde ; les huit chiens les alerteraient si quiconque tentait de s'approcher. D'ailleurs, qui aurait pu troubler leur sommeil ? Depuis leur départ, ils n'avaient pas aperçu âme qui vive.

27

Voilà trois jours qu'ils galopaient derrière leurs chiens sans croiser personne. Ils surprirent des lièvres, des chevreuils et même à deux reprises des sangliers qui s'enfuyaient sur leur passage, mais des êtres humains, point. Les villages, les hameaux, les fermes qu'ils apercevaient étaient désertés. Ils ne s'en approchaient pas, préférant les contourner. Nulle fumée ne s'élevait au-dessus des toits blanchis, aucun cri ne résonnait sur la plaine glacée.

« L'humanité a-t-elle donc disparu ? s'inquiétait Flavia. Sommes-nous les seuls survivants ? C'est impossible… »

– Les gens ont fui depuis longtemps, expliqua Anita. Quand les eaux ont commencé à monter, ils ont reflué vers l'intérieur du pays et quand le froid est arrivé, cette zone était déjà à l'abandon.

– Et toi, Anita, d'où viens-tu ?

– De partout… murmura Anita. D'ailleurs. De nulle part. C'est comme ça avec un cirque. Nous faisons partie de la Terre et nous la parcourons.

– Mais comment es-tu arrivée au campement ?

– Je ne sais plus. Je ne parviens pas à me souvenir de ce qui s'est passé. À un moment, je me suis retrouvée seule avec Roberto. Il n'allait pas bien. Il faisait très froid. Nous avons marché, marché… Ils nous ont recueillis.

– Et les autres ? Ceux de ton cirque ?

– Je ne sais plus…

– Tu faisais quoi dans ce cirque ?

– Dompteuse ! déclara Anita fièrement.

– Dompteuse de lions ? s'exclama Flavia.

– Pfffffff ! Des lions ! fit Anita avec dédain. Sûrement pas ! Dompteuse de tigres ! J'avais six tigres, dont un tigre blanc, Pachek. Lui, je l'ai eu tout petit. À nous sept, on faisait un sacré numéro !

Ni Flavia ni Max n'en croyaient leurs oreilles.

– Ça veut dire, mademoiselle Anita, commença Max, que vous étiez seule sur la piste, dans une cage, avec ces bêtes ?

Anita éclata de rire.

– Naturellement ! C'est ça le boulot des dompteurs ! Et les chiens, à côté, ce n'est vraiment pas compliqué ! ajouta-t-elle en faisant claquer son fouet.

– Et ces tigres, demanda Flavia, où sont-ils à présent ?

– Je voudrais bien le savoir. Si seulement j'arrivais à me rappeler… Peut-être ont-ils réussi à s'échapper ! lança Anita avec espoir.

Flavia frissonna.

– Euh… Il vaudrait peut-être mieux pas ! D'ailleurs, avec ce froid, ils n'ont pas dû s'adapter, n'est-ce pas ?

– Bien sûr que si ! J'avais deux tigres de Sibérie et eux ne craignent pas le froid ! Quant à Pachek, mon tigre blanc, il peut s'adapter à tout.

– Ça signifie, dit Flavia, qu'il y a plein d'animaux dangereux qui rôdent !

– Oh non ! Les éléphants et les singes, par exemple, n'auront pas résisté. Les lions non plus.

– Ah ! Parce qu'il y avait aussi des lions ?

– Oui, quatre, deux couples.

– Un éléphant congelé, ce serait bien, fit Max.

Anita et Flavia le regardèrent sans comprendre.

– Ben oui ! Pour les chiens ! expliqua-t-il. Au moins on aurait de quoi les nourrir un moment !

– Pourquoi pas un mammouth, tant qu'on y est ! dit Flavia.

– Ce serait encore mieux, c'est plus gros !

Les chiens trottaient sur la neige, droit vers l'est, tandis qu'ils discutaient joyeusement. Dans leur dos, le soleil commençait à descendre, éclairant le paysage d'une lumière rasante.

Flavia se sentait bien. Elle avait pris le rythme et marchait autant que les autres. Sur la neige durcie, les raquettes ne laissaient qu'une empreinte légère et elle s'étonnait de ne pas se sentir plus fatiguée. Le premier soir, des douleurs dans les muscles de ses jambes lui avaient rappelé que ce genre d'activité lui était inhabituel, mais à présent son corps s'était adapté.

Le silence brisé uniquement par les cris d'Anita et les halètements des chiens était propice à la rêverie. Tandis qu'elle avançait, son imagination s'envolait. Elle se remémorait New York, sa rencontre avec Chris, leur entente parfaite, sa main dans la sienne, ses lèvres sur sa bouche... Les souvenirs étaient si vivaces qu'elle avait le sentiment de mener deux vies en parallèle.

Ce soir-là, la plaine qui s'ouvrait face à eux n'offrait aucun abri et ils échangèrent un regard soucieux.

– On dirait que le temps va changer, observa Max.

Depuis leur départ, le soleil avait brillé et ils n'avaient pas eu à souffrir du vent. Mais à présent, des nuages s'amoncelaient devant eux, à l'horizon, n'annonçant rien de bon.

Anita fit claquer son fouet et donna de la voix pour relancer les chiens qui accélérèrent l'allure. Derrière, Max, Roberto et Flavia essayaient de conserver le rythme. Enfin, ils parvinrent à un bosquet et décidèrent de s'y arrêter.

Ils étaient rodés à présent. Anita et Max s'occupaient de dételer les chiens et de les entraver pour la nuit, Flavia montait l'abri, Roberto disparaissait : il allait chasser.

Après avoir installé les fourrures sur le sol, Flavia se redressa et observa le ciel.

– Je n'ai pas vu un seul oiseau depuis que nous sommes partis, dit-elle.

– Et alors ? interrogea Anita.

– Alors c'est bizarre. Il y a toujours eu des oiseaux pour me parler.

– Les oiseaux te parlent ?

– Pas exactement. C'est difficile à expliquer. Ils vont, ils viennent, ils planent, ils descendent vers la mer ou au-dessus des dunes, ils crient... C'est un langage et ça n'en est pas un. En les regardant, j'apprends des choses. Si je parviens à me concentrer, je vais plus loin encore. C'est là, ajouta-t-elle en posant une main sur sa poitrine. Et là aussi, dit-elle en déplaçant sa main vers son front.

– Comme moi avec Pachek ?

– Je ne sais pas. Les oiseaux me disent des choses, ou je devine qu'ils me les disent, et parfois j'ai l'impression que moi aussi je leur parle et qu'ils comprennent.

– Je me suis toujours demandé si Pachek comprenait ce que je disais.

– Mais Pachek est apprivoisé, non ? C'est différent.

Anita secoua la tête.

– On n'apprivoise pas un tigre.

28

À l'aube, le temps avait changé. Un ciel gris et bas recouvrait la plaine et un vent cinglant soulevait la neige.

– Je n'aime pas ça, murmura Max.

– Nous ne pouvons pas rester ici, déclara Anita. Nous ne sommes pas assez à l'abri. Et puis il faut avancer. Partons.

Soucieux, Roberto et Flavia emballèrent leurs affaires pendant qu'Anita et Max attelaient les chiens, et très vite, ils furent prêts à reprendre la route.

Au début, le vent ne les gêna pas. Plus tard dans la matinée, il commença à forcir, provoquant des tourbillons de neige qui les aveuglaient parfois et ralentissaient leur marche. Les chiens se taisaient et avançaient avec obstination, la tête baissée, le corps arqué, les muscles des pattes tendus. Max, Anita, Roberto et Flavia s'emmitouflèrent du mieux qu'ils purent, protégeant leur nez, leur bouche et leurs oreilles.

Quand ils parvinrent dans un paysage vallonné, Max hurla :

– Dès que l'on trouve un abri, on s'arrête !

Mais leur champ de vision était de plus en plus étroit et ils avaient du mal à distinguer ce qui les entourait.

Soudain, les chiens stoppèrent net.

– Tomek, Osak, Valdo, Karyl, Baltik, Louna, Shadow, Plume ! cria Anita.

Le déroulé de leurs noms, qui habituellement les galvanisait, n'eut cette fois-ci aucun effet. Ils se tournèrent les uns vers les autres en gémissant. Le vent gronda et forcit encore. Un brouillard de neige les enveloppa.

– Abritons-nous le long du traîneau ! hurla Max.

Ils s'affalèrent tous les quatre contre le chargement. Anita défit le harnachement des chiens qui vinrent se masser contre eux. Bientôt, ils formèrent une boule humaine et animale compacte, occupée à une seule activité : résister.

Flavia enfouit son visage dans ses genoux. Elle était incapable de dire si elle avait froid. Anita était à sa gauche, Max à sa droite avec Roberto serré contre lui, les chiens couvraient leurs pieds et leurs jambes, l'univers se réduisait à leur petit groupe perdu dans la tourmente. Il ne fallait pas bouger, juste respirer et attendre.

Ils attendirent des heures et la tempête se déchaîna. Les chiens étaient couchés sur eux à présent et sans leur chaleur, jamais ils n'auraient supporté la morsure du froid. Une semi-obscurité régnait, pourtant la journée n'était pas finie, enfin, ils ne savaient plus.

Flavia somnola puis s'éveilla. Elle avait faim. Ni Anita ni Max ni Roberto ne bougeait, les chiens se taisaient et son estomac gargouillait.

Comment faisaient les autres ?

Elle remua un doigt, une main. Elle avait peur de ne plus pouvoir se déplier tellement son corps était engourdi.

La tempête se calma d'un coup, laissant place à l'obscurité totale. Flavia leva la tête. Elle distinguait à peine ses compagnons et les chiens ne bougeaient pas. Après le vacarme du vent qui avait soufflé pendant des heures, le silence était intense et ses oreilles bourdonnaient. Avec difficulté, elle dégagea un bras, puis l'autre. De chaque côté, Anita, Max et Roberto tentaient d'en faire autant mais les chiens se serraient contre eux, les empêchant d'amorcer le moindre geste.

– Ça va ? murmura Max.

– Ça va, grogna Anita tandis que Roberto hochait la tête pour signifier à son tour qu'il se sentait bien.

– J'ai faim, dit Flavia.

– Il va falloir attendre, répliqua Max.

– Il fait froid, observa Anita. Très froid...

Le ciel se remplissait d'étoiles.

Avec difficulté, ils repoussèrent les chiens. Le traîneau disparaissait sous une pellicule de neige très fine et ils distinguaient à peine les alentours.

– La température baisse, répéta Anita. Il faut monter l'abri, vite.

Ils se secouèrent, se redressèrent.

– Nous sommes déjà engourdis ! s'exclama Max. La tempête aurait duré un peu plus, nous aurions gelé sur place.

– Je ne crois pas. C'est depuis que la tempête a cessé qu'il fait si froid, fit Anita.

– Et j'ai trop faim pour geler, dit Flavia.

– Ce n'est pas le moment de manger, remarqua Max.

– Ça nous réchaufferait.

– Montons l'abri d'abord.

Roberto s'activait, défaisant les sangles, ouvrant les ballots.

– Ça ne suffira pas, constata Anita, soucieuse. Regardez les chiens.

Serrés les uns contre les autres, ils ne bougeaient pas.

– Ils ont si froid qu'ils ont oublié qu'ils n'avaient pas mangé.

– Dans le Grand Nord, les chiens résistent à des températures beaucoup plus basses, dit Max.

– Dans le Grand Nord, les chiens sont de vrais chiens de traîneau, rétorqua Anita. Ils ont l'habitude. Ceux-là sont des chiens d'ici. Je les ai sélectionnés, dressés, ils n'ont pas pour autant l'endurance ni la résistance des huskies, par exemple.

– Alors nous les prendrons avec nous dans l'abri.

– J'ai peur que ça ne suffise pas.

Le froid était de plus en plus intense. Ce qui n'avait été au début qu'un pincement se transformait à présent en une morsure profonde qui se nichait au creux de leur estomac comme si les vêtements qui les enveloppaient n'avaient pas plus d'épaisseur qu'une serviette de coton.

– Vite ! jeta Max.

Anita et lui s'activèrent autour du traîneau, aidant Roberto à déplier l'abri, à le dresser et à le fixer tant bien que mal.

Flavia s'était à peine éloignée.

Quand Max se retourna, elle avait disparu.

– Mademoiselle Flavia ! appela Max soudain alarmé.

– Flavia ! appela Anita à son tour.

– Mademoiselle Flavia !

Il n'y eut pas de réponse.

29

Flavia fit quelques pas et aussitôt l'obscurité la sépara d'Anita, de Max, de Roberto et des chiens. Elle avança encore et leva la tête vers le ciel immense et empli d'étoiles. Elle n'entendit pas l'appel de Max ni celui d'Anita, elle ne perçut pas l'angoisse dans leurs voix, elle ne répondit pas. Elle continua à avancer, un pas, deux pas, dix pas, vingt pas. Un frémissement, un son très léger, un infime soupçon de chaleur, un parfum, l'attiraient. C'était là, tout près.

Un sifflement lui parvint qui, pour un autre, aurait été inaudible. Elle ferma les yeux, se concentra. Elle pouvait faire quelque chose, elle savait qu'elle pouvait, mais quoi ? Du fond de ses souvenirs, des images revinrent : la dune et la mer qui était loin alors, au bout de la grève, les marais, les oiseaux qui arrivaient pour nicher, une lumière transparente, la voix de son grand-père qui déroulait, sans discontinuer, le nom des oiseaux, le lieu d'où ils venaient, celui où ils se rendaient, ce que cela signifiait.

Elle ferma les yeux plus fort et très lentement porta sa main à sa bouche pour en écarter l'écharpe qui la protégeait. Elle arrondit ses lèvres, souffla. Aucun son ne sortit et pourtant elle l'entendit. C'était une onde ténue identique à celle qui lui était parvenue. Elle recommença, ouvrit les yeux, approcha encore, guidée par un curieux instinct. En un éclair, elle sut ce qu'elle devait faire, elle sut aussi que cette connaissance était fugitive, qu'il fallait s'en emparer avant qu'elle ne disparaisse et, dans un énorme effort de volonté, c'est ce qu'elle fit.

Elle respira profondément et le rythme de sa respiration ralentit. Dans sa poitrine, son cœur se mit à battre à grands coups tranquilles qui commencèrent à s'espacer. Elle continua à inspirer et expirer avec régularité. Des picotements agaçaient le bout de ses doigts et ses jambes s'alourdissaient, mais son cœur poursuivait son travail et elle se concentra sur l'écho que chaque battement éveillait.

Et elle les vit.

Elles formaient un groupe compact qu'elle distinguait à peine, à même le sol, bruissant ; elle tomba à genoux dans la neige, ôta un gant et tendit la main en sifflant à nouveau. L'une d'elles allongea le cou, posa son bec dans la paume offerte, se redressa. Flavia remit son gant, les autres se levèrent, elle sentit leur odeur.

Elle s'accroupit, recula pas à pas dans l'obscurité vers le campement et elles la suivirent en se dandinant.

Peu à peu son cœur reprenait un rythme normal et son corps se détendait, la laissant emplie d'une énorme fatigue et d'une douce exaltation. Elle ne savait pas comment elle allait retrouver son chemin jusqu'au campement, mais son instinct la guidait et bientôt elle distingua la petite lueur de la lampe que Max, Anita ou Roberto avait allumée. Elle entendit le son de leurs voix :

– Flavia !

– Mademoiselle Flavia !

– Chut ! jeta-t-elle. Pas si fort ! Je suis là.

Elle pénétra dans le cercle de lumière et elles la suivaient toujours.

– Qu'est-ce que... commença Max en les découvrant.

– Des oies des neiges, chuchota Flavia, épuisée. Elles vont nous servir d'édredons, il n'y a rien de plus chaud que le duvet d'oie. Avec elles, nous résisterons à n'importe quelle température. Du coup, on va utiliser nos fourrures pour protéger les chiens.

– On va les plumer ? demanda Anita déconcertée.

– On pourra aussi les manger alors, observa Max.

– Arrêtez de dire des bêtises, coupa Flavia. Ces oies vont nous sauver la vie.

Les oies s'approchèrent de leur démarche chaloupée et s'installèrent aux pieds de Flavia.

– Comment tu fais ça ? interrogea Anita. Sans fouet, sans rien. Tu les connais d'avant ? Tu les as dressées ?

Flavia lui jeta un regard incertain.

– Je n'ai jamais vu d'oies des neiges avant. Sauf dans les livres. Je ne sais pas comment je fais ça. C'est venu tout seul.

Roberto s'accroupit devant les oies, avança une main gantée. Les oiseaux caquetèrent. Max et Anita n'osaient pas bouger.

– Ne restez pas plantés là ! dit Flavia. Anita, couvre les chiens avec nos fourrures et nourris-les avec la viande qui nous reste d'hier. Notre abri est prêt ?

Max hocha la tête.

– Alors nous allons nous y installer avec les oies. Elles nous serviront de duvets et de bouillottes. Et mangeons ! J'ai une de ces faims !

Ils devaient former un drôle de spectacle, tous les quatre entassés dans l'abri précaire accolé au traîneau, avec les oies sur eux, les ailes déployées pour les protéger. En fermant les yeux pour s'endormir enfin, Flavia eut l'impression de plonger dans un puits sans fond, de remonter très loin dans son enfance. Il y avait une voix... Elle racontait une histoire... L'histoire d'une petite fille égarée, esseulée qui errait sur les chemins, dans la neige. Il faisait si froid... Elle devait retrouver quelque chose ou quelqu'un. Quoi ? Qui ? Impossible de se le rappeler. Et c'étaient les oiseaux qui l'aidaient... des oies... ou des cygnes peut-être. C'était un conte. Flavia s'endormit avec l'écho de cette voix familière dont elle ignorait tout.

Sous les plumes des oies des neiges avec Flavia

Chris…

C'est un vrai mystère. Comme ce jour où nous étions sur la digue avec ces oiseaux qui ne parvenaient pas à franchir cette barrière invisible. Je me suis concentrée et soudain, l'un d'eux est venu.

Ici, c'était pareil, mais mille fois plus fort.

Quelle curieuse impression. Comme si un murmure secret chuchotait dans mon cœur, dans ma tête, dans mes doigts, dans tout mon corps. Au début, c'est inaudible et incompréhensible. Petit à petit, cela s'organise, des bribes deviennent plus nettes. Ce ne sont pas des mots tels qu'un être humain pourrait les prononcer, ce sont… Je ne sais pas. Des sensations, juste ; des sensations transmises par des êtres différents de nous.

Elles sont fugitives. Je sais qu'il n'en faudrait pas beaucoup pour que je les laisse s'échapper, il suffirait de ne pas y prêter attention, de faire un mouvement brusque, alors je ne bouge pas et elles s'installent.

Ce soir, j'ai rencontré les oies des neiges. Tout un groupe. Il n'y avait rien et soudain elles étaient là, comme si elles m'attendaient, comme si ce rendez-vous était prévu depuis l'éternité.

J'ignore d'où elles arrivent mais je crois deviner pourquoi elles sont là : sans elles, nous aurions eu du mal à résister au froid de cette nuit, à conserver nos chiens en vie.

Elles m'ont suivie, elles se sont glissées entre nous, nous nous sommes endormis dans la chaleur de leurs corps. Leur parfum m'étourdit. Il raconte le long voyage qu'elles ont effectué pour parvenir jusqu'à nous. Je me souviens des enseignements de mon grand-père, je sais qu'elles viennent de loin, d'un autre continent peut-être. Quel mystérieux instinct les a guidées ? Est-il possible que ce soit moi qui les aie appelées ? Sans le savoir ? Sans même m'en rendre compte ?

Parfois j'entrouvre à peine les cils et je vois le blanc de leurs plumes trembler devant mes yeux, dessinant de mystérieux tableaux, des traces d'écume sur le sable d'une île inconnue, des traînées dans le ciel, un vaste paysage… Il me suffit de baisser les paupières pour entendre leurs cris résonner dans ma mémoire et voir leurs ailes battre l'air, lentement, lentement…

C'est cette image qui me poursuit au long de cette nuit étrange, cette image et ton visage, Chris…

30

Au matin, le ciel était dégagé à nouveau et le soleil brillait.

Les oies s'ébrouèrent et sortirent de l'abri en se balançant sur leurs pattes palmées. C'étaient de gros oiseaux maladroits au plumage blanc avec le bout des ailes très brun. Dès qu'ils les virent, les chiens bondirent en aboyant et les oies leur firent face, allongeant le cou en sifflant méchamment.

– Tomek, Osak, Valdo, Karyl, Baltik, Louna, Shadow, Plume ! hurla Anita. Ils ont faim, ajouta-t-elle à l'adresse de ses compagnons.

Elle regardait les oies d'un air perplexe, se demandant si la nuit qu'elle venait de passer, au chaud sous leurs larges ailes, était réelle.

– On ne touche pas aux oies, si c'est à ça que tu penses, intervint Flavia.

– Non, non, bien sûr !

Roberto se glissa entre elles et leur montra un bosquet situé non loin de là : il allait trouver comment satisfaire les chiens.

Anita fit taire les aboiements et les oies se calmèrent, puis, dans un bel ensemble, elles s'envolèrent, s'arrachant péniblement du sol.

– Elles s'en vont ! s'exclama Anita.

Flavia les suivit du regard. Les oies disparurent derrière un repli du terrain.

Quand Roberto revint, il apportait plusieurs lièvres qui suffirent à nourrir les chiens. Flavia avait préparé du thé et ils burent avec délices le breuvage brûlant en croquant des biscuits.

Max et Anita la regardaient d'un drôle d'air.

– Qu'est-ce que vous avez ? demanda Flavia. Qu'est-ce que j'ai ? Des plumes sur la tête ?

– Non, non... Tu n'as rien, dit Anita. Mais enfin, quand même ! Ce que tu as fait cette nuit, ce n'est pas normal ! Reconnais-le.

Flavia haussa les épaules avec un large geste du bras qui désignait le somptueux paysage désert et glacé qui les entourait.

– Et ça, c'est normal, peut-être ? Et toi qui ne te souviens pas d'où tu viens, c'est normal ? Et Roberto qui ne parle plus, c'est normal ?

– Non, bien sûr, admit Anita. Mais ces oies...

– Tu nous as bien raconté que tu avais apprivoisé un tigre ? Alors pourquoi pas des oies ?

– Mais pas comme ça ! Pas en quelques minutes...

– Le capitaine fait aussi de drôles de choses avec les oiseaux, dit Max.

Flavia le regarda en plissant les yeux. Il avait raison. Le capitaine utilisait les oiseaux pour se guider sur l'océan et c'était grâce à eux que le *Samantha* avait réussi à quitter New York en se glissant par le passage pratiqué dans la digue. Durant les traversées effectuées sur le *Samantha*, elle s'était interrogée sur sa façon de procéder et en avait conclu qu'il ne faisait que les observer et les suivre. Mais en y réfléchissant bien, il y avait autre chose. Elle revoyait le capitaine Blunt debout sur le pont de son bateau, dressé vers le ciel, dans un état de concentration extrême, les yeux fixés sur les oiseaux. Dans ces moments-là, pas question de le déranger ! On aurait dit qu'une sorte de courant circulait entre les oiseaux et lui. Était-ce cette même expérience qu'elle avait vécue la veille au soir ?

– Les oies vont nous suivre, déclara Flavia sans trop savoir pourquoi elle disait cela.

Les autres hochèrent la tête.

– Il fait beaucoup moins froid qu'hier, observa Max. Ça arrive souvent ces sautes de température ? interrogea-t-il à l'adresse d'Anita.

– Assez rarement, mais ça arrive. On ne sait pas pourquoi. Tout d'un coup, il fait plus froid. La température descend... Ça ne dure jamais longtemps.

– Allez, on y va ! décida Flavia.

Entraîné par les chiens joyeux de repartir, le traîneau s'ébranla vers l'est, guidé par Anita et suivi par Max et Flavia tandis que Roberto s'était installé sur le siège.

Ils avaient parcouru un bon bout de chemin lorsqu'Anita leva le bras.

– Regardez !

Au-dessus de leurs têtes, haut dans le ciel, les oies étaient là, en formation de vol, un grand V qui se découpait sur l'azur.

– Tu avais raison, murmura Anita. Elles nous suivent.

31

Ce jour-là, ils aperçurent la première grande agglomération. Jusqu'ici, ils avaient vu des villages abandonnés, qu'ils avaient contournés par mesure de prudence.

Ils s'arrêtèrent sur une hauteur pour observer le spectacle à leurs pieds. La ville s'étendait dans une large cuvette, muette, étirant ses artères désertées comme de longs bras inutiles, alignant des blocs noircis les uns à côté des autres.

Il leur fallut un moment pour comprendre que ces blocs avaient été des maisons, des immeubles, des commerces, des écoles, des bâtiments publics.

– Où sont-ils ? murmura Flavia. Où sont les gens ?

– Partis, mademoiselle Flavia. Ou morts.

Anita plissait les yeux. Au cours du périple qui l'avait conduite jusqu'au campement de Jean, avait-elle vu des villes comme celle-ci ? Étaient-elles dans cet état ? Elle avait le vague souvenir de hautes flammes, de hurlements…

– La ville a brûlé, dit-elle. C'est pour ça que tout est noir.

– Mais les gens, Anita ? Où sont-ils allés ?

– Beaucoup sont morts, Flavia.

Flavia se laissa tomber à genoux dans la neige, le visage entre les mains.

– Ce n'est pas juste, bredouilla-t-elle. Pas juste ! Pourquoi sont-ils morts ? Alors que nous, nous sommes là, vivants ! Pourquoi nous et pas eux ? Qu'est-ce qui fait que certains disparaissent et d'autres pas ? Nous sommes tous pareils, pareils !

– Mademoiselle Flavia, il ne faut pas vous mettre dans cet état, fit Max en posant une main maladroite sur son épaule.

– Et puis c'est comme ça, dit Anita froidement.

– C'est comme ça ! On ne peut pas se contenter de cette réponse !

– Mademoiselle Flavia, nous vivons une période incertaine. Avec la montée des eaux et l'arrivée du froid, tout a dû s'arrêter très vite. Plus d'électricité, plus d'énergie, cela voulait dire plus de chauffage et nous avons choisi un mode de vie qui peut difficilement se passer de certaines choses. Sans parler du manque de nourriture...

– Pourquoi ne l'avions-nous pas prévu ? Pourquoi personne n'a rien dit, rien fait ? Les guetteurs auraient dû alerter les autorités, ils avaient dû lire des signes dans le vol des oiseaux.

– Les guetteurs ! Qui les écoutait ?

– Mais enfin, l'Europe ne peut pas être vide ! Toutes les villes ne peuvent pas être comme celle-ci ! Il y a forcément des survivants quelque part ! Où sont-ils ?

Max poussa un grand soupir.

– Ils se sont peut-être regroupés dans certains endroits, commença-t-il. Ou alors, ils forment des bandes...

– Et moins nous les verrons, mieux ça vaudra, grogna Anita.

Flavia comprit qu'elle avait raison. Pour des gens qui manquaient de tout, leur traîneau et leurs pauvres possessions constituaient un joli butin et ils n'hésiteraient pas à tenter de s'en emparer.

Il n'en était pas question ! Il y avait cette minuscule clé alpha qu'elle portait dans son étui, à même la peau, et qu'elle devait remettre à ses destinataires. Il y avait son grand-père qu'elle voulait retrouver pour connaître enfin la vérité sur son histoire. Il y avait Chris de l'autre côté de l'océan, il était vivant, elle en était persuadée, et elle devait vivre pour le rejoindre.

– Regardez les oies ! cria Anita.

Les oies incurvaient leur vol vers le nord, suivant la ligne des collines qui entouraient la ville.

– Elles nous montrent le chemin, dit Max avec excitation. On se croirait sur le *Samantha* avec le capitaine ! Elles ont raison, il faut éviter la ville. Suivons-les !

Et comme s'ils avaient compris le message, les chiens s'élancèrent.

32

Pendant plusieurs jours, ils poursuivirent leur périple. Les oies les guidaient à présent et, grâce à elles, ils laissaient à l'écart les agglomérations, parcourant plaines, collines et vallons sans rencontrer la moindre trace humaine, comme si jamais ces contrées n'avaient été habitées, comme s'ils vivaient à l'aube de l'humanité.

Le soir venu, les oies se posaient à l'écart, les chiens se couchaient en jappant, Roberto partait chasser, Anita, Flavia et Max organisaient le campement. Les jours se succédaient et ils avaient le sentiment que leur voyage n'aurait pas de fin, qu'ils allaient errer ainsi sur la terre abandonnée et gelée jusqu'au bout de leur vie, sans rencontrer âme qui vive.

Ils savaient pourtant qu'ils approchaient de leur but et, sans se l'avouer, ils se demandaient ce qu'ils allaient découvrir.

Quelle était cette base vers laquelle ils se dirigeaient ? Existait-elle toujours ?

Si tout le pays était vide, pourquoi y aurait-il là-bas des survivants ?

Insensiblement, les paysages changeaient. Les collines firent place à de hauts plateaux qu'ils parcoururent. Puis ce fut la forêt. Des hectares de forêt couvrant un relief de plus en plus accidenté. Ils ralentirent leur allure, peinant dans les côtes, retenant les chiens dans les descentes, empruntant ce qui avait dû être des routes ou des pistes forestières, fines trouées dans cet horizon désormais fermé. À l'abri des arbres, la neige était plus molle et les chiens s'enfonçaient. À plusieurs reprises, ils durent se relayer pour tasser la neige devant eux afin de les aider, ce qui ralentit leur allure.

– Nous approchons, nous approchons… disait pourtant Max chaque matin.

– Vous êtes déjà venu dans ce coin, Max ? demanda Flavia.

– Non, mademoiselle Flavia. Bien trop loin de la mer !

– Et toi, Anita ?

– C'est possible. Avec le cirque, nous allions partout. Ces grands arbres, ces forêts immenses, ça me rappelle quelque chose. J'ai l'impression d'avoir déjà vu ça il y a longtemps. C'est beau, n'est-ce pas ?

Les joues rosies par l'air vif, le regard brillant, Anita leva les yeux vers les hauts sapins dont le vert profond tranchait sur le blanc de la neige. Flavia et Max découvraient un autre univers, eux qui avaient toujours connu la surface mouvante de l'océan et les étendues planes des côtes atlantiques. Ici, c'était un monde différent, peuplé d'ombre et de lumière, du murmure des sapins, un monde secret, replié sur une vie bruissante. Qu'est-ce qui se cachait au-delà de leur chemin ? Que se passerait-il s'ils s'enfonçaient sous le couvert, comme le faisait Roberto qui les abandonnait parfois pour se glisser sous les branches basses, à l'aise dans ce milieu mystérieux, pour les rejoindre plus loin, l'air heureux, les vêtements embaumant la résine ? Que découvriraient-ils ? Ici, ils étaient plus solitaires que n'importe où ailleurs. Même les oies étaient hors de vue. Ils les apercevaient parfois à l'occasion d'une trouée dans les arbres et les retrouvaient le soir, lors des haltes dans les clairières.

33

Ils les entendirent pour la première fois au crépuscule. Un hurlement, puis encore un. Anita était en train de défaire l'attelage et aussitôt les chiens se mirent à gémir en grimpant les uns sur les autres, jetant de brefs aboiements.

– Tomek, Osak, Valdo, Karyl, Baltik, Louna, Shadow, Plume ! égrena Anita d'un ton tranchant.

Ils se couchèrent à ses pieds.

Tomek poussa à son tour un long hurlement qui déchaîna derrière eux un concert bruyant.

Flavia frissonna.

– Des loups ? murmura Max, incrédule.

– Des loups... et peut-être des chiens, dit Anita.

– Des chiens ? releva Flavia.

– Il doit s'agir d'une bande de chiens retournés à l'état sauvage. Les plus gros ont dû dévorer les plus petits et à présent, ils sont livrés à eux-mêmes. Pires que des loups, car ils ne savent pas vivre en meute. C'est étonnant que nous n'en ayons pas encore vu.

– Qu'allons-nous faire ?

– Nous défendre. Et protéger nos bêtes. Cette nuit, nous monterons la garde à tour de rôle et nous entretiendrons un feu.

Très tôt le matin suivant, ils reprirent leur route. Les chiens sauvages les attendaient un peu plus loin, deux grandes bêtes dressées solidement sur leurs pattes et cinq ou six autres disséminées sous les arbres.

L'attelage s'arrêta et un instant Anita, Max, Flavia et Roberto restèrent là, figés. Puis l'une des grandes bêtes bondit à la gorge de Tomek, le chien de tête.

– Non ! hurla Anita en faisant claquer son fouet.

La bête recula en glapissant. Tomek était tapi sur le sol et du sang rougissait la neige.

Max épaula vivement son fusil et tira. La deuxième bête s'écroula. Attirées par l'odeur du sang, les autres s'approchèrent, l'échine basse, la tête tendue vers leurs proies. Flavia se retourna.

– Il y en a derrière aussi ! cria-t-elle.

La meute avait grossi, encerclant le traîneau.

C'étaient des loups cette fois-ci, accompagnés d'un grand chien gris qui la dévisageait, les babines relevées sur des crocs redoutables.

– Il va... Il va bondir ! dit Flavia d'une voix tremblante.

– Max ! Faites quelque chose !

Anita fit claquer son fouet et le grand chien gris recula. À l'avant, trois loups se jetèrent sur les chiens qui hurlèrent de douleur.

– Les chiens ! cria Anita. Il faut les protéger !

Max hésitait à tirer. Il avait peur d'atteindre un de leurs chiens. Roberto s'était armé d'un long gourdin et, bien campé sur ses jambes, il assenait des coups sur les échines. Une bête parvint à planter ses crocs dans la manche de sa pelisse et il fut déséquilibré.

– Attention ! hurla Flavia. Attention !

Anita se précipita au secours de son frère.

Le grand chien gris profita de leur moment d'hésitation pour s'accroupir, prendre son élan, bondir. Encore un dixième de seconde et il s'abattrait sur Flavia.

Elle n'eut pas le temps de fermer les yeux. Un rugissement féroce couvrit les glapissements des chiens et une forme prodigieuse jaillit de derrière les sapins, s'élança et saisit le grand chien gris en plein vol. Ils restèrent un instant suspendus dans les airs, puis roulèrent sur le sol, le chien gris disparaissant sous une énorme masse blanche zébrée de noir. Il y eut un hurlement de terreur, un claquement sec et puis un feulement de satisfaction.

Les autres assaillants avaient fui, laissant les chiens de l'attelage affalés dans la neige, pantelants, tétanisés.

Max, Anita, Roberto et Flavia contemplaient la scène sans bouger. Couché sur le corps du grand chien gris, un tigre blanc tendait tranquillement vers eux une énorme tête et les fixait de son froid regard bleu.

Lentement, très lentement, Max leva son fusil et se concentra. Celui-là, il ne fallait pas le manquer et, sans avoir jamais chassé le tigre, Max savait qu'il n'aurait pas une deuxième chance.

Il plaça un œil dans le viseur, contrôla le tremblement de ses mains, replia son doigt sur la détente.

– Non… fit Anita d'une voix émue. Non!

Elle sauta du traîneau, bondit vers l'énorme bête, la protégeant de son corps.

– Pachek! cria-t-elle. C'est Pachek!

Max abaissa son fusil vers le sol.

Le tigre frottait sa lourde tête contre Anita qui roula par terre en riant.

– Pachek! Arrête!

Le tigre se redressa sur ses pattes. C'était une bête puissante, fortement charpentée. Découvrant ses crocs, il s'approcha tout près du visage d'Anita en émettant un feulement.

– Il va… commença Max en levant à nouveau son fusil.

Mais Roberto posa une main apaisante sur l'extrémité du canon et, pour la première fois depuis qu'ils le connaissaient, il leur adressa un grand sourire.

Anita entoura de ses bras la tête du tigre et murmura dans sa fourrure :

– Pachek… Comme tu m'as manqué.

Il fut le seul à l'entendre.

34

Deux chiens de l'attelage étaient morts égorgés et Tomek était blessé. Ils enfouirent les corps sous la neige et Anita soigna et banda la patte de Tomek. Pas question de l'atteler, il faudrait le hisser sur le traîneau.

Le tigre s'était couché sur le bord de la piste et les observait, la tête haute, les pattes allongées à plat dans la neige.

Max lui jetait de temps à autre des regards inquiets.

– Que fait-il là ? demanda Flavia. Tu étais par ici quand tu as perdu le cirque ?

– Je ne sais pas. Il y a un blanc dans ma mémoire pour toute cette période. Mais je ne crois pas que j'étais aussi loin de la côte. Jamais je n'aurais pu parcourir une telle distance avec Roberto malade.

– C'est lui qui s'est réfugié ici, alors.

– Sans doute. Dans la forêt, il doit se sentir à l'abri. Et puis, il y a probablement plus de gibier. Sous le couvert des arbres, il fait moins froid, des tas d'animaux y vivent sans doute.

– C'est bien ce qui m'inquiète ! grogna Max.

– Nous ne courons aucun risque ! dit Anita, furieuse. Et si je vous revois encore lever votre fusil vers lui !

Elle n'acheva pas sa phrase, mais Flavia comprit qu'Anita défendrait Pachek quoi qu'il arrive.

– Il n'est pas question d'y toucher, observa-t-elle. D'ailleurs, il est intervenu à point nommé. Sans lui...

– Sans lui, ces sales bêtes nous auraient dévorés tout crus, grommela Max.

– Simplement, nos chiens n'ont pas l'air de l'apprécier beaucoup, reprit Flavia.

En effet, les chiens s'étaient tapis sur le sol en gémissant et ne manifestaient aucune intention de bouger.

– Les chiens, je m'en charge ! Allez, au travail ! Roberto, aide-moi !

Ils repartirent peu après. Les chiens trottaient sur la piste, fermement commandés par Anita. Max et Flavia marchaient derrière. Tomek était installé sur le siège, emmitouflé dans une fourrure. Roberto avait disparu sous les arbres. Le tigre les suivait dans les sous-bois, ils apercevaient sa forme agile se faufilant sous les branches, et Flavia savait que, quelque part au-dessus, les oies étaient toujours présentes. Ils formaient un groupe pour le moins étrange, mais aucun d'eux ne s'en rendait compte.

La piste montait et les arbres s'éclaircissaient. Bientôt, ils débouchèrent à l'air libre, sur un vaste plateau dénudé qui s'allongeait sous un ciel bas et gris. De là, ils dominaient tout le pays : un moutonnement de hautes collines boisées saupoudrées d'une fine pellicule de neige.

– Comme c'est beau ! s'exclama Anita.

Roberto se pressa contre elle, contemplant le paysage d'un air émerveillé.

– Je crois que nous approchons, dit Flavia. La base se situe dans ces forêts.

– Comment allons-nous la trouver ?

– J'ai ses coordonnées précises. Nous allons faire le point.

– Le point ?

– Ben oui. Comme sur la mer. Le capitaine Blunt m'a appris. Arrêtons-nous un instant.

Tous lui obéirent. Depuis la nuit avec les oies sauvages, Anita, Max et Roberto traitaient Flavia avec un respect admiratif. Assez naturellement, sans qu'elle le réalise, elle était devenue leur chef, et à chaque fois qu'il y avait une décision à prendre, ils se tournaient vers elle. Du coup, elle tranchait, les autres suivaient son avis et jusque-là, ils n'avaient pas eu à s'en plaindre.

Ils se postèrent à l'abri d'un rocher et Flavia extirpa d'une sacoche fixée sur le traîneau ce dont elle avait besoin : carte, boussole, crayon, règle. Sur la carte, un rond rouge marquait l'emplacement de Landvik.

– Voici notre but, dit-elle. Et nous, nous sommes…

Elle prit des mesures, traça deux lignes sur la carte puis une croix.

– Là, déclara-t-elle avec satisfaction.

Anita se pencha sur la carte, dubitative.

– Sur le papier, c'est facile à voir, remarqua-t-elle avec bon sens. Mais sur le terrain…

Elle eut un large geste du bras qui englobait le plateau et les monts avoisinants et demanda :

– Elle est où ta croix là-dedans, hein ? Et ton rond rouge ?

– Fille de peu de foi ! fit Flavia en se redressant. Tu n'as aucune confiance en moi, n'est-ce pas ?

– Ce n'est pas ce que je veux dire…

– La croix, c'est simple, elle est juste sous nos pieds.

– Et le rond ? interrogea Anita.

Flavia jeta un coup d'œil à la boussole, ajusta la carte.

– Par là ! Dans cette direction, nord-est, pas plus de dix kilomètres et nous y sommes.

– Pas plus de dix kilomètres ? s'exclama Anita. Tu es sûre ?

– Certaine.

Max considérait le paysage d'un air soucieux.

– Cette zone a l'air aussi inhabitée que celles que nous avons traversées. La base n'existe peut-être plus. Ses occupants ont dû partir. S'il n'y a personne… que ferons-nous ?

– Pffff ! s'insurgea Flavia. Quel pessimisme ! La base est souterraine, secrète. Normal que l'on ne voie rien ! Et je suis prête à parier qu'elle n'est pas abandonnée. Les scientifiques sont des gens tenaces. J'ai appris ça à New York.

– On y va alors, décida Anita. Avec un peu de chance, nous y serons ce soir.

– Regardez ! s'étonna Max.

Ils levèrent la tête dans la direction qu'il indiquait.

Un drôle d'équipage venait vers eux et au début ils ne comprirent pas de quoi il s'agissait. Puis Max murmura :

– Je rêve ou quoi ? Ce truc sur la neige... Non mais c'est impossible ! Dites-moi que c'est un mirage. Vous le voyez, vous aussi ? C'est bien...

Roberto trépignait sur place. Il tira le bras d'Anita en lui montrant avec insistance l'étrange apparition qui s'approchait d'eux à pas réguliers.

– Non, Max, vous ne rêvez pas, dit Anita posément.

– C'est un... chameau ? questionna Flavia.

– C'est bien plus qu'un chameau. C'est Anichka !

– Tu connais toutes les bestioles bizarres qui traînent dans le coin, toi ! s'exclama Flavia.

– Normal. Il était au cirque, lui aussi.

– Je ne sais pas si vous avez remarqué, les interrompit Max, mais il y a quelqu'un sur cette... ce chameau.

En effet, une silhouette dégingandée se détachait sur le gris du ciel, fièrement installée entre les deux bosses et portant une lance d'une longueur démesurée qui pointait vers le haut.

Soudain, ils entendirent un drôle de son, comme un claquement, et le chameau prit le trot, se dirigeant droit vers eux.

– Il nous a vus ! dit Max.

– Et je me trompe peut-être, mais il n'a pas l'air très content de nous trouver ici, murmura Flavia.

– Ça se dresse facilement, les chameaux ? interrogea Max.

– Plus facilement que les tigres, répondit Anita.

– Vous croyez que c'est le moment de parler de ça ? observa Flavia.

L'homme arrivait vers eux à toute allure, poussant des cris pour exciter sa bête ou pour les effrayer, brandissant sa lance comme un guerrier.

– Il n'est pas content, confirma Max en saisissant son fusil.

– Max, dit Flavia effarée, vous n'allez pas...

– Si c'est nécessaire, bien sûr que si ! Et je n'hésiterai pas... Vous oubliez que le capitaine Blunt m'a ordonné de vous protéger !

L'homme arrêta sa monture juste devant eux et les dévisagea de toute sa hauteur. Anita, Max, Roberto et Flavia durent renverser la tête en arrière pour l'observer. Le chameau était particulièrement grand et il fixait l'horizon d'un air dédaigneux comme si le groupe à ses pieds n'existait pas.

Anita allait prendre la parole lorsque l'homme déclama :

– Je suis le pourfendeur ! Le pourfendeur de nuages !

– De nuages ! répéta Max, soulagé.

– Oui, monsieur ! De nuages ! confirma l'inconnu. Le ciel est bas et gris ici, les nuages s'amoncellent et cachent le soleil. Alors je parcours ce plateau sur mon fidèle destrier et avec ma lance je pourfends les nuages. Et alors...

Il se tut un instant pour laisser planer le suspense et reprit :

– Alors le ciel se déchire, les nuages tombent en lambeaux sur le sol, les rayons du soleil se fraient un chemin par ces déchirures et viennent nous réchauffer. Je suis le Grand Pourfendeur.

– Oui, bien sûr, dit Max, conciliant.

– Il est complètement fou, constata Anita.

– Tu le connais ? interrogea Flavia. C'est quelqu'un du cirque ?

– Non, pas du tout. Il a dû récupérer Anichka qui errait sur le plateau et comme Anichka est très bien dressé, ce fou n'a pas eu de mal à l'utiliser.

– Et je pourfends aussi les voyageurs qui osent s'aventurer sur mon domaine ! tonna l'inconnu.

– Ça se gâte, dit Flavia.

Elle n'arrivait pas à avoir peur. Ils avaient échappé à la tempête, aux loups, ce n'était pas ce drôle de type sur son chameau qui les arrêterait.

L'inconnu brandit sa lance dans leur direction.

– Et je m'en vais de ce pas vous pourfendre ! hurla-t-il.

– Attention ! Reculez ! cria Max. Il est dangereux !

– Ak ! Ak ! Ak !

De grands cris résonnèrent dans les airs. Les oies ! Elles arrivaient en formation serrée, distrayant le méhariste. Il se détourna des voyageurs, scruta le ciel.

– Des oiseaux ! observa-t-il.

– Ce sont des oies des neiges, expliqua Flavia. Elles sont avec nous.

– Des oies... fit-il d'un air méprisant. Je vais les pourchasser ! Les pourfendre !

Les oies tournoyaient au-dessus de sa tête en un ballet irrégulier. L'homme fit faire un tour complet à sa monture qui blatéra en signe de protestation. Les oies reprirent de la hauteur et il reporta son attention sur les voyageurs.

– Mais vous serez les premiers à être pourfendus ! gronda-t-il. Nul ne traverse ce plateau !

Et de façon imprévisible, il pointa sa lance sur Flavia.

– Attention ! hurla Max.

– Roaaaaaaar ! fit Pachek.

L'homme se figea.

Flavia ne bougeait pas. La lance avait stoppé sa course à deux millimètres de sa poitrine et elle avait tout loisir de l'observer. Aucun doute, l'arme n'avait rien d'un jouet. Elle était équipée d'une pointe acérée et brillante apte à transpercer n'importe quoi.

– Un tigre ! murmura le méhariste.

– Il est avec nous aussi ! prévint Anita.

Lentement, l'homme ramena sa lance vers lui. Il déclara :

– Je m'en vais peut-être ne pas vous pourfendre alors.

Il prit un ton très affable pour demander :

– Et où vous rendez-vous de ce pas, mesdames et messieurs les voyageurs ? Si je puis vous aider en quoi que ce soit dans la traversée de ces rudes contrées, n'hésitez pas. Ma monture et moi-même sommes à votre disposition.

– Il est fou, murmura Max.

– Nous allons vers le nord-est, expliqua Flavia.

– Attends ! souffla Anita. Tu ne vas pas lui dire où nous allons ?

Flavia haussa les épaules.

– De toute façon, on aura du mal à lui cacher nos déplacements ! Et puis, tout fou qu'il est, il connaît peut-être la base. D'ailleurs, ton tigre l'a calmé, non ?

– Vers le nord-est ? Vers les bois du Gué…

– Exactement, approuva Flavia.

– Alors, je ne sais pas si je peux vous conduire, dit l'homme avec circonspection.

– Pourquoi ?

– Je ne sais pas si je peux vous le dire.

– Bien sûr que si, vous le pouvez, monsieur, intervint Max. Monsieur comment, déjà ?

– Monsieur de Gouttenoire. Je suis Victorien de Gouttenoire.

– Bien sûr que oui vous pouvez nous le dire, monsieur de Gouttenoire, reprit Max.

– Il y a des gens là-bas, n'est-ce pas ? fit Flavia.

– Comment le savez-vous ?

– Nous savons beaucoup de choses. Nous savons même où ils se trouvent et si vous ne voulez pas nous conduire, nous irons seuls.

Elle fit un signe à ses compagnons et ajouta :

– Allez ! En route !

Anita ordonna aux chiens de se redresser. Pachek, qui s'était allongé dans la neige, se leva, l'attelage s'ébranla, contourna le méhariste qui n'avait pas bougé.

– Euh... Dans ce cas, je vais vous accompagner, déclara l'homme.

Et il les suivit.

Au-dessus de leurs têtes, les oies ouvraient le chemin. Sur le plateau qui dominait la forêt, l'attelage avançait joyeusement, flanqué d'un côté par le tigre blanc à la souple démarche et de l'autre par le chameau qui laissait sur le sol ses larges empreintes régulières.

Devant eux, les collines s'approchaient, couvertes d'arbres. La base était là ; quelque part.

35

Le plateau était interminable et le ciel bas et gris semblait prêt à les envelopper au fur et à mesure que la lumière baissait.

– Je me trompe peut-être, dit Max à Anita, mais j'ai toujours pensé que les chameaux étaient des animaux du désert. Enfin, plus adaptés aux grosses chaleurs qu'au froid polaire, termina-t-il en hésitant.

– C'est exact. Seulement il existe plusieurs espèces de chameaux. Anichka est un chameau de Bactriane. Il vient du fin fond de l'Asie, une région où la neige recouvre tout pendant de longs mois. Il doit se sentir très à son aise ici.

– Il commence à faire sombre, vous ne trouvez pas ? les interrompit Flavia. Pourtant, il n'est pas tard.

Et sans attendre leur réponse, elle interpella le méhariste :

– Monsieur de Gouttenoire ! Pourquoi ne pourfendriez-vous pas quelques nuages ? On y verrait plus clair ! Et ce serait plus gai !

Du haut de sa monture, l'homme abaissa vers elle un regard dédaigneux.

– Pourfendre des nuages ! Vous n'y pensez pas ! Il faut se préparer, respecter les rites...

– En somme, vous ne savez pas faire ! ironisa Flavia.

– Pas faire ? répéta l'homme furieux. Vous allez voir !

Il claqua la langue et ordonna :

– Allez ! Allez !

Sa monture prit lourdement le trot. Il lui assena un coup de baguette et elle accéléra. Alors, sous les yeux ébahis des voyageurs, l'homme se redressa autant qu'il le put et brandit sa lance vers le ciel. Pendant un instant, ils eurent la vision de la silhouette étirée au-dessus du chameau qui trottait à présent à vive allure, puis l'extrémité de la lance pénétra dans l'épais tapis de nuages et l'incroyable se produisit. Le ciel sembla s'ouvrir, les nuages se séparèrent, une tache bleue apparut, s'élargissant au fur et à mesure que le méhariste poursuivait sa course folle en hurlant :

– Ça marche ! Ça marche !

– C'est ahurissant, murmura Max.

– Comment il fait ça ? interrogea Flavia.

Anita haussa les épaules. Rien ne l'étonnait.

– Vous oubliez qu'Anichka est un chameau de cirque, dit-elle.

– Vous pourfendiez les nuages dans votre cirque ? s'étonna Flavia.

– Non, admit Anita.

Un demi-sourire aux lèvres, Roberto suivait les évolutions du bonhomme. Celui-ci virevoltait sur le plateau tandis que le ciel se dégageait peu à peu, laissant la place à un soleil éblouissant sous lequel la neige étincelait.

Quand il revint vers eux, le méhariste était rouge et essoufflé.

– Vous avez vu ! Vous avez vu ! Ça a marché !

– Oui. Félicitations ! dit Flavia. Et merci pour le soleil.

– C'est la première fois, reconnut l'homme qui ne prêtait aucune attention à ses paroles.

Il avait l'air émerveillé.

– C'est la première fois que je réussis ! acheva-t-il.

– Il doit y avoir une explication, souffla Max. Ce n'est pas possible autrement.

– En tout cas, il n'y a pas un souffle de vent, observa Anita.

– Peu importe, dit Flavia. Il fait beaucoup plus clair, non ?

Ils poursuivirent leur route sous un soleil lumineux.

36

Au bout du plateau, ils redescendirent vers les bois et bientôt, ils furent à nouveau sous le couvert des arbres. Ici, ils étaient plus hauts et sous leurs branches, le silence régnait, plus profond qu'ailleurs.

– Quel drôle d'endroit, murmura Max.

– Je ne vois pas pourquoi, dit Anita. C'est une forêt, voilà tout. Vous dites cela parce que vous avez l'habitude de la mer.

– Pas seulement, répondit Max, peu convaincu. Il y a dans ce lieu quelque chose de différent.

Ils franchirent une colline, passèrent une vallée, remontèrent sur la colline d'en face.

– Flavia, tu es sûre que c'est la bonne direction ? interrogea Anita.

– Sûre et certaine. D'ailleurs, il y a cette piste. Et tu nous vois couper par la forêt ?

– Et lui, là, il ne peut rien nous dire ? fit Anita en désignant le méhariste.

Celui-ci avait retrouvé son calme et il les suivait, dignement installé sur sa monture, un sourire aux lèvres. Heureusement, le chemin formait un couloir suffisamment dégagé et il n'était pas gêné par les branches basses.

– Écoute, il nous laisse tranquilles, c'est très bien ainsi.

– Mais quand allons-nous rencontrer quelqu'un ?

– Ce n'est pas le « quand » qui m'inquiète, mais le « comment ». La base est invisible.

Ils arrivèrent au bout d'une courbe interminable et l'horizon s'élargit. Sur leur droite, une falaise plongeait vers une gorge encaissée et dressait une paroi rocheuse et dénudée vers le ciel. Sur leur gauche, une autre falaise s'évasait, offrant à leurs regards, assez loin en contrebas, une vaste étendue plate, blanche et silencieuse. Devant eux, la piste se glissait dans le verrou aménagé entre les deux falaises et se poursuivait au-dessus du vide, sur un pont étroit.

– Qu'est-ce que c'est que ça... commença Max.

Il s'approcha avec circonspection, se planta au-dessus du vide, à droite, puis à gauche, considéra l'allée fragile qui s'ouvrait devant eux.

Le méhariste avait fait baraquer sa monture. Il sauta à terre, rejoignit Max et déclara :

– C'est la porte.

– La porte de quoi ?

– De ce que vous cherchez.

Flavia s'approcha à son tour.

– Il a raison, dit-elle. D'après mes calculs, nous sommes arrivés. Il faut passer de l'autre côté.

– Là-dessus ?
– C'est un pont, non ?
– Un viaduc, mademoiselle, intervint le méhariste. Un viaduc.
– Un viaduc ! Au milieu de nulle part ? fit Max, sceptique.
– Autrefois, ici, on n'était peut-être pas au milieu de nulle part, observa Flavia.
– Le viaduc est là depuis longtemps, confirma le méhariste.
– Comment le savez-vous ?
– Il était déjà là quand j'étais petit.
– Vous êtes d'ici ?
– D'ici ou d'ailleurs, qu'est-ce que ça change ?
– Vous êtes déjà passé de l'autre côté ?
– Pas depuis qu'il y a...
L'homme s'interrompit, passa une main sur son visage et s'embrouilla :
– Je ne sais pas... Je ne sais plus...
– Bon alors on fait quoi ! cria Anita. Si c'est un pont et si c'est la bonne direction, on passe dessus et puis voilà ! Les chiens sont épuisés. Vous oubliez qu'ils ne sont plus que cinq à tirer le traîneau !
– Anita a raison, dit Flavia. On y va.
– Je passe devant, fit Max.
Il s'engagea d'un pas prudent sur la piste gelée. La lumière déclinait, le ciel se teintait d'un rose nuancé de violet et le paysage autour d'eux prenait une allure désolée et menaçante. Anita lança le traîneau derrière lui. Flavia suivit, Roberto à ses côtés, puis Pachek et enfin le méhariste, regrimpé sur sa monture.

Le viaduc s'étirait au-dessus du vide en une courbe élégante. Sur leur gauche, la vaste étendue plane prenait des dimensions de plus en plus imposantes ; sur leur droite, la gorge s'enfonçait profondément entre deux hautes collines dans un inextricable fouillis d'arbres et de pierres.

Plus que jamais, ils avaient la sensation d'être hors du temps.

Max n'était pas rassuré. Il aurait préféré une mer déchaînée à ce mince fil tendu sur la vallée et il avançait de plus en plus lentement.

– Allons, Max ! lança Anita. Ce n'est qu'un pont ! Vous n'êtes jamais passé sur un pont ?

– Jamais dans un endroit comme celui-ci, grommela Max.

Ils parvinrent de l'autre côté. La piste continuait encore sur quelques centaines de mètres, encaissée entre deux falaises, puis s'arrêtait.

Anita immobilisa le traîneau et les chiens se laissèrent tomber dans la neige.

– Qu'est-ce qui se passe ? interrogea Flavia.

– Il n'y a plus de piste, répondit Max.

Flavia le rejoignit.

La piste s'arrêtait net en effet, fermée par une haute grille qui interdisait le passage. Et même si la grille n'avait pas été là, ils n'auraient pu aller plus loin, car derrière elle, à une vingtaine de mètres environ, une falaise coupait toute issue.

– Un cul-de-sac, fit Flavia. On est bloqués.

– On s'est trompés de route ? demanda Anita.

Flavia secoua la tête, indécise. Et si Anita avait raison ? Si elle avait commis une erreur dans ses calculs ? Si elle les avait entraînés dans une mauvaise direction ? Ils étaient peut-être à des lieues de leur but. Elle frissonna.

– Alors ? On s'est trompés ? répéta Anita. Parce que faut savoir, hein. La nuit arrive, il faut dresser le campement. Remarque, ici...

Elle jeta un regard connaisseur autour d'elle et ajouta :

– Ce n'est pas si mal. On est à l'abri et on peut adosser notre tente à la falaise...

Flavia lui jeta un regard reconnaissant. Anita faisait toujours preuve d'un sens pratique inébranlable. Oncle Jean ne s'était pas trompé en la lui donnant pour guide !

– Je vais refaire mes calculs, décida-t-elle.

Elle prit ses instruments, se concentra, vérifia le tracé sur sa carte. Aucun doute n'était possible.

– C'est bien là, dit-elle en considérant la grille.

Le cœur battant, elle se remémora les explications du capitaine Blunt. Il fallait sortir la clé alpha de son étui, l'initialiser, trouver l'encoche dans laquelle l'introduire. Elle étudia la grille. Il n'y avait pas d'encoche. D'ailleurs, l'entrée ne ressemblait pas à la description faite par le capitaine Blunt. Il n'avait jamais parlé d'une grille. Juste d'une falaise. La falaise était derrière la grille. La grille était fermée. Il ne devait pas le savoir. Ou alors, il avait oublié de lui en parler.

– Il n'y a personne, dit Max, l'interrompant dans ses pensées. Nous n'avons plus qu'à faire demi-tour.

– Pfffff ! Quel défaitiste, celui-là ! souffla Anita. Si Flavia affirme que c'est là, il faut vérifier. On ne va pas s'en aller comme ça ! Il faut trouver quelqu'un ou découvrir ce qui s'est passé.

Une voix s'éleva dans leur dos. C'était celle du méhariste.

– Mesdemoiselles, messieurs, si j'ai bien compris le sens de vos paroles, vous souhaitez franchir cette grille, n'est-ce pas ?

Ils se retournèrent.

– C'est exact, confirma Flavia. Vous savez comment faire ?

– Non. Mais vous pourriez sonner. C'est comme cela qu'on fait, non, quand on veut avertir quelqu'un de sa présence ?

Ils le regardèrent avec des yeux ronds. Anita fut la première à réagir.

– Sonner ? Parce que vous croyez qu'il y a une sonnette, vous ?

– Il y a bien une grille, répondit l'homme avec logique. Alors pourquoi pas une sonnette ?

– Il n'y a rien, dit Flavia découragée. Je viens de regarder.

– Ce type se fiche de nous, grogna Max.

– Pas complètement, protesta Flavia. Il n'a pas tort. S'il y a des gens derrière cette grille, il faut leur faire savoir que nous sommes ici d'une façon ou d'une autre.

À cet instant, Roberto lui donna une tape sur l'épaule pour attirer son attention, puis il tendit la main vers le méhariste.

– Eh bien ? interrogea Flavia.

Ses yeux se posèrent sur le flanc du chameau. Un objet y était accroché qui brillait d'une belle lumière dorée.

– Un cor, murmura-t-elle. Quelle bonne idée !

Elle s'approcha du méhariste, leva la main. Elle était trop petite.

– Monsieur de Gouttenoire, demanda-t-elle, auriez-vous l'extrême obligeance de me prêter l'instrument que vous transportez ?

– Mon cor ? Mais naturellement, mademoiselle, ce sera avec le plus grand plaisir.

Victorien de Gouttenoire détacha l'instrument et le tendit à Flavia.

– Merci.

Elle se tourna vers ses compagnons avec un sourire.

– On va sonner... du cor ! Qu'en dites-vous ?

Max haussa les épaules. Anita et Roberto s'approchèrent avec intérêt.

Flavia porta résolument l'embouchure de l'instrument à sa bouche et souffla.

Aucun son ne sortit.

– Il faut souffler plus fort, mademoiselle, dit le méhariste.

Elle réitéra son essai et cette fois-ci, un couac jaillit de l'instrument.

– Plus fort encore !

Elle gonfla ses joues, souffla de toutes ses forces et un son majestueux emplit l'espace où ils se trouvaient et résonna contre les falaises.

– Voilà, c'est ça, dit le méhariste avec satisfaction. Recommencez s'il vous plaît.

Rouge de l'effort fourni, Flavia recommença. Le son résonna encore plus fort, fut renvoyé par l'écho avant de mourir sur les rochers.

Le tigre s'était allongé dans la neige et se léchait les pattes, se désintéressant de ce qui l'entourait. Les chiens ne bougeaient pas. Anita et Roberto gardaient les yeux fixés sur la grille, attendant qu'un miracle improbable se produise.

Max leva les yeux au ciel. La nuit approchait et il trouvait qu'ils avaient assez perdu de temps.

Flavia esquissa un geste d'impuissance. S'ils avaient parcouru ces centaines de kilomètres sur la neige, s'ils avaient été confrontés à tous ces dangers, s'ils avaient souffert du froid, c'était à cause d'elle, pour l'accompagner dans la quête de son histoire, et voilà qu'ils aboutissaient à une impasse.

Et il y avait aussi la clé alpha... L'idée de ne pas la remettre à ses destinataires renforçait son sentiment de culpabilité. Tommy avait pris des risques énormes pour copier ces informations, elle ne pouvait pas le trahir.

Elle baissa la tête.

C'est alors que Roberto s'approcha. Il lui prit la main, la pressa. Il glissa l'autre main sous son menton, l'obligeant à le relever.

Flavia resta figée de stupeur.

Devant les voyageurs, la grille s'ouvrait, sans un grincement, offrant la perspective d'une étendue de neige immaculée d'une vingtaine de mètres et fermée par la falaise dans laquelle aucune ouverture n'apparaissait.

37

– Avancez ! souffla le méhariste.

Max n'osait pas bouger.

Flavia fit quelques pas, s'engagea résolument entre les deux battants, franchit la distance qui la séparait de la falaise.

– Mademoiselle Flavia ! C'est peut-être dangereux... gémit Max.

Flavia se retourna, sûre d'elle à présent.

– Approchez ! lança-t-elle. N'ayez pas peur !

Anita engagea le traîneau sur le terre-plein neigeux, Roberto et Max suivirent. Seul le méhariste ne bougea pas. Il leur adressa un petit signe puis obligea sa monture à virer.

Max l'observa.

– Que fait-il ?

– Laissez-le, dit Flavia. Il n'ira pas plus loin.

Elle reporta son attention sur la falaise. Il devait y avoir quelque part une encoche. Elle la découvrit sur le côté droit, en partie dissimulée derrière le tronc d'un arbre : un cercle, un simple cercle d'un diamètre de cinq centimètres avec un point au milieu. Elle n'allait pas tarder à savoir si les instructions du capitaine

Blunt étaient exactes. Elle appuya sur le point central. La partie délimitée par le cercle s'enfonça dans le rocher, cédant la place à un tube étroit muni d'une lentille.

Flavia considéra le tube. Jusque-là, tout se déroulait comme le capitaine Blunt l'avait prévu. Elle ouvrit sa pelisse, dégagea la pochette qu'elle portait autour du cou. La clé alpha s'y trouvait. Elle ôta ses gants, sortit la clé de son étui. À présent, il lui fallait l'initialiser et une fois que ce serait fait, elle serait la seule à pouvoir autoriser l'accès à son contenu.

Elle n'hésita pas une seconde.

En retenant son souffle, elle posa la face noire de la clé sur la paume de sa main gauche. Elle ne ressentit rien et elle en fut un peu déçue. Elle avait imaginé qu'elle éprouverait ne serait-ce qu'un picotement. Pas du tout. Elle compta mentalement jusqu'à dix sans quitter des yeux le côté visible de la clé. Au chiffre trois, celui-ci commença à s'éclairer. À six, il était d'un joli rose, à neuf il avait pris une couleur rouge vif.

– Dix ! lâcha Flavia dans un souffle.

De la main droite, elle saisit la clé alpha entre le pouce et l'index. Elle appuya contre la lentille la face qui avait été en contact avec la paume de sa main gauche, puis l'autre face qui continuait à rougeoyer. La lentille s'effaça et un boîtier parut, muni de touches.

Le code.

Elle n'avait cessé de se le répéter, elle le tapa sans réfléchir.

Elle rangea la clé alpha dans son étui qu'elle remit autour de son cou, recula de quelques pas et considéra la falaise d'un œil critique.

Ses compagnons n'avaient pas bougé. La nuit était venue et le ciel s'était empli d'étoiles tandis que la température baissait. Le froid devenait mordant. Ils ne pourraient pas rester là longtemps à attendre.

Quand le pan de falaise coulissa, ce fut dans un tel silence qu'ils s'en aperçurent à peine. Une lumière apparut, Flavia s'approcha, murmura à l'adresse de ses compagnons :

– Venez.

Elle entra la première, suivie de Roberto qui guidait l'attelage que poussaient Max et Anita. Le tigre recula, se glissa entre les vantaux de la grille qui se refermaient. Anita eut un geste pour le retenir, mais Max posa une main rassurante sur son bras.

– Il n'ira pas loin. Il va rester aux alentours.

Quant aux oies, elles s'étaient retirées sous les arbres.

Guidés par la lumière, ils pénétrèrent à pas lents dans un hall taillé dans le rocher. Quand ils furent tous à l'intérieur, le pan de falaise se referma.

38

Le visage de la femme qui leur faisait face n'était pas inconnu à Flavia.

Elle était seule, elle se tenait très droite et les dévisageait tour à tour d'un air sévère. Flavia n'eut guère le temps de s'interroger. La femme prit la parole d'une voix sèche :

– Les personnes qui possèdent le moyen et le code pour entrer ici se comptent sur les doigts d'une main et vous n'en faites pas partie.

– On me les a donnés, expliqua Flavia.

– Donnés ?

– Euh… Enfin… Confiés.

– Dans quel but ? Celui ou celle qui vous a transmis ces informations et l'objet qui va avec n'a pu le faire que pour des raisons graves. Qui êtes-vous ?

– Je m'appelle Flavia Maurel. Mes parents…

– Je sais qui sont vos parents, coupa la femme. Poursuivez. Vos compagnons ?

– Voici Anita et Roberto, répondit Flavia un instant décontenancée par cet accueil. Et voici Max. Max est marin.

– Le *Samantha*, fit la femme. Voici le fil qui vous a conduits ici.

Et soudain Flavia sut pourquoi le visage de cette femme lui était familier : ces yeux très bleus, cette façon de relever la tête, ce nez droit, ce menton volontaire... Tommy ! Elle ressemblait à Tommy. Ou plutôt, Tommy lui ressemblait car elle était manifestement plus âgée.

– Bien, reprit l'inconnue. Je vais vous laisser entrer. Vous avez des choses à nous dire.

– Et vous, lança soudain Anita, qui êtes-vous ? Et cet endroit, c'est quoi ? Il y a de la place pour mes chiens ? Ils sont épuisés, l'un d'eux est blessé... Nous avons fait un long trajet pour arriver ici.

Un mince sourire éclaira le visage de la femme.

– Je suis Natalia Guénac et vous n'allez pas tarder à savoir ce qu'est cet endroit. Nous prendrons soin de vos chiens.

– Je ne les quitte pas tant que je ne suis pas certaine qu'ils ont ce qu'il leur faut, affirma Anita.

– Naturellement.

Natalia Guénac se dirigea vers le fond de la grotte. Un écran et un clavier s'y trouvaient. Elle pianota sur les touches et bientôt, un jeune homme surgit.

– Voici Manuel, déclara Natalia Guénac. Il va vous aider à soigner vos chiens, mademoiselle. Ce jeune homme vous accompagne ? ajouta-t-elle en désignant Roberto.

– Oui. C'est mon frère.

– Parfait. Quand vous aurez terminé, Manuel vous conduira jusqu'à vos amis. Vous avez tous certainement besoin de vous reposer.

– Merci, souffla Anita.

– Jeune Flavia et vous, monsieur Max, suivez-moi. Nous allons voir comment nous pouvons vous installer. Ensuite, vous m'expliquerez le but de votre voyage.

À la suite de Natalia Guénac, Flavia et Max se dirigèrent vers le fond de la grotte. Un pan de rocher coulissa, révélant une ouverture, tandis qu'Anita entamait une conversation animée avec Manuel.

L'univers dans lequel ils pénétrèrent était surprenant. Jusque-là, ils auraient pu se croire dans une simple grotte, un peu mieux aménagée que celle d'oncle Jean et de ses compagnons. Sitôt que le pan de mur se fut refermé derrière eux, ils comprirent qu'il n'en était rien et que le hall n'était que l'antichambre d'un ensemble beaucoup plus vaste.

Le couloir était large, le sol carrelé de noir et les murs d'un blanc laiteux réfléchissaient la lumière qui provenait de rampes accrochées au plafond. À l'autre extrémité, il était fermé par une porte blindée. Natalia Guénac apposa sa main sur un boîtier encastré dans la porte et aussitôt, celle-ci pivota sur ses gonds. Elle s'écarta pour les laisser passer.

Flavia et Max firent quelques pas et restèrent muets de stupeur.

Ils se trouvaient sur une galerie circulaire, suspendue à une vingtaine de mètres au-dessus du sol et dominant un immense espace.

Ils s'approchèrent de la balustrade. Des plantes jaillissaient loin en contrebas et s'élançaient vers la voûte ; une fontaine chantait, des gens allaient et venaient, d'autres étaient assis à ce qui semblait être une terrasse de café ! Flavia leva la tête : la voûte était un espace blanc qui dégageait une lumière paisible.

– Qu'est-ce que... commença Max.

– C'est la fin de la journée, commenta Natalia Guénac. Les gens se détendent. Durant les heures de travail, cet endroit est plus... studieux !

– Mais où sommes-nous ? s'exclama Flavia.

– Je pensais que vous le saviez. Celui qui vous a transmis la clé et le code ne vous l'a pas dit ?

– Il a parlé d'une base de recherche.

– Eh bien, c'est cela. Vous êtes à Landvik, la base de recherche d'Europe occidentale.

– Mais comment faites-vous ? Dehors tout est désert et si froid !

– Suivez-moi.

Ils lui emboîtèrent le pas tandis qu'elle expliquait :

– Au milieu du siècle dernier, on a découvert de l'uranium ici. De grands travaux ont été entrepris pour en permettre l'exploitation. Des bâtiments ont été construits, ainsi qu'une voie ferrée pour relier la mine au reste du pays...

– Le viaduc ! murmura Max. C'est un ancien viaduc ferroviaire !

– Exactement. Des bassins de décantation ont également été bâtis. Vous avez remarqué cette étendue plane en aval du viaduc ? C'est le lac artificiel qui les alimentait. Il est gelé et couvert de neige à présent. Plus intéressant pour nous, des bureaux et des laboratoires ont été aménagés sous terre afin de bénéficier d'une protection maximale. La mine n'a pas été exploitée très longtemps, les coûts d'extraction étaient, à l'époque, beaucoup trop élevés pour qu'elle soit rentable et la taille du gisement était inférieure à ce que les sondages annonçaient. Elle a été abandonnée. Les bâtiments extérieurs ont été envahis par la végétation, les entrées menant aux installations souterraines condamnées et la mine est tombée dans l'oubli.

– Pas pour tout le monde, constata Max.

– Non. Quand le groupe des scientifiques européens a cherché un endroit où installer sa base de recherche, la mine est apparue comme le lieu idéal. Elle était isolée dans un milieu sauvage, il y avait des bureaux et des laboratoires, souterrains de surcroît, ce que nous souhaitions. Nous étions trop loin de l'océan pour craindre la montée des eaux. La croûte terrestre est stable : pas de risque de tremblement de terre. Et surtout...

– Surtout ?

– Vous ne devinez pas ? Le gisement d'uranium. S'il n'est pas assez important pour être exploité à grande échelle et couvrir de larges besoins, il l'est suffisamment pour assurer l'autonomie de la base et les méthodes d'aujourd'hui permettent une extraction et une transformation simples et rapides.

– Vous êtes nombreux à vivre ici ?

– Mille personnes environ.
– Mille personnes ! s'exclama Max. Une petite ville...
– Un gros village, plutôt.
– Mais à la surface, où sont passés les gens ? intervint Flavia. Tout est désert ! Les villes abandonnées ou détruites. Ils ne sont pas tous morts n'est-ce pas ?
– Non. Le froid s'est abattu brutalement sur l'Europe, mais le gouvernement a eu le temps de prendre des mesures. Les populations ont été déplacées vers les points où il y avait de l'énergie.
– Les centrales nucléaires, fit Max.
– C'est cela. On a regroupé les populations dans des camps situés près des centrales nucléaires de façon à leur procurer chaleur et lumière.
– Et ces villes brûlées ?
– Les pilleurs... Il y en a toujours dans ce genre de circonstances.
– Vous êtes tous des chercheurs, ici ? interrogea Flavia.
– Chercheurs, techniciens, personnel de maintenance, enfants... Nous avons aussi accueilli les familles de ceux qui le souhaitaient. Nous avons une crèche et une école.
– Et auriez-vous...
La gorge de Flavia était tellement sèche qu'elle pouvait à peine parler.
– Y aurait-il parmi vous un guetteur ?
Natalia Guénac la dévisagea d'un air tranquille.

– Vous voulez parler de votre grand-père, n'est-ce pas ?

– Co… Comment le savez-vous ?

– Maurel. Flavia Maurel. Vous êtes la petite-fille d'Anatole Farge. Il nous a assez parlé de vous ! Pourquoi croyez-vous que je vous aie laissés entrer aussi facilement et que je vous raconte tout ça ?

– Il est ici ? demanda Flavia.

– Pas loin. Il est à l'extérieur. Pour guetter il faut être dehors.

– Où ?

– Au sommet d'une montagne, à proximité. À peine une heure de marche. C'est pour lui que vous êtes venue ?

– Pour lui et pour…

Flavia porta la main à son cou, mais Natalia Guénac l'arrêta d'un geste.

– Tout à l'heure. Je dois réunir le Conseil.

39

Natalia Guénac les avait guidés le long de la galerie jusqu'à un escalier. Ils avaient descendu une volée de marches puis emprunté une série de couloirs avant de s'arrêter devant des portes disposées autour d'un hall.

– Voilà où vous allez loger, avait déclaré Natalia Guénac. Anita et vous, Flavia, dans une chambre, Roberto et Max dans l'autre. Il y a tout ce dont vous avez besoin à l'intérieur. Reposez-vous. Quelqu'un viendra vous chercher dans un moment ; nous dînerons et nous parlerons. Pour l'instant, vous n'avez pas le droit de circuler seuls dans la base.

Flavia s'était dit qu'elle en aurait été bien incapable. La base avait l'air immense et c'était un véritable labyrinthe.

À présent, elle détaillait l'endroit qu'on lui avait assigné. La chambre était petite, mais confortable et chaleureuse. Deux lits aux couettes épaisses et colorées, un placard, une table sur laquelle un bouquet de fleurs avait été placé. Elle y plongea son visage avec délices. Des fleurs ! Alors que la terre avait gelé ! Ils devaient en cultiver ici. La fenêtre donnait sur un patio éclairé par une lumière artificielle.

Quand elle découvrit le cabinet de toilette, elle eut envie de pleurer. Depuis des jours, des semaines, elle voyageait, en bateau d'abord puis en traîneau, dans l'incertitude et la peur, et voilà qu'ici tout était serein, tranquille, normal.

Elle tendit une main hésitante vers le robinet du lavabo, l'actionna. L'eau se mit à couler ; chaude. Sans plus attendre, elle se déshabilla, laissant tomber sur le sol pelisse, pull et autres vêtements qui lui collaient à la peau. Elle se glissa sous la douche, régla la température et avec délices sentit l'eau envelopper son corps.

Des produits de toilette l'attendaient, rangés dans une niche.

Elle lava ses cheveux, se savonna longuement. Quel bonheur ! Peu à peu, le bien-être l'envahit. Elle dut se forcer à couper l'eau, à s'enrouler dans la grande serviette rouge épaisse. Elle était nue et mouillée dans sa serviette et elle avait chaud. C'était invraisemblable. Comment croire qu'à l'extérieur la nuit était descendue sur des forêts enneigées, sur le sol gelé, et que partout régnait le silence ?

Anita pénétra dans la chambre au moment où Flavia émergeait du cabinet de toilette. Elle apportait avec elle le parfum sauvage qui les avait accompagnés durant leur périple, un parfum de neige et de chiens, de sapins et de fumée. Ses joues étaient rouges, ses yeux brillants. Elle arracha son bonnet en déclarant :

– Pffouuuu ! Il fait chaud ici ! Tu as vu cet endroit ? C'est incroyable !

Flavia s'assit sur l'un des lits. Elle avait les jambes coupées comme si elle accusait d'un seul coup la fatigue accumulée les jours passés.

– Les chiens ? demanda-t-elle.

– Ils sont bien installés et Tomek va être soigné. On peut prendre une douche ?

– Avec de l'eau chaude, dit Flavia un sourire béat sur les lèvres.

– Ça alors !

Anita se déshabilla sans complexe.

– Une douche ! J'ai l'impression que ça fait des années que je n'en ai pas pris une !

Elle s'engouffra dans la salle de bains et ouvrit les robinets en grand.

Flavia s'allongea sur le lit, ferma les yeux. Elle avait sommeil. Anita ne lui laissa pas le temps de s'assoupir. Elle ressortait déjà, drapée elle aussi dans une serviette, les cheveux ébouriffés.

– Dis donc, qu'est-ce que ça fait du bien ! Eh ! T'endors pas, on va aller explorer le coin !

– On n'a pas le droit de sortir seules, dit Flavia d'une voix pâteuse.

– Pas le droit ? Eh bien on va le prendre. Comment on s'habille ?

Elle ouvrit les portes du placard.

– Ils sont parfaits, ces gens, ils ont pensé à tout. Regarde !

Elle jeta sur le lit des sous-vêtements, des tee-shirts, deux pantalons.

– On va être belles... chantonna-t-elle en choisissant ce dont elle avait besoin. Eh ! Flavia ! Bouge-toi ! Habille-toi ! Tu n'as pas faim ?

Flavia se redressa. Si. Ce gargouillement dans son estomac ne trompait pas : elle mourait de faim. C'est pour ça qu'elle se sentait aussi fatiguée.

Elle s'habilla à son tour, rassembla ses vieilles affaires.

– Qu'est-ce qu'on va en faire ? murmura-t-elle.

– Les ranger, dit Anita pratique. Laver ce qui peut l'être. Ça nous resservira. On ne va pas passer le reste de notre vie ici, non ?

– Euh... Je ne sais pas.

Flavia réalisa qu'elle n'avait pas réfléchi à ce qu'elle ferait une fois la base de recherche atteinte. Elle voulait questionner son grand-père. Natalia Guénac lui avait garanti qu'il se trouvait tout près et elle irait, dès le lendemain. Elle devait aussi remettre la clé alpha et assurer sa lecture. Et après ?

Après... L'avenir dépendrait de ce qu'elle allait apprendre de son grand-père.

L'angoisse lui mordit le cœur. Elle était si proche du but et elle avait peur. Pourtant, elle était fermement décidée à ne pas reculer.

40

Anita avait la main sur la poignée de la porte. Elle se tourna vers Flavia avec un grand sourire.

– Tu viens ?

À cet instant, on frappa et Anita ouvrit le battant à la volée en clamant :

– Qu'est-ce que c'est ?

Puis d'une voix joyeuse :

– Ah ! C'est Manuel ! Dis donc, c'est bien ici, on a pris une douche et tout...

– Je dois vous conduire à la salle du Conseil, expliqua Manuel.

Il frappa à la porte voisine et Max et Roberto surgirent à leur tour. Ils étaient là tous les quatre dans le couloir et ils se dévisageaient. Lavés, coiffés, vêtus de propre, ils avaient une autre allure et c'est à peine s'ils se reconnaissaient.

– Je crois que ces derniers temps, nous avons vécu comme des sauvages, résuma Max.

– On y va ? proposa Manuel.

Ils le suivirent dans un dédale de couloirs, traversant des quartiers qui ressemblaient à celui où se trouvaient leurs chambres, longeant des allées vitrées bordées de bureaux déserts à cette heure-ci, dévalant des dizaines de marches avant de se retrouver dans le vaste espace central. Ils ne croisèrent personne, comme si les promeneurs avaient été évacués pour leur libérer le passage. Ils levèrent le nez vers la voûte, flânèrent un instant sous les arbres bruissant d'un vent léger, s'arrêtèrent devant un parterre de fleurs.

– Nous n'avons pas le temps, dit Manuel, les entraînant plus loin.

Ils empruntèrent un ascenseur qui les conduisit plus bas, dans les entrailles de la terre. Quand les portes coulissèrent, ils comprirent qu'ils entraient dans le cœur de Landvik.

Sous leurs pas, le sol était parfaitement silencieux. Sur les murs, des tableaux étaient accrochés, comme des œuvres d'art.

Flavia leur jeta un coup d'œil : il s'agissait de chiffres, de calculs, de figures géométriques, de schémas complexes. Pourquoi les avait-on encadrés pour les placer ici ?

Manuel s'arrêta enfin devant une haute porte rouge et marqua un temps d'arrêt avant de frapper.

– Entrez ! fit une voix.

Il ouvrit la porte et s'effaça sans franchir le seuil. De toute évidence, Manuel n'était pas convié à cette réunion. Soudain, Flavia se demanda ce que signifiait cette mise en scène. Pourquoi cette solennité, ce mystère qui entouraient leur présence ? Après tout, c'était aussi pour rendre service à ces gens qu'ils avaient parcouru ce chemin ! Elle respira un grand coup. Pas question de se laisser impressionner ! Elle allait leur donner cette clé alpha, manger, dormir et demain, à la première heure, elle partirait à la recherche de son grand-père.

Suivie de ses compagnons, elle avança tandis que la porte se refermait derrière eux. Six personnes les attendaient dans la salle, debout. Natalia Guénac était au centre.

– J'espère que vous avez trouvé ce qu'il vous fallait, dit-elle. Et que les chiens vont bien, ajouta-t-elle à l'adresse d'Anita.

Celle-ci hocha la tête.

– Vous êtes ici dans la salle du Conseil. Le Conseil est l'organisme qui dirige Landvik. Nous sommes six. Voici Elsa Blumberg, physicienne, Jeremiah Barber, chimiste, Thibault Williams, informaticien, Luca Marotti, philosophe, et Luis Sanchez, sociologue. Quant à moi, je suis mathématicienne. La façon dont nous vous convoquons vous paraît sans doute un peu... formelle, mais à situation exceptionnelle...

– Qu'y a-t-il d'exceptionnel ? coupa Anita.

– Votre arrivée, mademoiselle, répondit Luca Marotti d'une voix grave. Depuis la chute des températures et l'évacuation des populations, la base vit repliée sur elle-même. Vous êtes les premiers à arriver jusqu'ici.

– Vous avez des liaisons avec l'extérieur ? demanda brusquement Flavia. Je veux dire, vous captez la radio, la télévision ? Vous avez un moyen de communiquer ?

– Prenons les choses dans l'ordre, l'interrompit Natalia Guénac. Flavia, c'est vous qui détenez la clé alpha et le code permettant l'accès à Landvik. Vous avez dit être venue pour retrouver votre grand-père et pour une autre raison. Quelle est-elle ?

– Justement pour vous remettre cette clé alpha.

– De la part de qui ?

– Du capitaine Blunt. Vous le connaissez puisque vous avez parlé du *Samantha*.

– Effectivement, je le connais, répliqua Natalia Guénac d'une voix froide.

– Eh bien, il m'a chargée de vous donner cette clé et la voici, ajouta Flavia en tendant l'objet.

Natalia Guénac prit la clé et la remit à Elsa Blumberg.

– Si vous êtes entrée à Landvik avec cette clé, nous aurons besoin de vous pour la lire, vous le savez ? fit celle-ci.

– Je le sais. Maintenant dites-moi où je peux trouver mon grand-père.

– Et allons manger, compléta Anita. Nous avons très faim !

– Savez-vous ce que contient cette clé alpha ? demanda Natalia Guénac ignorant l'interruption d'Anita.

Flavia haussa les épaules.

– C'est bien votre équipe qui a chargé Tommy de dérober les informations scientifiques détenues par les Américains et de vous les faire passer ? D'ailleurs, c'est fou ce que vous lui ressemblez à Tommy...

– C'est mon fils, déclara Natalia Guénac.

Flavia se tut, interdite. Tommy ! Le fils de Natalia Guénac et du... du capitaine Blunt ! Ils se connaissaient tous, alors ! Ils se connaissaient et ils s'ignoraient.

– Tommy est le fils du capitaine Blunt, dit Flavia d'une voix hésitante.

– Ça n'empêche pas, répliqua Natalia Guénac.

– Non, murmura Flavia.

– Qu'est-il arrivé à Tommy ? Pourquoi n'a-t-il pas apporté la clé lui-même ? C'est ainsi que les choses étaient prévues.

– Tommy est resté à New York. La nuit où il a dérobé les informations, il a été surpris, il n'a pas eu le temps de terminer l'opération.

– La clé est incomplète, alors, commenta Jeremiah Barber.

– Oui. C'est pour cette raison que Tommy est resté à New York : pour retourner chercher ce qui manque. Et c'est pour cela qu'il a donné la clé au capitaine Blunt : pour qu'il vous l'apporte.

– Et pourquoi Samuel vous a-t-il délégué cette mission ?

– Parce qu'il a décidé de repartir pour l'Amérique chercher Tommy, expliqua Max.

Dans la salle du Conseil, il y eut un moment de flottement.

– Cette histoire est invraisemblable, murmura Elsa Blumberg. D'où elle sort, cette petite ? Et cette équipe qui l'accompagne ? Son récit est bien embrouillé.

– Si nous avions des liaisons avec l'extérieur... commença Luca Marotti.

– Pourquoi n'irions-nous pas dîner ? suggéra Luis Sanchez. Nos voyageurs doivent mourir de faim !

– Ça c'est vrai ! clama Anita. On a eu une sacrée journée, nous !

– Eh bien allons dîner, approuva Natalia Guénac.

Elsa Blumberg se dirigea vers un coin de la pièce, fit coulisser un panneau. Un coffre-fort apparut. Elle composa la combinaison, la porte s'ouvrit, elle plaça la clé alpha à l'intérieur et referma.

– Vous ne voulez pas regarder ce qu'il y a sur cette clé ? s'étonna Flavia.

– Nous en avons une vague idée, répliqua Natalia Guénac.

– Vous en avez une vague idée ! explosa Flavia. Nous avons pris des risques pour vous l'apporter et c'est votre seul commentaire !

– Il nous faut du temps pour analyser le contenu, voilà ce que je voulais dire, sans parler de votre présence qui est obligatoire pour l'ouvrir. J'imagine les risques que vous avez pris pour venir jusqu'ici. Merci Flavia. Merci à vous tous. Passons à table, voulez-vous ?

Ils se dirigèrent vers une pièce attenante, un petit salon, et de là dans une salle à manger accueillante à l'aspect moins solennel.

Autour de la table, l'atmosphère se détendit. Anita dévorait le repas avec un bel appétit, imitée par Roberto, sous le regard amusé de Luis Sanchez.

– Ce jeune homme ? interrogea-t-il en désignant Roberto.

– Roberto, mon frère, expliqua Anita. Il est muet. Il n'était pas comme ça, avant...

– Avant quoi ?

– Avant la catastrophe.

Entre deux bouchées, Anita entreprit de raconter leur histoire.

À l'autre bout de la table, Natalia Guénac dit à Flavia, assise à ses côtés :

– J'étais à l'université avec vos parents. Ils étaient très brillants. Quand ce navire a coulé...

– Le capitaine Blunt ne vous a parlé de rien ? l'interrompit Flavia. Pourtant, vous et lui...

– Avec Samuel, nous avons un fils en commun, c'est tout. J'ignore la vie qu'il mène.

Flavia se remémora les paroles du capitaine Blunt : « Pour tes parents, le secret a été bien gardé. N'en parle à personne. » Il avait lui-même appliqué cette règle et elle décida de suivre son conseil.

– Mon grand-père ne vient jamais à la base ? interrogea-t-elle.

– Si, de temps en temps. Mais il préfère rester sur sa montagne.

– Des icebergs… énormes ! fit Max.

Elsa Blumberg et Luca Marotti étaient suspendus à ses lèvres.

– Et vous croyez qu'il parviendra à retraverser l'Atlantique ? demanda Elsa Blumberg.

– Le capitaine Blunt est un marin hors pair, déclara Max, et le *Samantha* peut passer partout.

– Ils étaient comment, mes parents ? murmura Flavia.

– Je vous l'ai dit : brillants.

– Ils se connaissaient déjà à l'université ?

– C'est là qu'ils se sont rencontrés. À la bibliothèque. De tous les étudiants, c'étaient eux qui y passaient le plus de temps !

– Une bibliothèque, répéta Flavia nostalgique. Cela fait longtemps que je n'en ai pas vu. Les livres de mon grand-père doivent être sous les eaux à présent.

– Nous en avons une ici.

– Ici ?

– Oui, bien sûr ! Nous avons un vaste espace où nous avons archivé des milliers de livres. Certains sont très anciens, ils viennent des grandes bibliothèques européennes ; nous avions commencé un travail de sauvegarde bien avant que les eaux ne commencent à monter. Nous avons aussi des publications récentes. Je vous ferai visiter. Mais… Donnez-moi des nouvelles de Tommy, poursuivit Natalia Guénac d'une voix plus basse.

– Il va bien, assura Flavia. Du moins, la dernière fois que je l'ai vu.

– C'était où ?

– À New York, sur la digue. Il était venu remettre la clé alpha au capitaine Blunt. C'était avant la manifestation, mais le capitaine affirme…

– Quelle manifestation ? coupa Natalia Guénac.

– Eh bien… je crois qu'il va falloir que je vous raconte…

41

– J'irai seule.

Le ton de Flavia était intransigeant et Anita n'insista pas. Elle avait offert d'accompagner Flavia jusqu'à la montagne où son grand-père s'était installé, mais celle-ci avait refusé.

– Je vais voir les chiens alors, dit Anita.

– À plus tard, répondit Flavia sans réfléchir.

Elle était trop concentrée sur ce qu'elle avait décidé : quitter la base, seule, et rejoindre son grand-père. Elle ne voulait personne avec elle. Cette affaire ne regardait qu'elle et lui. Il n'y aurait pas de témoin. La veille au soir, à la fin du repas, elle s'était opposée à Natalia Guénac sur le sujet. Cette dernière répugnait à voir l'adolescente s'aventurer seule dans la forêt.

– C'est dangereux, avait-elle souligné.

– Je n'ai pas peur, avait déclaré Flavia. J'ai traversé l'océan deux fois, j'ai échappé à un naufrage, à la répression d'une manifestation et je suis venue ici en traîneau. Une heure de marche, c'est une promenade. Donnez-moi une carte, une boussole et je me débrouillerai. Sinon, j'ai les oies…

– Les oies ?

– Elles me guideront.

Natalia Guénac avait cédé, exigeant seulement :

– Partez de bonne heure, les journées sont courtes, vous devez rentrer avant que la lumière ne décline. Et n'oubliez pas que nous avons besoin de vous pour lire la clé alpha.

Flavia acheva de s'équiper. Elle avait remis sa tenue de voyage, qui la protégerait de la neige et du froid.

– À plus tard ! répéta-t-elle en quittant la chambre.

Elle suivit les couloirs sans hésiter – elle avait étudié le plan de la base et savait à présent s'y diriger – et arriva bientôt en vue de l'allée qui commandait les sorties et les entrées. Elle présenta le badge qu'on lui avait donné et le panneau rocheux coulissa devant elle.

Il était très tôt. Un ciel immensément bleu se déroulait au-dessus de la forêt enneigée et silencieuse. Flavia respira à pleins poumons et l'air glacé lui fit du bien. Contrairement à ce qu'elle avait affirmé, elle avait peur. Pas de la forêt ni de la solitude, pas des rencontres éventuelles ni du froid mordant, non ; peur de ce qu'elle allait apprendre. Elle pouvait encore s'arrêter, revenir sur ses pas, refuser de s'aventurer sur la piste de son passé.

Il n'en était pas question.

Elle se jeta en avant, parcourut à grandes enjambées la distance qui la séparait du viaduc. Elle le traversa, s'arrêta un instant pour se pencher au-dessus de l'abîme vertigineux qu'il surplombait, reprit sa route.

De l'autre côté Victorien de Gouttenoire l'attendait, juché sur sa monture.

– Bonjour mademoiselle ! lança-t-il dès qu'il l'aperçut.

– Ah ! C'est vous ! Bonjour ! répondit-elle.

– Vous partez dans la forêt ? Je vous accompagne un moment.

Elle faillit se fâcher et lui demander de s'en aller, mais, à l'instant où elle ouvrait la bouche, elle s'aperçut qu'elle n'était pas mécontente de sa présence. Tant qu'il serait là, elle n'aurait pas à ruminer ses pensées.

– Avez-vous pourfendu, aujourd'hui ? interrogea-t-elle.

Il lui sourit d'un air béat en désignant le ciel.

– Pas la peine ! Regardez...

Elle le précéda, s'engageant à gauche dans une allée assez large qui s'élevait entre les sapins. Elle progressait difficilement même si une partie de la piste avait été damée pour faciliter la marche. Victorien de Gouttenoire cheminait à ses côtés au rythme paisible de sa monture.

– Si vous empruntez cette route, c'est que vous voulez gagner le mont Lune, observa-t-il.

– Le mont Lune ? releva Flavia.

– Là où il s'est installé.

– Qui ?

– Celui qui guette le ciel.

– Vous le connaissez ?

– Un peu. Vous ne devriez pas le déranger.

– Pourquoi ?

– Il n'aime pas ça.

– J'ai quelque chose à lui demander.

– Alors…

Au bout d'une quarantaine de minutes, la piste sortit de la forêt et s'attaqua à une montagne dénudée.

Victorien de Gouttenoire arrêta sa monture.

– Je n'irai pas plus loin, déclara-t-il. Vous devez aller seule à présent.

– Pourquoi vous dites ça ?

– Ce que vous cherchez ne me concerne pas. Mais j'attendrai. Pas loin d'ici.

– Ce n'est pas la peine.

– Si.

Flavia haussa les épaules. Elle connaissait à présent suffisamment le bonhomme pour savoir qu'il était inutile de le contredire.

– Comme vous voulez, murmura-t-elle.

– Le mont Lune, c'est là-haut. Lui aussi, il est là-haut.

Les mots résonnaient dans le silence et, soudain, Flavia se demanda pourquoi il avait tellement tenu à l'accompagner et pourquoi il lui parlait ainsi.

Elle lui tourna le dos. Un peu plus loin, la piste s'incurvait vers la droite et elle se retrouva seule, seule dans un paysage qui se déployait au fur et à mesure qu'elle progressait, immense, splendide, désert.

Une brise légère se leva et une poussière de neige enveloppa ses jambes. Elle grimpait toujours, sur une crête à présent, penchée vers l'avant, arrachant l'une après l'autre ses bottes à l'emprise du sol.

Elle se revit alors, des mois auparavant – ou des années ? Elle gravissait une dune de sable, écoutant le mugissement de l'océan, cherchant où son grand-père s'était installé pour observer les oiseaux. Elle avait l'impression que cette scène avait eu lieu il y a longtemps, dans une autre vie, et pourtant ses moindres détails restaient vivaces dans son esprit. Était-ce le même chemin qu'elle parcourait ? Le mont Lune ressemblait à une dune géante et les hectares de forêt qui s'étendaient sous ses pieds à un océan immobile.

Et là-haut, elle vit la cahute de bois qui servait d'abri à son grand-père.

42

Quand elle ouvrit la porte, il eut un mouvement de recul. Concentré sur ses cahiers d'observation, il n'avait pas réalisé que quelqu'un approchait. Elle n'avait pas frappé. Il sentit un courant d'air dans son dos, il se retourna, elle était là. Il la considéra un instant, et un instant, Flavia crut qu'il ne la reconnaissait pas. Puis il murmura avec stupéfaction :

– Flavia !

Sa chaise se renversa sur le sol quand il se leva.

– Flavia ! C'est bien toi !

Il la serra contre lui. Elle se laissa faire avec bonheur, enfouissant son visage dans son cou, respirant son odeur, celle qu'elle avait toujours connue auprès d'elle.

– Qu'est-ce que tu fais là ? Comment as-tu su ? Flavia ! C'est impossible !

Il la repoussa à bout de bras, l'observa.

– Tu as grandi ! Et cet accoutrement... Si tu savais comme tu m'as manqué.

Il avait des larmes dans les yeux.

Flavia n'avait pas prononcé un mot. Elle n'y parvenait pas. Elle ne savait quoi dire. Par où commencer ? Elle éprouvait un tel bonheur à le revoir, c'était toute son enfance heureuse qui lui sautait au visage. Anatole avait été son grand-père, son père, sa mère, son univers. Il était celui sur cette terre qui la connaissait depuis le plus longtemps, celui qu'elle connaissait depuis le plus longtemps.

– Tu es revenue avec Samuel, n'est-ce pas ? Il n'y a que lui pour traverser l'océan ! Et après ? Tu m'as retrouvé ? Parle enfin !

– Je vais te raconter, murmura-t-elle. Je vais tout te raconter. Et après, il faudra me dire…

Elle laissa sa phrase en suspens.

Elle ôta sa toque et sa veste, jeta un coup d'œil sur le cahier d'Anatole et constata :

– C'est un bon endroit pour les oiseaux, ici ? Tu as vu les oies ?

– Oui. Je les ai vues. Hier et ce matin.

– Elles m'ont aidée. Tu sais, les oiseaux…

– Parle-moi de toi, Flavia. De toi !

Elle s'assit sur un tabouret, se concentra et commença à parler tandis qu'il s'installait sur une chaise, tendu vers elle pour mieux entendre ses paroles. Elle raconta tout, depuis le début : la première traversée, son arrivée en Amérique, sa vie là-bas. Quand elle prononça le prénom de Chris, son cœur se serra. Elle aurait voulu qu'il soit là. Elle se serait sentie tellement plus forte !

Anatole ponctuait son récit de « Oh ! » et de « Ah ! »

Et soudain, elle déclara :

– Mes parents n'étaient pas sur ce bateau qui a coulé. Ils ne faisaient pas partie des disparus. Ils étaient sur le *Samantha* avec le capitaine Blunt.

Ils sont arrivés en Amérique, ils y ont vécu. Tu le savais et tu ne m'en as rien dit. Tu m'as menti.

Anatole pâlit. Il se leva, vacilla sur ses jambes, recula, cherchant l'appui de la table. Il se détourna un instant, puis lui fit face à nouveau. Il avait du mal à reprendre son souffle.

– Tu m'as menti, répéta Flavia. Je veux savoir pourquoi.

– J'étais certain qu'en allant là-bas tu risquais d'apprendre... murmura Anatole.

– Mais pourquoi ! Pourquoi ? s'écria Flavia. Ils sont vivants ! Et tu m'as fait croire qu'ils étaient morts ! Toutes ces années, j'ai pensé que...

Elle était en larmes et elle était furieuse. Elle s'était juré de ne pas pleurer. Elle essuya son visage d'un geste rageur.

– Et où sont-ils à présent ? Tu le sais, hein ? Tu le sais ?

Anatole secoua la tête.

– Non, je n'en sais rien. Ils sont restés plusieurs années en Amérique et puis ils ont disparu.

– Tu me mens encore ?

– Non, je te le jure. C'est la vérité. J'ignore où ils se trouvent.

– Alors dis-moi pourquoi tu m'as menti. Je veux savoir.

Anatole baissa la tête.

– C'est difficile, marmonna-t-il.

Flavia ne bougeait plus. Elle savait qu'elle touchait au but et elle n'osait plus aucun geste ni aucune parole, de peur de briser quelque chose.

– Qu'as-tu appris d'autre là-bas, Flavia ? demanda Anatole.

– Qu'aurais-je dû apprendre d'autre ? répliqua Flavia sur ses gardes.

– Tu vas m'en vouloir. Tu ne me pardonneras jamais.

Flavia sentit son cœur se glacer. Jusque-là, elle avait réussi à se persuader que son grand-père avait eu une bonne raison de lui cacher la vérité, qu'il allait la lui donner, qu'ils allaient retrouver leur belle entente, partir ensemble, enfin, rejoindre ses parents. Mais avec ces deux phrases, Anatole venait de détruire ce rêve. Un gouffre s'ouvrit aux pieds de Flavia. « Tu ne me pardonneras jamais. »

Et à cet instant précis, sans rien savoir encore, elle comprit qu'en effet, jamais elle ne lui pardonnerait et qu'elle devrait vivre avec ce qu'elle allait apprendre.

Il parlait la tête basse, d'une voix presque inaudible et Flavia se pencha en avant pour n'en pas perdre une bribe. À les voir là assis, tendus l'un vers l'autre, l'un chuchotant, l'autre écoutant attentivement, on aurait pu croire qu'il s'agissait de deux amis échangeant des confidences.

Mais ce que racontait Anatole était terrible.

– Tu avais quelques mois et tu étais malade. Tes parents étaient prêts à prendre ce bateau, *L'Avenir*. Un oiseau est venu. Il était bagué. Il portait un message : le bateau serait victime d'un attentat, il ne fallait pas l'emprunter, et tes parents devaient se cacher d'urgence. Ils étaient menacés. Je t'assure, Flavia, nous avons vécu des moments abominables. Tes parents ne voulaient pas partir sans toi et ils n'avaient d'autre solution que d'embarquer sur le *Samantha* au plus vite, dans le plus grand secret. Et nous n'avions aucun moyen ni le temps matériel de prévenir les autres passagers de *L'Avenir*...

Anatole se tut et Flavia comprit qu'il devait faire un énorme effort pour poursuivre. Il y parvint enfin.

– Flavia, il y avait... Tu avais une sœur. Vous étiez deux. Des jumelles.

Flavia sentit une douleur lui enserrer les tempes. À cet instant, elle aurait voulu bouger ne serait-ce qu'un petit doigt, elle n'y serait pas parvenue.

Elle était tétanisée, une sueur glaciale lui coulait dans le creux du dos et il y avait cette douleur qui lui martelait le crâne.

– Amalia, souffla Anatole.

Sa voix parvint à Flavia comme si elle venait de très loin.

– Ta sœur jumelle, c'est son prénom. Elle n'était pas malade. Ils l'ont emmenée. Ta mère pleurait. Ton père... Ils m'ont demandé de m'occuper de toi, le temps que tu guérisses. Je devais ensuite te confier au capitaine Blunt qui faisait la navette entre les continents pour qu'il te conduise à eux, ou partir avec toi selon les événements.

Un grand silence s'installa dans la pièce. Sur les tempes de Flavia, l'étau se desserra. Elle imagina la scène, un homme, une femme, deux bébés. Elle la voyait comme si elle l'avait vécue, et elle l'avait vécue !

Et le déchirement.

– Tu as guéri, bien sûr. Tu es devenue une jolie petite fille, si vive, si affectueuse, tu babillais, tu montrais les oiseaux du doigt, tu guettais déjà. Samuel Blunt est revenu. J'aurais dû... Oui, c'est à ce moment-là que j'aurais dû...

– Que tu aurais dû quoi ? demanda Flavia d'une voix blanche, prenant pour la première fois la parole depuis qu'il avait commencé son récit.

– J'aurais dû te rendre, dit Anatole.

– Me rendre ?

– Me séparer de toi. Je n'ai pas pu.

Flavia se leva. Elle était terrifiée par ce qu'elle entendait.

– Qu'est-ce que tu as fait ? Qu'est-ce que tu as fait ? Je veux savoir ce que tu as fait !

– J'ai donné un mot au capitaine Blunt. Un mot pour tes parents.

– Qu'y avait-il sur ce mot ?

Anatole ne répondit pas.

– Qu'y avait-il ? gronda Flavia.

Elle le saisit par les revers de sa veste, le secoua.

– Je veux savoir ! Qu'avais-tu écrit ?

– Que tu étais... bégaya Anatole. Que tu n'avais pas survécu.

Il s'effondra sur sa chaise en enfouissant son visage dans ses mains.

– J'ai toujours su qu'un jour nous aurions cette conversation. Et j'ai pourtant vécu comme si cela ne devait jamais arriver. Tu étais là, tu grandissais auprès de moi, nous étions si heureux ensemble, je ne voulais pas penser à ce qu'il adviendrait le jour où tu saurais. Les années ont passé, je me suis aperçu de ce don que tu avais avec les oiseaux, j'ai cru que cela ne finirait pas, que je n'aurais pas à rendre des comptes.

– Pourquoi as-tu fait ça ?

Il la regarda.

– Pour ne pas te perdre. Pour te protéger aussi. Tes parents étaient de l'autre côté de l'océan, avec Amalia. Ils vivaient dans le secret. J'ai pensé que s'il leur arrivait quelque chose, toi au moins...

– C'est monstrueux.

Flavia recula d'un pas.

– Comment as-tu pu... À ta propre fille, à ma mère ! Lui faire croire que j'étais... morte. Et me raconter qu'ils avaient péri, me cacher l'existence de ma sœur. Comment as-tu pu imaginer ça ?

– Tu ne comprends pas...

Flavia plaqua ses mains sur ses oreilles et ferma les yeux.

– Tais-toi ! Tais-toi ! Je ne veux plus rien entendre. Jamais ! Tu m'as trahie ! Et le capitaine Blunt, quel beau menteur celui-là aussi !

– Non. Pas Samuel. Il n'était pas d'accord. Je l'ai obligé à se taire. Après, pendant des années, il n'a pas voulu revenir ; jusqu'à ce jour où tu as embarqué sur le *Samantha*.

– Et oncle Jean ? Il savait aussi ?

Anatole secoua la tête.

– Jean ne savait rien. Je lui ai dit la même chose. Il m'a cru. Je lui ai demandé de te cacher l'existence d'Amalia, lui expliquant que cela risquait de te perturber. Il m'a obéi. Ta mère avait quitté la région depuis longtemps, ton père n'était pas de là, ils ne connaissaient personne. Leur passage chez moi, juste avant leur départ sur le *Samantha*, s'était effectué dans le plus grand secret. Nul ne s'est douté de rien. Nul ne pouvait savoir.

– Je te hais, dit Flavia.

Elle recula jusqu'à la porte. Elle avait le sentiment que c'était une autre qu'elle-même qui vivait cette scène, et pourtant c'était bien elle, Flavia Maurel, qui répétait froidement à l'homme auprès de qui elle avait grandi, à celui qui lui avait tenu lieu de famille :

– Je te hais. Je ne veux plus te revoir. Jamais.

Elle sentit la porte dans son dos, se retourna, l'ouvrit et, oubliant toque et pelisse, se jeta dehors, courant de toutes ses forces et hurlant :

– Jamais ! Jamais !

Et sur le bord de la piste il y eut un bruissement d'ailes. Les oies qui l'avaient attendue prenaient leur envol comme pour la suivre, comme pour ne pas la laisser seule.

La messagère

43

Sur la digue, Chris, Noémie et Amalia avançaient, serrés les uns contre les autres. Les paroles d'Amalia étaient restées comme suspendues au-dessus de leurs têtes : « Il faisait si froid ce jour-là... » Et le vent glacial accentuait encore sa détresse.

Chris entraîna Noémie et Amalia vers les escaliers. Il connaissait un endroit, au pied de la digue, où ils seraient tranquilles. Il s'agissait d'une salle de sport dans laquelle se trouvait une cafétéria, il y ferait chaud, ils pourraient s'asseoir et boire quelque chose.

Amalia ne prononça pas un mot jusqu'à ce qu'elle soit assise à une table.

– Voilà... murmura Chris en poussant vers elle une tasse de thé brûlant.

Il restait décontenancé par sa présence. Il avait tellement l'impression de voir Flavia ! Mais ce qui était, chez Flavia, cette spontanéité émerveillée qui semblait la guider dans l'existence avait pris chez Amalia la forme d'une colère rentrée, d'une rage contenue qui brisait son sourire et durcissait son regard.

– Raconte-nous maintenant, proposa Noémie en se penchant vers Amalia avec sollicitude.

– Nous vivions dans une maison, commença Amalia à voix basse, si basse que les deux autres durent se pencher vers elle pour l'entendre. Nous sortions peu. Il fallait toujours faire attention. Nous étions heureux...

Sa voix se cassa.

– Et puis ?

– C'était deux jours avant Noël. Il faisait si froid, il y avait de la neige, des tas de neige grisâtre le long des trottoirs et tout était illuminé, avec des gens pressés qui semblaient contents. Nous étions allés dans le centre-ville, exceptionnellement, avec mon père, je ne sais pas où se trouvait ma mère. Il voulait nous montrer les jouets, la fête, les illuminations...

– Nous ? releva Chris.

– Enfin, c'est ce qu'il a dit. Nous sortions d'un grand magasin, nous avions les yeux pleins d'étoiles à cause de ce que nous avions vu, il avait l'air heureux, il nous tenait par la main, chacun d'un côté...

Noémie et Chris échangèrent un regard plein de curiosité.

– C'est quand la porte s'est refermée derrière nous qu'il a dû voir quelqu'un...

– Qui ?

– Je ne sais pas. Je ne l'ai jamais su. Il a tourné brusquement sur la droite, le long de la vitrine qu'il a longée jusqu'au bout. Là il s'est arrêté, il a... Il a lâché nos mains ! Et il a mis celle de Guillaume dans la mienne.

– Guillaume ? firent Chris et Noémie avec un bel ensemble.

– Mon petit frère. Puis mon père m'a prise par les épaules, comme ça.

Amalia se tourna vers Noémie assise à côté d'elle, lui fit face d'un air solennel, posa une main sur chacune de ses épaules. Noémie sentit les doigts durs sur sa chair et le poids de cet instant gravé dans la mémoire d'Amalia.

– Il m'a dit, poursuivit Amalia en enfonçant son regard dans celui de Noémie, tout comme son père avait dû le faire, « Vous restez là. Tous les deux. Vous ne bougez pas de là. Sous aucun prétexte. Tu m'entends, Amalia : sous aucun prétexte. Vous m'attendez. » Il a tourné le dos et il est parti. Très vite.

Amalia baissa les yeux et poursuivit d'une voix monocorde :

– Nous avons attendu. Longtemps. Il faisait froid. Guillaume a tiré sur ma main. Il voulait partir. Pour aller où ? Papa avait dit de ne pas bouger. Je le lui ai dit : « Papa a dit de ne pas bouger. Sous aucun prétexte. » Il était petit. Il ne connaissait pas le mot « prétexte ». Je le lui ai expliqué. La nuit était tombée. Le magasin a fermé ses portes. Il y avait de moins en moins de monde. Les gens passaient devant nous et nous jetaient des regards furtifs. Je me suis demandé s'ils nous prenaient pour des mendiants. Pourtant, nous ne réclamions rien à personne. Nous attendions juste notre père.

Amalia avait la tête penchée sur sa tasse de thé. Elle se taisait. Noémie était bouleversée et Chris décontenancé. Une sœur jumelle, un petit frère ! Flavia qu'il avait connue avec pour toute famille un unique grand-père se trouvait à présent dotée d'une fratrie. Et elle n'en savait rien !

– Il vous a... abandonnés ? murmura Noémie.

Amalia inclina la tête un peu plus bas.

– C'est impossible, déclara Chris. Que s'est-il passé après ?

– Il était très tard. Guillaume grelottait, il a commencé à pleurer. Une dame s'est arrêtée devant nous et nous a demandé ce que l'on faisait là. Je lui ai dit qu'on attendait notre père, qu'il allait venir nous chercher. Plus tard, il y a eu une autre dame, puis un monsieur, puis un autre. L'un d'eux a téléphoné...

– On vous a emmenés dans un centre d'accueil, compléta Chris.

– J'ai crié, j'ai hurlé. Je ne voulais pas bouger. Papa avait dit de ne pas bouger. Il allait revenir et si nous partions de là, il ne nous retrouverait jamais. Jamais !

– Et puis ?

– C'est ce qui est arrivé. Guillaume s'est laissé envelopper dans des couvertures, il ne faut pas lui en vouloir, il était petit. Moi, on m'a emportée de force. Je ne les ai plus revus, ni papa, ni maman.

– Mais enfin, la police a dû entreprendre des recherches !

Amalia haussa les épaules.

– Papa m'avait toujours répété : « Tu ne donnes ton nom européen à personne. Ici, tu t'appelles Laluk, Amalia Laluk, et ton frère, Guillaume Laluk. » Je lui ai obéi. Je n'ai jamais dit à personne notre vrai nom, ni notre adresse. Du coup, leurs recherches n'ont pas abouti. Vous êtes les premiers à qui j'en parle.

– Où as-tu appris l'anglais ?

– À la maison. Nos parents nous ont toujours parlé dans les deux langues, le français et l'anglais.

– C'est une histoire invraisemblable, fit Chris.

– Tu crois que je mens ! s'exclama Amalia les yeux brillants de fureur.

– Non ! s'exclama Chris. Ce n'est pas ce que j'ai voulu dire !

– Tu as tenu bon tout ce temps-là ? Sans jamais rien avouer à personne ? demanda Noémie, admirative.

– Oui.

– Tes parents avaient peur, constata Chris. Peur de quelque chose de terrible.

– Quel âge avais-tu ? interrogea Noémie.

– Sept ans. Et Guillaume, trois ans.

– Où est Guillaume ?

– Dans une famille. Il a été placé tout de suite. Il était tellement mignon et il ne demandait que ça : des parents, de l'amour, d'autres frères et sœurs.

– Et toi ?

– Personne n'a voulu de moi. Je n'avais qu'une idée en tête : retourner là où mon père nous avait laissés et l'attendre. Je fuguais sans arrêt. On m'a enfermée dans un centre, à Hartford. Je suis revenue à New York il y a à peine trois semaines.

– Tu es allée au magasin où ton père vous a laissés ?

– C'est la première chose que j'ai faite. Il n'y avait personne, bien entendu, ni là ni à l'endroit où nous avions vécu.

44

Un souffle chaud balaya sa figure et elle ouvrit les yeux. Deux lèvres monstrueuses, brunes et poilues, se tendaient vers son visage.

Elle voulut reculer, n'y parvint pas. Elle s'enfonçait dans une substance froide et molle sur laquelle elle était couchée.

– Brrrrrr ! soufflèrent les lèvres en lui envoyant dans la figure un paquet de postillons qui n'avaient rien d'inamical.

– J'ai bien fait de vous attendre, dit une voix.

Elle ne distinguait pas qui parlait.

Son corps était engourdi, ses mains étaient glacées, ses jambes douloureuses, et elle avait envie que les grosses lèvres renouvellent le « Brrrrrr ! » affectueux. Elle fit un effort pour redresser la tête. Dans le prolongement des lèvres, il y avait un museau poilu interminable, un œil noir ombré d'une paupière dédaigneuse, une oreille qui lui parut énorme.

Anichka !

– Il ne faut pas rester couchée dans la neige, dit Victorien de Gouttenoire. Je ne vous voyais pas revenir, j'ai commencé à grimper vers le mont Lune, j'ai vu des traces. Les vôtres. Vous avez couru vite et loin.

– Quelle heure est-il ? demanda Flavia.

Pour une raison obscure, c'était la seule phrase qui lui venait à l'esprit.

– Tard. Vous devez rentrer.

Il se pencha vers elle, écarta la tête d'Anichka, l'obligea à se redresser.

– Tendez les bras, dit-il.

Elle se souleva avec difficulté, juste assez pour glisser ses mains dans les siennes.

– Tsss, tsss, fit-il d'un air réprobateur. C'est un coup à perdre ses doigts, ça ! C'est ridicule.

Il l'attira vers lui avec beaucoup de douceur. Elle déplia ses membres et se leva, sans même s'en apercevoir. Anichka suivait la scène avec attention. Quand elle fut debout, le chameau émit un « Brrrrrr ! » de satisfaction.

Victorien de Gouttenoire fouilla dans une sacoche, en sortit une couverture dans laquelle il entortilla Flavia. Puis il lança un ordre bref, dans une langue gutturale. D'un air majestueux, Anichka entreprit de se baisser, de replier ses pattes avant dans la neige, puis ses pattes arrière pour s'accroupir.

– Montez ! proposa Victorien de Gouttenoire en la poussant vers l'animal.

Elle enjamba l'énorme dos poilu sans trop se poser de questions et s'installa. Il se jucha derrière elle et claqua la langue.

L'animal se releva, hésita en balançant sa grosse tête, commença à faire demi-tour.

Ils se trouvaient dans un espace dégagé avec l'ombre des sapins toute proche qui s'allongeait sur la neige bleuie, annonçant le coucher imminent du soleil. Combien de temps était-elle restée couchée dans la neige, inconsciente ? Comment était-elle arrivée là ? Pourquoi n'était-elle pas morte ?

Morte. C'est ce que son grand-père avait dit à ses parents. Ils la croyaient morte. Pour eux, elle n'était qu'un bébé qu'ils avaient conçu, mis au monde, mais qui n'avait fait que traverser leur existence telle une étoile filante. Elle n'existait plus. Et il y avait l'autre. Amalia. Sa jumelle. Son double.

Ses pensées tournèrent autour de cette idée. Ses parents avaient l'autre. Leur amour avait dû se retourner vers elle, l'envelopper. La jalousie s'enfonça dans son cœur, comme la lame effilée d'un couteau.

« Pourquoi elle et pas moi ? » se dit-elle.

Anichka avançait de son pas chaloupé. Flavia ne reconnaissait rien de cet endroit.

– Je ne sais pas comment vous êtes arrivée là, dit Victorien de Gouttenoire. Nous sommes loin du mont Lune. Heureusement que j'ai suivi vos traces. D'ailleurs, je suis étonné que vous n'ayez pas gelé.

– Les oies, expliqua Flavia.

Elle se souvenait à présent. Elle avait couru droit devant elle, sans réfléchir, longtemps. Elle était brûlante, elle dégoulinait de sueur et une violente douleur lui martelait le crâne tandis que la neige étincelante réfléchissait une lumière terrible qui lui brûlait les yeux. Elle s'était écroulée, et les battements de son cœur s'étaient calmés peu à peu. La sueur s'était refroidie sur son corps et elle avait senti le froid mordant la pénétrer jusqu'aux os. Et puis un bruissement chaud et doux l'avait enveloppée.

– Les oies, répéta-t-elle. Elles m'ont sauvé la vie. Encore une fois...

Elle se laissa aller contre Victorien de Gouttenoire. Ils descendaient peu à peu vers la vallée. Bientôt elle aperçut, dans une échappée entre les arbres, le viaduc qui allongeait sa courbe gracile au-dessus du ravin. Elle ferma les yeux. Elle n'avait pas envie de retourner à Landvik. Il lui faudrait parler, affronter les regards alors qu'elle voulait rester seule avec sa douleur.

Victorien de Gouttenoire ne lui donna pas le choix. Il engagea sa monture sur le viaduc, s'arrêta au milieu, la fit baraquer.

– Vous allez poursuivre seule, dit-il.

Elle secoua la tête.

– Je ne veux pas aller là-bas.

– Bien sûr que si. Vous allez descendre, marcher droit devant vous, entrer là-dedans. Vous savez le faire.

– Non.

– Si.

– Vous ne pouvez pas m'y obliger.

– Si vous ne le faites pas, je serai contraint de vous pourfendre.

Flavia dévisagea Victorien et comprit qu'il ne plaisantait pas. L'étrange démence qui occupait son cerveau pouvait tout à fait le pousser à commettre des actes insensés. Elle réfléchit un instant et dit :

– D'accord.

– Ne vous moquez pas de moi. Je vais rester là et vous suivre du regard jusqu'à ce que je sois certain que vous m'avez obéi, jusqu'à ce que vous ayez disparu à l'intérieur de la falaise.

– D'accord, répéta Flavia.

Elle glissa à terre et, drapée dans la couverture, s'éloigna d'un pas chancelant, puis prit de l'assurance. Au bout de quelques mètres, elle se retourna, considéra longuement Victorien et dit :

– Merci.

– Brrrrrr ! répondit Anichka.

45

Dans le studio que Noémie partageait avec Tommy, l'obscurité descendait. Noémie avait fini de raconter l'histoire d'Amalia, et Tommy, debout devant la fenêtre, contemplait la cour étroite en contrebas et le mur aveugle qui bouchait l'horizon. Comme d'autres clandestins, et avec l'aide de Noël Nora, ils avaient trouvé refuge dans cet immeuble de la basse ville, encastré dans un labyrinthe de rues bordées d'entrepôts, mais l'air du large lui manquait et il y passait le moins de temps possible.

Tommy laissait son esprit vagabonder, mêlant les paroles de Noémie avec des souvenirs anciens.

– Laluk, je connais ce nom, dit-il enfin.

Il se concentra. Il possédait une mémoire prodigieuse et il avait accumulé une foule de connaissances. Il suffisait de trier pour retrouver celle qu'il cherchait.

– C'est une île du Pacifique, déclara-t-il.

– Tu es sûr ? demanda Noémie.

– Certain.

– Pourquoi les parents d'Amalia lui ont-ils dit d'utiliser ce nom comme patronyme ? C'est curieux n'est-ce pas ?

Tommy haussa les épaules.

– Je ne vois pas pourquoi. Ce nom ou un autre, qu'est-ce que ça peut bien faire ? Ils ont dû trouver ça original.

– Je suis certaine qu'il y a une raison.

– Tu lis trop de romans !

Noémie lui lança un regard rancunier tout en reconnaissant que Tommy n'avait peut-être pas tort. Comme à son habitude, elle avait commencé à puiser dans ses souvenirs littéraires pour tenter d'établir une analogie entre l'île du Pacifique et Amalia, et il y avait une foule de possibilités ! En même temps, depuis son départ d'Europe, ce qu'elle vivait dépassait de loin en originalité tout ce qu'elle avait lu dans les romans, elle devait en convenir.

– J'y vais, annonça Tommy.

– Je t'accompagne, dit Noémie.

– Non.

– Il neige.

– Qu'est-ce que ça change ?

– Tu vas laisser des traces.

– Tu comptes les effacer derrière moi avec un petit balai de genêts ?

– Idiot ! Je ferai le guet.

– Non, je t'ai dit.

Noémie abandonna la partie.

– D'accord, vas-y tout seul.

Mais Tommy la connaissait bien. Il l'attrapa par les épaules et la prévint durement :

– Et n'essaie pas de me suivre !

– Non, non ! chantonna Noémie.

– Tu m'énerves !

Il lui tourna le dos, enfila un manteau qui dissimulait la combinaison collante noire qu'il avait revêtue et enfonça son bonnet sur sa tête. Ainsi vêtu, il allait se fondre dans la nuit.

Noémie le laissa partir sans ajouter un mot.

Il avait neigé, mais seule une fine pellicule blanche subsistait qui disparaissait rapidement sous les semelles des passants. Les ventilateurs de la digue tournaient sans arrêt, envoyant sur la ville un air presque tiède qui maintenait une température acceptable.

Tommy connaissait l'itinéraire par cœur et il savait exactement comment il allait s'introduire dans l'immeuble. Il y était entré une première fois pour se procurer le contenu de la clé alpha que le capitaine Blunt avait emportée en Europe. Noël Nora avait mené une enquête aussi longue que discrète : à l'époque, son passage n'avait pas été détecté. Personne n'avait soupçonné qu'un inconnu ait pu se glisser en ces lieux et dérober quoi que ce fût, il pouvait donc emprunter sans risque le même itinéraire.

Grimper sur le toit fut un jeu d'enfant. Il y abandonna son bonnet et son manteau pour se faufiler dans le conduit d'aération. Il déjoua les pièges tendus par les caméras de surveillance et les systèmes d'alarme.

Noël Nora lui avait procuré une carte magnétique mise à jour et le nouveau code, et il ne rencontra pas de difficulté pour ouvrir la porte.

« C'est facile, se dit-il. Trop facile. »

L'ordinateur était en veille. D'un geste léger, il en effleura la surface et l'écran s'éclaira tandis que les icônes s'affichaient. Il procéda aux opérations nécessaires pour ouvrir le dossier informatique qui l'intéressait. Il savait que le temps dont il disposait était limité. Si la porte de la salle où il se trouvait restait ouverte au-delà d'un certain délai, une alarme se déclencherait, à l'autre bout de la ville, dans des locaux de surveillance. Et Noël Nora n'avait pas pu lui fournir le badge qui lui permettait de la manœuvrer de l'intérieur de la pièce.

Il fit défiler le contenu du dossier. Tout cela, il l'avait copié la fois précédente, inutile de perdre de précieuses minutes à recommencer. Voilà. Il s'était arrêté là. Il lui manquait ce qui concernait la mécanique quantique.

Il positionna la clé alpha sur l'écran, sélectionna la fin du dossier, traça sur l'écran le code qu'il avait utilisé la fois précédente pour en autoriser la copie et fit glisser la partie sélectionnée vers la clé alpha. L'écran clignota, envoyant dans la pièce des lueurs rouges. Il comprit instantanément. Le programme avait été verrouillé, il était devenu impossible de le copier. Il effaça l'opération et l'écran retrouva sa couleur rose et son aspect velouté.

Il réfléchit à toute allure. Il y avait deux solutions. La première consistait à déverrouiller le programme. Il l'abandonna aussitôt, cela lui prendrait trop de temps. La seconde...

Il fit défiler la fin du document. Ce n'était pas si long et il ne s'agissait que de chiffres et de formules, sa spécialité en somme, il devrait y parvenir.

Il respira profondément, s'obligeant à calmer son pouls qui s'était emballé et expira doucement. Il recommença à plusieurs reprises. Les battements de son cœur ralentirent tandis qu'un grand calme l'envahissait. Très vite, il fit abstraction de la pièce, du danger qui le menaçait, pour atteindre l'état mental d'un plongeur en apnée qui s'apprête à vaincre son record de profondeur.

Le temps d'un éclair, une image lui traversa l'esprit. Il était enfant, il se tenait près de sa mère, elle lui apprenait à utiliser l'ordinateur et elle disait d'un air émerveillé :

« Tu vois Tommy, notre ordinateur est minuscule mais extrêmement complexe. Il peut mémoriser une foule d'informations et il est capable de calculer de façon étonnante. Et pourtant, il y a un outil qui le surpasse, et même si cet ordinateur était encore plus puissant, plus performant, cet outil le surpasserait toujours.

– C'est quoi, cet outil, maman ? répondait la voix de l'enfant.

– Cet outil, Tommy, c'est le cerveau de l'homme. Le cerveau humain est plus complet, plus puissant, plus intelligent que n'importe quel ordinateur. Nous devons juste apprendre à nous en servir, trouver le moyen d'exploiter l'ensemble de ses capacités et cela… »

L'enfant n'écoutait plus. Il n'avait retenu qu'une seule phrase, celle qui disait que le cerveau humain est plus fort que n'importe quel ordinateur.

La parole de sa mère était d'or.

Il était un humain, il possédait un cerveau, il allait s'en servir.

À partir de cet instant, Tommy avait développé une étonnante capacité à mémoriser et à calculer. Sa mère l'avait encouragé, lui enseignant des méthodes de concentration, de relaxation et de travail. Des tests avaient confirmé ce qu'elle soupçonnait : Tommy était un surdoué.

Les pages se succédaient sur l'écran et les formules s'imprimaient dans l'esprit de Tommy de façon indélébile. Il ne savait pas à quoi elles servaient ni comment les utiliser, mais il serait capable de les restituer avec exactitude.

Il approchait de la fin du document. Celui-ci se terminait par une série d'équations complexes que le cerveau de Tommy enregistra également. Au milieu des chiffres, un mot figurait. Il le rangea avec les autres éléments dans sa mémoire.

Il remit l'ordinateur en veille, vérifia qu'il ne subsistait aucune trace de son passage, gagna la sortie en empruntant le même chemin qu'à l'aller, refermant tout derrière lui. Sur le toit, il enfila son manteau et son bonnet, dévala la façade de l'immeuble le long du filin qu'il avait apporté.

– Psitt ! fit une petite voix dès qu'il toucha terre.

Il eut un sourire. Il savait qu'elle serait là.

Noémie surgit de l'ombre, l'aida à enrouler le filin, l'entraîna.

– Tout s'est bien passé ? chuchota-t-elle.

Il ne répondit pas. Il était encore sous le choc de l'énorme effort qu'il venait de fournir et éprouvait des difficultés à reprendre pied dans la réalité.

Ce n'est que plus tard, lorsqu'ils se retrouvèrent dans leur refuge, qu'il déclara :

– Noémie, je crois que tu as raison. Les parents d'Amalia n'ont pas choisi ce patronyme au hasard.

– Pourquoi tu dis ça ?

– La fin du dossier, la partie qui manquait, concerne la mécanique quantique. Des chiffres, des chiffres, rien que des chiffres. Et un mot.

– Lequel ?

La voix de Noémie tremblait d'excitation. Elle avait déjà deviné.

– Laluk, confirma Tommy.

46

Flavia alla droit à la chambre qu'elle partageait avec Anita. Elle ne prit même pas de douche, elle se déshabilla, se coucha et s'endormit sur-le-champ.

Quand Anita arriva, elle respirait paisiblement et seuls ses cheveux dépassaient de dessous la couette. Anita n'alluma pas. Sans un bruit, elle se glissa dans son lit.

Quand Anita se réveilla, Flavia dormait encore. Elle attendit un peu, puis elle en eut assez et, aussi furtivement qu'elle s'était couchée, elle se leva et sortit.

Quand Flavia ouvrit les yeux, elle était seule et la scène qu'elle avait vécue la veille occupait son esprit. Elle avait le sentiment d'avoir dormi très longtemps et rêvé à une multitude de choses. Mais il ne restait que les paroles de son grand-père et un vide abyssal. Avec quoi allait-elle le combler ?

Allongée sur son lit, elle se dit qu'elle n'avait plus grand-chose à faire ici. Elle avait remis la clé alpha à ses destinataires et elle avait obtenu ce qu'elle était venue chercher : la réponse à ses interrogations. Il lui restait à prêter la paume de sa main pour la lecture de la clé, et elle était libre.

Mais si elle n'avait plus rien à faire à Landvik, elle n'avait non plus nul endroit où aller.

Elle se força à réfléchir. Ses parents n'étaient pas morts lorsqu'elle était bébé, ils avaient disparu, des années plus tard. Rien ne prouvait qu'ils soient encore vivants. Et s'ils l'étaient, où se trouvaient-ils ? Elle avait une sœur jumelle dont elle ignorait tout. Et Chris.

Soudain, le souvenir du jeune homme envahit la pièce et la situation lui apparut clairement : elle devait retourner en Amérique. C'est là que ses parents résidaient au moment de leur disparition, c'est donc là qu'elle avait le plus de chances d'apprendre quelque chose à leur sujet. Et là-bas, elle ne serait pas seule ; là-bas, se trouvait le seul être qui lui restât, Chris.

Elle repoussa la couette d'un air décidé. Elle allait retraverser l'océan ! Et peu importaient les icebergs, la répression contre les sans-papiers, l'ampleur des difficultés qui l'attendaient !

Il fallait retourner au plus vite sur la côte atlantique, le capitaine Blunt n'était peut-être pas reparti. Max ? Où était Max ? Et Anita, Roberto ?

Elle passa sous la douche, s'habilla, se jeta dans le couloir. Elle avait faim, une faim dévorante qui lui crispait l'estomac. Elle gagna la cafétéria, décidée à engloutir un monstrueux petit-déjeuner. Après cela, elle se mettrait en quête de ses compagnons.

En sortant de la cafétéria, rassasiée, Flavia se trouva nez à nez avec Natalia Guénac. Celle-ci la dévisagea d'un regard perçant.

– Avez-vous trouvé ce que vous étiez allée chercher ? interrogea-t-elle.

– Oui, répondit Flavia.

Elle n'en dit pas plus et Natalia Guénac ne lui posa aucune question. Elle lui fit seulement remarquer :

– Nous étions inquiets pour vous. Vous êtes rentrée si tard...

– C'est vrai, j'oubliais que vous avez besoin de ma présence pour lire la clé ! répliqua Flavia d'un ton amer.

– C'est surtout pour vous que nous nous faisions du souci, corrigea Natalia Guénac.

Flavia ignora la remarque et demanda :

– Où sont mes compagnons ?

– À l'extérieur. Ils sont allés faire courir les chiens.

Flavia réprima un geste de dépit.

– Réglons cette histoire de clé, dit-elle brusquement.

– Nous ne sommes pas pressés. Venez, je voudrais vous montrer quelque chose.

– Je n'ai pas le temps, déclara Flavia.

– Vos amis ne rentreront pas avant deux bonnes heures.

Flavia réprima sa colère et marmonna, l'air maussade :

– D'accord, je vous suis.

Elles empruntèrent un long couloir puis un ascenseur pour se rendre dans un secteur où Flavia n'était pas encore allée. Debout à côté de Natalia Guénac dans la cabine qui s'enfonçait dans les profondeurs de la terre, Flavia s'obligea à retrouver son calme et quand les portes s'ouvrirent sur un espace silencieux, elle se sentait mieux.

– Où sommes-nous ? interrogea-t-elle.

– Venez.

Natalia Guénac se dirigea vers de hautes portes vitrées au verre teinté. Il y avait du parquet sur le sol, les murs étaient peints en beige rosé et un silence apaisant enveloppait les lieux.

Natalia Guénac passa son badge devant une cellule photoélectrique et les portes coulissèrent tandis que la lumière s'allumait. Flavia s'avança et ne put retenir une exclamation de surprise. Une pièce immense s'ouvrait devant elle. Elle avait une forme curieuse – semblable à l'intérieur d'un paquebot peut-être ? – avec ses parois qui partaient de chaque côté en diagonale. Elle était très haute et les murs étaient habillés de rayonnages couverts de livres. Des milliers de livres, posés les uns à côté des autres, du sol au plafond, d'une extrémité de la pièce à l'autre, rangés – cela sautait aux yeux – très méticuleusement.

– Voici la bibliothèque de Landvik, dit Natalia Guénac. J'ai pensé que cela vous intéresserait.

Muette de stupeur, Flavia fit quelques pas. Jamais elle n'avait vu un endroit comme celui-ci. Autant de livres !

– Nous avons ici des manuscrits très anciens, surtout des ouvrages scientifiques. Certains datent du XIIIe siècle. Nous avons aussi les fonds de certaines bibliothèques universitaires. Vous voyez par exemple, ici, dans cette section, se trouve le fonds de l'université où vos parents et moi avons suivi nos études. Nous avons préféré ne pas éclater les fonds qui sont souvent thématiques.

Flavia écoutait à peine, elle était émerveillée. Jamais elle n'avait pénétré dans une bibliothèque de cette importance ! Un tel endroit existait encore, et elle s'y trouvait !

La voix de Natalia Guénac lui parvenait de très loin, comme au travers d'un brouillard épais. Elle lui expliquait le système de classement, puis elle lui indiqua la section consacrée aux oiseaux et conclut en disant :

– Vous pouvez rester ici un moment si vous en avez envie, votre badge a été programmé pour vous permettre l'accès à cette pièce.

– Pourquoi m'avez-vous amenée ici ?

– J'ai pensé que vous aviez besoin d'un lieu pour retrouver votre sérénité.

Sur ces paroles, Natalia Guénac tourna les talons et quitta la pièce. Les portes se refermèrent sur elle et Flavia resta seule au cœur de cet univers aux reliures enluminées.

47

Ils dévisageaient Tommy avec stupeur.

– Tu as… quoi ? répéta Noël Nora.

– Il a tout appris par cœur, résuma Noémie.

– Personne ne peut faire ça, murmura Chris.

– Ils ont bloqué la fonction « Copier », expliqua Tommy. Je n'avais pas le choix.

– Et tu as tout dans la tête ?

– Tout.

– Tu n'as pas peur d'oublier ? De mélanger ?

– Impossible, c'est gravé.

– Il ne serait peut-être pas inutile, quand même, de reporter ça sur un support, suggéra Noël Nora. Tu peux le réciter, n'est-ce pas ?

– Oui, bien sûr. J'ai réfléchi à la question du support. Il n'y a rien d'assez fiable.

– Que comptes-tu faire ?

– Retourner en Europe et rejoindre Landvik.

Il y eut un silence que Chris brisa :

– Aller en Europe comment ?

– Ça t'intéresse ?

– Peut-être…

– Le capitaine Blunt va revenir.

– Tu en es sûr ?

– Certain.

– Quand ?
– C'est ce que j'ignore.
– Alors, dit Chris, je partirai avec toi.

Noémie se mordit les lèvres. S'ils quittaient tous les deux New York, elle se retrouverait quasiment seule. Il n'y aurait plus que Noël Nora et Amalia. C'est ce dernier nom qu'elle choisit de prononcer.

– Et Amalia ?

Tommy et Chris se regardèrent, étonnés.

– Peut-être voudra-t-elle partir avec vous, suggéra Noémie.

– Et toi, Noémie, intervint Noël Nora sans leur laisser le temps de répondre, quels sont tes projets ?

– Moi… Mes parents sont à la base de recherche du pôle Nord, enfin je l'espère. Et je dois trouver Benjamin.

– Tu sais, Benjamin… commença Noël Nora.

– Il n'est pas mort ! jeta Noémie avec violence. Si c'est ce que vous alliez dire, mieux vaut vous taire !

– Je dois y aller, fit Tommy en se levant.

– Tu dois y aller ! le singea Noémie. Tu n'as toujours que ces quatre mots à la bouche ! Aller où ? Voir si le capitaine Blunt est arrivé ? Parce que tu crois vraiment qu'il peut aller et venir comme il veut sur les océans du globe ?

– Exactement, répliqua Tommy en lui tournant le dos.

Journal de Chris

Mon amour,

Tu es partie chercher le secret de ton histoire en Europe et c'est peut-être ici, sur ce continent, qu'il se trouve. Depuis ton départ, j'ai appris à mieux connaître ceux qui ont partagé ta vie avant ton arrivée, et celle qui a grandi en ignorant ton existence, Amalia. Ensemble, nous essayons de rassembler les liens, de les entrelacer, mais il reste encore tant d'interrogations.

Tu es loin et tu ne m'as pas quitté. Ton histoire devient la mienne, tu m'as tellement appris sur mon propre pays et le reste du monde. Sans toi, jamais je n'aurais rencontré tous ces gens étonnants.

Je poursuis ma vie d'étudiant, sagement. Les cours et mes entraînements d'escalade m'aident à organiser mes journées selon un emploi du temps régulier, à remplir ce temps qui s'écoule dans l'attente.

L'attente de quoi ? Je l'ignorais jusqu'à hier. Aujourd'hui, je le sais. Nous devions gagner l'Europe ensemble. Tu m'y as précédé et je vais te rejoindre.

Ces mots que je trace jour après jour sur ce cahier sont ceux que je voudrais confier à une lettre qui franchirait l'océan pour te parvenir. Impossible. Mais si je ne les écrivais pas, ils m'étoufferaient. Impossible de les crier sur les toits, personne ne comprendrait. Difficile d'en faire part à mes nouveaux amis, même si, chaque jour, je me sens un peu plus proche d'eux... Il ne reste que l'écriture pour te parler.

Ainsi mes émotions, mes sentiments ne seront pas perdus. Ils sont là, intacts, aussi forts sur cette feuille que dans mon cœur, si forts qu'il est impossible que tu ne les entendes pas, où que tu sois.

48

Flavia se dirigea vers les étagères où se trouvaient les livres sur les oiseaux. Il y avait là des dizaines de traités d'ornithologie. Elle parcourut les titres, en choisit un qu'elle extirpa de son emplacement pour le poser sur un pupitre prévu à cet effet. Elle s'abîma dans la contemplation des planches. Voici les oiseaux qui venaient sur leurs côtes... quand elles existaient encore. Voici les cormorans qui avaient guidé le capitaine Blunt pour passer la digue lors de leur départ de New York. Voici le bécasseau tacheté qui était tombé, gelé, sur le pont du *Samantha*. Et voici les oies des neiges. Plusieurs pages leur étaient consacrées et Flavia les étudia attentivement. Elle se sentait liée à ces oiseaux. Les oies leur avaient sauvé la vie à elle, à Anita, Max et Roberto, et elles l'avaient attendue lors de son entrevue avec son grand-père. Que voulaient-elles lui dire ?

Elle chercha sur les rayons et trouva un ouvrage qui leur était consacré. Elle étudia leur parcours de migration, examina les cartes. À la fin du volume, il y avait une légende, elle la lut.

Autrefois, dans des temps très anciens, bien avant l'apparition de l'homme sur la terre, les oies des neiges ne vivaient pas dans l'hémisphère nord ni dans les régions arctiques. Elles nichaient dans le Pacifique Sud, sur des îles baignées de soleil. Elles ne portaient pas encore leur plumage immaculé, mais arboraient de petites plumes délicatement rosées et à l'extrémité frisottée.

Un jour, les hommes arrivèrent sur ces îles du Pacifique. Ils naviguaient sur de frêles esquifs qui dansaient dangereusement sur les flots. Nombre d'entre eux avaient péri noyés. Ceux qui restaient avaient faim, très faim. Les oies n'avaient rien à craindre des hommes – elles n'en avaient jamais vu ! – et elles étaient d'un tempérament plutôt curieux. Elles s'approchèrent. Quand les hommes virent ces gros oiseaux au plumage de lumière, ils se jetèrent dessus. Ils les tuèrent, les plumèrent, les rôtirent sur de grands brasiers dont les flammes montaient haut vers le ciel, et ils les dévorèrent.

La chair des oies était exquise, délicate, parfumée, à nulle autre pareille. Jamais les hommes n'avaient été à un tel festin. L'oie devint leur ordinaire.

Sur les îles du Pacifique, il y eut de moins en moins d'oies. Elles avaient beau être devenues méfiantes, avoir appris à se cacher, les hommes inventaient chaque jour de nouvelles techniques pour les piéger. Bientôt, les quelques oies qui restaient se retrouvèrent sur un îlot encore désert, minuscule, perdu au milieu de l'océan, qui portait le nom de Laluk.

Un matin, l'une d'elles déclara :

– Voilà qui a assez duré. Nous ne pouvons rester ici plus longtemps. Partons.

– Pour aller où ?

– Vers une terre où il n'y a pas d'hommes.

– Où se trouve cette terre ?

– Vers le nord.

C'était une grande aventure, mais elles n'hésitèrent pas. Un soir, alors que le soleil déclinait, elles prirent leur envol. Elles volèrent toute la nuit, puis le jour suivant et encore la nuit d'après, et ainsi pendant des jours et des jours, des nuits et des nuits.

Au fur et à mesure qu'elles progressaient, la température baissait et leurs plumes s'allongeaient, le duvet qui couvrait leur peau s'épaississait, leur corps s'alourdissait. Elles survolèrent des contrées étranges, mais aucune n'était déserte. Et puis un matin, alors que le soleil se levait une fois de plus sur l'horizon, elles parvinrent au-dessus de la toundra. Une herbe rase, des buissons, des montagnes, un ciel immense, des fleurs, le silence…

Les oies se posèrent enfin en bavardant à qui mieux mieux. Elles s'examinèrent avec curiosité. Pendant leur long voyage, elles avaient tant changé ! Elles étaient devenues les oiseaux que nous connaissons aujourd'hui.

Dans ce nouveau pays, les oies ont recommencé à vivre. Elles ont pondu des œufs, élevé leurs petits qui, à leur tour, ont donné naissance à d'autres générations.

Quand le froid devient vif et que la neige parsème la toundra de ses premiers flocons, les oies reprennent leur envol et partent pour le sud, vers des températures plus clémentes. Peut-être conservent-elles le souvenir de cette île du Pacifique d'où leurs ancêtres sont venus. Quand elles survolent les plaines, les fleuves, les lacs, les montagnes, elles crient, et c'est son nom qu'elles prononcent : La-luk ! La-luk !

– Laluk, murmura Flavia en refermant le livre.

Elle se planta devant les rayons où les ouvrages de l'université de ses parents avaient trouvé place. Elle caressa les reliures du bout du doigt, imaginant leurs mains se saisissant avec impatience de ces volumes, se rencontrant alors, se frôlant… Lesquels avaient-ils lus ensemble ? Celui-ci ? Celui-là ?

Elle fit coulisser l'échelle qui permettait d'accéder aux étagères les plus hautes et commença à grimper. Physique, chimie, mathématiques… Les titres complexes n'évoquaient strictement rien pour elle.

Une fois en haut de l'échelle, elle considéra la salle. Vue d'ici, la perspective était différente. Elle eut l'impression d'être elle-même devenue un livre accroché à l'une des parois. Mais si quelqu'un parvenait à l'ouvrir et à en déchiffrer l'intérieur, qu'y trouverait-il ? Elle était dans un tel état de confusion.

Elle se détourna pour entamer la descente, mais dans le geste qu'elle fit, son bras heurta le rayon le plus haut. Elle tenta de s'agripper, ses doigts rencontrèrent un livre, il bascula, glissa, tomba sur le sol avec un bruit mat.

Elle le regarda du haut de l'échelle. Pourvu qu'elle ne l'ait pas abîmé ! Elle dégringola les barreaux. Le livre s'était ouvert et gisait sur le plancher, la couverture vers elle.

Elle le ramassa et le feuilleta. Page après page, des équations se succédaient, ponctuées de brefs commentaires. Au regard de l'un d'eux, il y avait une annotation manuscrite. Elle s'y attarda. Elle n'en comprenait pas le sens, mais se demanda si c'était l'un de ses parents qui l'avait tracée. Cette interrogation lui donna une idée.

Le livre à la main, elle remonta à l'échelle. Elle le remit à sa place et en prit un autre qu'elle examina, puis un autre et un autre encore. Saisie d'une fièvre subite, elle continua, persuadée qu'elle allait découvrir un signe. S'ils passaient leur temps à la bibliothèque, ses parents avaient dû consulter ces ouvrages des dizaines de fois et s'ils avaient laissé une marque dans l'un d'eux, elle la reconnaîtrait.

Son exaltation retomba aussi vite qu'elle était venue. Elle ignorait tout de ses parents. Ses recherches étaient vaines et inutiles. D'un geste las, elle rangea le livre qu'elle tenait dans ses mains.

C'est alors qu'une photo s'en échappa.

49

Le bruit de la sonnette le fit sursauter.

Dans le studio que lui prêtait parfois son moniteur d'escalade, Chris recevait peu de visites et jamais de façon impromptue. Qui cela pouvait-il être ?

Il entrebâilla la porte.

Un homme âgé se tenait devant lui. Grand, maigre, sec, le visage hâlé, le regard très bleu, il portait une curieuse besace en bandoulière.

Chris le dévisagea.

– Vous ne me reconnaissez pas ? dit l'homme.

– Si, bien sûr ! Vous êtes Jonathan Wheale, le guetteur de Long Island ! Entrez, entrez...

L'homme avança et considéra la pièce d'un air curieux.

– C'est ici que Flavia a vécu alors. Elle est repartie, n'est-ce pas ?

– Comment le savez-vous, comment m'avez-vous retrouvé ?

– Vous m'aviez laissé cette adresse lors de votre passage chez moi, vous ne vous souvenez pas ?

De son passage chez Jonathan Wheale, Chris se souvenait surtout de la maison tranquille sous les arbres et de cette extraordinaire matinée où le guetteur l'avait entraîné pour observer les oiseaux. À l'époque, c'est pour Flavia qu'il avait quitté New York et fait le voyage jusqu'à Long Island. Jonathan Wheale était un correspondant d'Anatole et quand Flavia avait quitté l'Europe, c'est chez lui qu'elle devait se rendre.

– Puis-je m'asseoir ? demanda Jonathan Wheale.

– Oui, bien sûr ! Je vais vous chercher à boire.

– La température est beaucoup plus douce à New York qu'à l'extérieur de la ville, constata Jonathan Wheale.

– C'est grâce aux ventilateurs installés dans la digue, expliqua Chris.

– Je sais. Ils fonctionnent à plein régime. Heureusement, car l'hiver est particulièrement rigoureux cette année.

Chris lui lança un coup d'œil perplexe :

– Vous avez fait tout ce chemin pour me dire ça ?

Jonathan Wheale sourit.

– Pas du tout. Si je suis venu jusqu'ici, jeune homme, c'est parce que j'ai des nouvelles d'Europe.

Chris bondit.

– Quoi ! Mais comment ? De qui ? Flavia…

– Du calme ! Du calme ! Posez vos questions dans l'ordre.

– Comment avez-vous eu des nouvelles ?

– Comme ça…

Jonathan Wheale ouvrit sa besace avec précaution. Un oiseau de couleur grise aux longues ailes effilées s'y trouvait. Quand il le prit dans ses mains en lui caressant la tête avec le dos d'un doigt, l'oiseau jeta des regards curieux autour de lui.

– Qu'est-ce que c'est ? interrogea Chris.

– Avec Anatole, nous les nommons à présent les sternes voyageuses. En fait, ce sont des sternes arctiques, des oiseaux qui effectuent de longues migrations et qui sont capables de traverser les océans.

– D'où leur nom de voyageuses ?

– Non. Nous leur avons donné ce nom parce que nous les avons éduquées. Quand les communications avec l'Europe sont devenues difficiles, nous avons décidé, Anatole et moi, de chercher des moyens de rester en contact. Nous avions peur que les communications ne s'interrompent brutalement, et nous avions raison.

Il caressa l'oiseau qui commençait à s'agiter et celui-ci se calma.

– Nous nous sommes dit qu'il ne fallait pas dépendre des technologies humaines. Alors nous avons pensé aux pigeons voyageurs. L'idée n'était pas mauvaise, mais le pigeon n'était pas le bon oiseau. Il est incapable d'effectuer de très longs trajets et de résister à des conditions extrêmes. Alors, nous avons cherché un autre oiseau…

– Et vous avez choisi la sterne arctique, compléta Chris. Cet oiseau que vous avez est une sterne voyageuse et elle apporte un message !

De qui ? Que dit-il ? Et pourquoi ne recevez-vous des messages que maintenant ?

– Pourquoi ! Pourquoi ! Parce qu'il nous a fallu beaucoup de temps et pas mal de tentatives pour faire comprendre aux sternes que nous avions sélectionnées ce que nous attendions d'elles.

– Vous les avez dressées ?

– Dressées n'est pas le terme qui convient. Peu importe... Nous avons à présent quelques oiseaux que nous pouvons utiliser, conclut Jonathan Wheale avec satisfaction.

– Et ce message, c'est Anatole qui vous l'a envoyé ?

– Bien sûr que c'est Anatole qui l'a envoyé ! Et quand je l'ai reçu, j'ai pensé qu'il fallait que je vous informe.

– Bon sang ! Allez-vous enfin me dire...

Jonathan Wheale tendit à Chris un minuscule rouleau de papier et lança d'un air malicieux :

– Tenez, jeune homme, lisez.

Les doigts tremblants, Chris déroula le message.

– C'est minuscule, grogna-t-il.

– Évidemment ! Avec cette méthode, on ne peut pas envoyer des romans ! Voulez-vous une loupe ?

– Ça ira.

Chris commença à ânonner :

– Suis BREO...

Il leva un regard incrédule vers Jonathan Wheale.

– C'est un code ?

Les yeux du guetteur pétillaient.

– Juste des abréviations. Je peux vous faire une explication de texte si vous voulez.

– Avec plaisir ! fit Chris en lui rendant le rouleau.

– BREO signifie « base de recherche d'Europe occidentale ». Elle s'appelle Landvik et c'est là qu'Anatole se trouve à présent.

– Vous savez où elle est située ?

– À l'intérieur des terres, dans la forêt, loin de la mer.

– Ensuite ?

– Ensuite, il parle de la baisse des températures. L'Europe est sous la neige, Chris, l'Europe a changé de climat.

– Et Flavia, a-t-il des nouvelles de Flavia ?

Jonathan Wheale secoua la tête.

– Non. Il m'en demande ! Il a l'air certain qu'elle est chez moi.

– Il ne sait rien de ce qui lui est arrivé alors, de ce qui nous est arrivé.

– Il l'ignorait quand il a envoyé cet oiseau. Les choses ont pu changer depuis.

– Quand vous êtes entré dans cette pièce, vous avez dit : « Elle est repartie, n'est-ce pas ? » Comment le saviez-vous ?

– Je l'ai lu sur votre visage, jeune homme.

50

Dans les doigts de Flavia, la photo tremblait. C'était un modeste morceau de papier épais, pelliculé, en noir et blanc, aux bords dentelés, un support qui était redevenu à la mode à une certaine époque. Dessus, deux bébés souriaient. Deux bébés exactement semblables : même nez, même bouche, même regard grave, mêmes vêtements. La gorge sèche, Flavia la retourna. Elle portait une inscription manuscrite : Amalia, Flavia et une date. La photo avait dû être prise peu avant le départ de ses parents.

Flavia se plongea dans la contemplation des visages. L'un de ces bébés était elle-même et elle était incapable de décider lequel ! Et l'autre était sa jumelle, son double : Amalia. Quant à la main qui avait tracé ces lignes, c'était celle de sa mère, elle n'en douta pas une seconde.

Elle n'entendit pas la porte s'ouvrir, ni les pas de Natalia Guénac qui traversait la pièce. Elle ne sursauta pas quand celle-ci l'interpella.

– Flavia ? Tout va bien ?

– J'ai… J'ai fait tomber un livre, balbutia-t-elle.

– Ce n'est pas grave.

– Non. Mais j'ai trouvé ça, dit Flavia bouleversée.

Elle descendit de l'échelle, emportant le livre et la photo.

Natalia Guénac jeta un bref regard sur le rectangle de papier.

– Dans le livre qui est tombé ?

– Non, balbutia Flavia qui ne savait plus où elle en était. Dans un autre.

– Est-ce l'ouvrage que vous avez dans les mains ?

Sans réfléchir, Flavia le tendit à Natalia Guénac. Il s'agissait d'un traité de mécanique quantique. La mathématicienne le feuilleta. C'était de toute évidence un ouvrage savant et ses pages étaient couvertes de formules annotées à la main.

– Il a beaucoup servi, constata Natalia Guénac d'un air pincé. Certains étudiants ont toujours eu la mauvaise habitude d'écrire dans des livres qui ne leur appartiennent pas !

Elle s'attarda sur une phrase, puis sur une autre, tourna la page pour poursuivre sa lecture. Ses yeux s'arrêtèrent sur un mot : Oceania.

– Mais c'est... mais ça... bégaya Natalia Guénac.

– Quoi ? Qu'y a-t-il ?

– Venez. Je dois consulter mes collègues.

Les mains serrées sur le livre comme si elle craignait qu'il ne lui échappe, Natalia Guénac se dirigea vers la sortie.

Quant à Flavia, elle glissa la photo dans sa poche.

51

Dans l'un des cafés où ils avaient l'habitude de se donner rendez-vous, Noël Nora et Noémie discutaient avec animation. Chris parcourut l'établissement des yeux et sourit en les apercevant.

– Suivez-moi ! dit-il en entraînant son compagnon.

Il se planta devant leur table et annonça :

– Je vous présente Jonathan Wheale. Il est le guetteur de la côte américaine et il nous apporte des nouvelles d'Europe.

Noël Nora et Noémie se levèrent tandis que Chris poursuivait les présentations.

– Des nouvelles d'Europe, hein ? fit Noël Nora d'un air amusé.

– Vous ne me croyez pas ?

– Si, bien sûr ! Asseyez-vous ! Que raconte l'Europe ?

Chris et Jonathan Wheale se regardèrent avec perplexité. Ni Noël Nora ni Noémie n'avaient l'air surpris.

– Il y a eu une chute des températures, l'Europe est plongée dans le froid, sous la neige, dit Chris.

Noémie ne put résister plus longtemps.

– Chris ! Nous aussi nous avons des nouvelles, des nouvelles de la base du pôle Nord !

– Quoi ? Tes parents ! Mais comment...

– Et Benjamin est là-bas, avec eux, en sécurité !

– Benjamin ! Il les a suivis finalement ?

– Oui ! Le jour de la manifestation, il a réussi à s'échapper et il les a rejoints.

– Mais comment savez-vous tout ça ?

– Aujourd'hui est un grand jour, annonça Noël Nora. Nous avons à nouveau le moyen de communiquer avec l'extérieur !

– Oui, nous le savons, fit Chris. Vous utilisez les sternes voyageuses !

– Les... quoi ?

– Montrez-leur, monsieur Wheale, montrez-leur l'oiseau.

– Jeune homme, dit Jonathan Wheale, j'ai l'impression que nous ne parlons pas de la même chose.

– Nous avons établi une liaison avec la base de recherche du pôle Nord, expliqua Noémie joyeusement. Un peu comme une liaison radio, c'est ça hein, monsieur Nora ?

– C'est un peu plus compliqué. Vous savez que depuis que je suis à New York, je suis documentaliste à Gatstone, le centre qui surveille la digue. Je discute souvent avec mon ami, Simon Lawson. Sa mission consiste à analyser les courants océaniques, mais, en tant que physicien, il s'intéresse à d'autres domaines, dont la communication. Il se trouve que sa fonction lui laisse du temps pour ses travaux personnels… lesquels viennent de prendre une tournure très intéressante puisqu'il a mis au point un mode de communication révolutionnaire lié aux découvertes de la mécanique quantique.

– J'en ai entendu parler, murmura Jonathan Wheale. Je pensais qu'il s'agissait de science-fiction.

– Pas du tout. Je suis incapable de vous dire comment cela fonctionne. Je sais que l'information est codée, qu'elle se décompose et se recompose ailleurs, là où on l'envoie. Il n'y a besoin ni de fils, ni de satellites, ni d'antennes. Et comme ce n'est pas un système de propagation des ondes, il est impossible de le brouiller.

– Ça fonctionne n'importe où ? interrogea Chris.

– Non. Ce système nécessite un équipement assez sophistiqué. Pour l'instant il n'est opérationnel qu'entre la base du pôle Nord et ici.

– Donc, Gatstone est à nouveau en communication avec la base polaire, murmura Jonathan Wheale.

– Simon Lawson est en communication avec un membre de cette base, rectifia Noël Nora. Je vous l'ai expliqué, il travaille sur ce projet à ses heures perdues, cela n'entre pas dans le cadre de ses activités officielles. D'ailleurs pour être franc, à Gatstone cette information est confidentielle.

– En tout cas, cela signifie qu'à la base du pôle, quelqu'un poursuit des recherches similaires à celles de Simon Lawson.

– Rien d'étonnant. La base doit être terriblement isolée. En théorie, elle est internationale et indépendante. C'était une volonté de ses fondateurs pour garantir sa liberté de recherche. Mais à quoi sert cette liberté si aucun contact avec le monde extérieur n'est possible ? Les Larroque et leurs amis ont été les premiers à y arriver depuis bien longtemps. Je suppose qu'ils y ont apporté un grand bol d'air !

– Et en Europe, intervint Chris, peut-on imaginer qu'ils vont mettre au point le même équipement ?

– C'est possible, répondit Noël Nora. Mais nous n'avons aucun moyen de le savoir. À moins d'essayer d'envoyer des messages à la base de Landvik, au cas où...

– Un peu comme on lance une bouteille à la mer ?

– Exactement. Car la seule chose dont nous sommes certains est que Landvik est aussi victime de l'isolement.

– En attendant, fit Jonathan Wheale, pour communiquer avec l'Europe, nous avons les oiseaux !

– Chris, tu as des nouvelles de Flavia ? interrogea Noémie.

– Non, mais de son grand-père, oui ! Il a rejoint Landvik. Alors je me disais que si toutes les bases possédaient cet appareil, ce serait plus rapide qu'avec les oiseaux !

Tommy arriva à ce moment-là. Il jeta un regard perçant à Jonathan Wheale. Chris fit les présentations et résuma la situation.

– Ce qui m'inquiète, termina-t-il, c'est que si Anatole Farge n'est plus sur la côte atlantique, Flavia n'a aucune chance de le rejoindre.

– Bien sûr que si ! affirma Tommy. Anatole ne peut être qu'à Landvik, justement là où le capitaine Blunt doit se rendre. À leur arrivée en Europe, Flavia va certainement l'apprendre et elle suivra le capitaine. Si ça se trouve, ils sont en route ou ils y sont déjà arrivés !

– Tu crois ?

– Ça me paraît sûr à quatre-vingt-quinze pour cent !

– Si Tommy te le chiffre, sourit Noémie, c'est que c'est bon !

Chris se tourna vers Jonathan Wheale.

– Et avec votre sterne voyageuse, on peut répondre ?

52

Dans les laboratoires de recherche, l'effervescence régnait. Flavia les découvrait avec curiosité. C'étaient des salles bien éclairées à la lumière artificielle, encombrées d'une multitude d'appareils dont elle ignorait l'utilité.

« Et avec tout ça, ils ne parviennent pas à communiquer avec le reste du monde ! » s'étonna-t-elle.

Le livre qu'elle avait trouvé passait de main en main. Luca Marotti et Luis Sanchez y jetèrent un bref coup d'œil et le tendirent à Elsa Blumberg. La mécanique quantique n'était pas leur spécialité. Elsa Blumberg, quant à elle, fronça les sourcils. Ses collègues la virent rougir, puis pâlir. Elle s'assit à une table, attrapa un bloc de papier et un stylo, commença à aligner des équations.

– C'est invraisemblable, murmura-t-elle.

– Si c'est ce que je crois, dit Natalia Guénac avec une excitation contenue, c'est plus qu'invraisemblable ! C'est révolutionnaire !

– Peut-être pourriez-vous nous expliquer ? suggéra Luca Marotti.

Flavia s'approcha. Elle n'avait qu'une envie, se retrouver seule pour contempler à loisir la photographie des deux bébés ; pourtant, elle était curieuse d'entendre ce que Natalia Guénac et Elsa Blumberg allaient révéler.

– Flavia, commença Natalia Guénac, si ces annotations sont de la main de vos parents comme je le crois, ils ont fait une découverte qui va bouleverser nos connaissances.

– Ils étaient sur le point de la faire, l'interrompit Elsa Blumberg, car je pense que la série d'équations est inachevée. Voyons voir...

– Expliquez-nous plutôt ! s'exclama Luis Sanchez.

– Eh bien, essayons de rester simple. En physique, la notion de temps a donné lieu à plusieurs théories. L'une d'elles préconise qu'il est impossible d'inverser l'ordre de deux événements s'il existe entre eux un lien de cause à effet. Or, au siècle dernier, des physiciens se sont aperçus que les atomes pouvaient avoir un comportement qui n'obéit pas à cette règle et qui leur permet d'être reliés par-delà l'espace et le temps. Ils réagissent alors de façon imprévisible. Cette découverte a remis en cause l'éventail de nos connaissances.

– Et que peut-elle nous apporter ? interrogea Luca Marotti.

– C'est ce que nous cherchons depuis des décennies. Nous sommes un certain nombre à penser que ces propriétés pourraient déboucher sur des applications révolutionnaires en matière d'énergie, mais nous n'avons jamais réussi à concrétiser ces applications. C'était pourtant l'un des buts que nous nous étions fixés en créant Landvik. En fait, les pistes que nous avons explorées n'étaient pas les bonnes. Pour repartir sur de nouvelles bases, il nous fallait des informations que nous ne possédions pas. Voilà pourquoi nous avons envoyé Tommy chercher les données américaines. Or il semblerait que ce qui est écrit dans les marges de ce livre constitue une piste novatrice...

– Une piste déjà ancienne, non ? releva Luis Sanchez.

Natalia Guénac hocha la tête.

– Oui, mais que personne, à ma connaissance, n'a développée. À moins que...

– À moins que ?

– Rien. Il faut que je réfléchisse.

– Et vous sous-entendez que cette piste permettrait de résoudre la question de l'énergie ? interrogea Luca Marotti.

– Je crois.

– De quoi traite ce livre ? demanda Flavia. Et pourquoi mes parents l'ont-ils annoté ?

– C'est un précis de mécanique quantique.

– C'est-à-dire ?

– La théorie quantique est l'une des théories qui permet de décrire les phénomènes qui se produisent à l'échelle atomique, à l'échelle de l'infiniment petit si vous préférez.

– Je croyais que mes parents étudiaient les phénomènes climatiques et les changements qui affectent la planète, murmura Flavia.

– Exact. Eva et Marc Maurel étaient physiciens. Ils étaient persuadés que les changements climatiques allaient bouleverser la planète en profondeur et augmenter nos besoins en énergie. Pour faire face à ce problème, il fallait trouver une source d'énergie non polluante et quasiment inépuisable. Ils se sont dit que la mécanique quantique pouvait les y aider.

– Comment le savez-vous ?

– Je vous l'ai dit, nous avons fréquenté la même université.

– Et vous, Natalia, pouvez-vous exploiter la piste amorcée dans ces notes ? interrogea Luis Sanchez. Que peut-elle apporter ?

– En l'état, rien. Il faut d'abord parvenir au bout du raisonnement. Avec Elsa Blumberg, nous allons nous y mettre immédiatement. Mais auparavant... Monsieur Williams, nous avons besoin de vous.

Natalia Guénac se tourna vers Flavia.

– Jeune fille, c'est le moment de vous prêter à la lecture de la clé alpha. Il y a peut-être dessus des informations qui nous aideront à avancer. Approchez. Thibault, c'est à vous de jouer.

– Mademoiselle, venez par ici et asseyez-vous là. Et surtout, ne touchez à rien pour le moment !

Thibault Williams installa Flavia devant son ordinateur qu'il alluma. Quand l'écran s'éclaira, il tapota sur le clavier et demanda :

– Veuillez sortir la clé alpha de son étui, je vous prie.

Flavia obéit et tendit la clé à Thibault Williams.

– Placez-la directement dans cette encoche.

L'écran commença à clignoter.

– Parfait. À présent, mettez votre main gauche sur le scanner.

Flavia posa sa main à l'endroit indiqué.

Dans la salle, toutes les personnes présentes retenaient leur souffle.

– Dans quelques secondes, l'icône de la clé alpha va apparaître sur l'écran et nous l'ouvrirons, expliqua Thibault Williams.

L'écran continuait à clignoter.

Flavia comptait mentalement. « Quelques secondes » avait dit Thibault Williams. Combien ?

À quinze, elle lui jeta un regard perplexe.

À vingt, elle le vit froncer les sourcils.

À trente, il lui demanda :

– Vous avez bien initialisé la clé avec votre main gauche, n'est-ce pas ?

– Oui.

– Quelque chose ne fonctionne pas ? interrogea Natalia Guénac.

– La clé ne s'ouvre pas. Je ne comprends pas. C'est un système parfaitement fiable. Je l'ai testé des dizaines de fois, jamais je n'aurais confié un tel support à Tommy si je n'avais pas été certain du résultat… Qu'est-ce qui a pu se produire ?

– Vous n'en avez aucune idée ?

– Eh bien, commença Thibault Williams, il n'y a qu'un seul cas dans lequel la lecture de la clé alpha peut poser problème. Je le subodorais sans en être certain. C'est très intéressant, très intéressant... Voyons voir...

– Attendez ! Expliquez-nous d'abord ! Dans quel cas cette clé ne s'ouvre pas ?

– Ah oui ! Eh bien voyez-vous, c'est un phénomène curieux, voire inexplicable, quoique en informatique rien ne soit inexplicable. Il faut juste trouver la bonne façon de raisonner, déclara Thibault Williams en se penchant sur son clavier.

– Il ne va pas réussir à nous dire ce qui ne va pas... marmonna Luca Marotti en levant les yeux au ciel.

– Si si ! Vous allez voir, il va y arriver ! lui glissa Luis Sanchez avec un sourire.

Natalia Guénac fut beaucoup plus directe.

– Monsieur Williams, si vous ne nous expliquez pas ce qui se passe, je ne vous adresserai plus jamais la parole.

– Mmmm... Oui... Ce serait dommage. Voyez-vous, je me suis longuement interrogé là-dessus, sans trouver de solution.

– Sur quoi ? rugit Natalia Guénac.

– Sur le fait que si la personne qui a initialisé la clé a un jumeau ou une jumelle, la présence des deux individus est nécessaire, même si l'un des deux seulement est intervenu sur la clé. C'est curieux n'est-ce pas ?

Il fronça les sourcils.

– D'ailleurs, ce n'est pas votre cas, mademoiselle ! Il y a donc une autre raison. Voyons voir...

Tous les regards s'étaient tournés vers Flavia qui était soudain très rouge, excepté celui de Thibault Williams qui, absorbé par son écran, ne prêtait aucune attention à ce qui se passait autour de lui.

Natalia Guénac se mordit les lèvres.

– C'était quoi cette photo dans le livre ? demanda-t-elle d'une voix blanche.

– Je crois… enfin je pense… Ma sœur et moi. Nous sommes jumelles.

– Pourquoi ne l'avez-vous pas dit quand on vous a remis cette clé ? tonna Luis Sanchez.

– Parce que je ne l'ai appris qu'hier, répliqua Flavia sèchement. Et de toute façon, je ne connaissais pas cette particularité de la clé alpha !

Un profond silence s'installa dans la pièce.

– Hier ? releva Luis Sanchez.

– Montrez-nous la photo, ordonna Natalia Guénac.

À contrecœur, Flavia la sortit de sa poche.

Natalia Guénac l'observa, la retourna.

– Amalia, Flavia, lut-elle.

Elle se tourna vers Flavia.

– Vous l'ignoriez ?

– Oui. Mon grand-père me l'a avoué hier.

– Et vous ignorez aussi où elle se trouve, je suppose ?

Flavia poussa un soupir d'exaspération.

– Comment voulez-vous que je le sache ! J'ignore tout de ma propre histoire !

– Pourquoi Eva et Marc Maurel ont-ils placé dans ce livre une photo de leurs petites filles ?

s'interrogea Natalia Guénac. Justement dans ce livre où figurent des annotations importantes. À mon avis, c'est ce qu'ils possédaient de plus précieux.

– Pourquoi pensez-vous cela ? demanda Jeremiah Barber.

– J'émets des hypothèses...

– Cet ouvrage n'appartient pas au fonds de l'université où ils étaient étudiants, l'interrompit Elsa Blumberg.

– Qu'est-ce qui vous fait dire ça ?

– Il ne comporte aucun code-barres, aucun tampon. Il s'agit d'un livre personnel, d'un livre qui appartenait en propre à Eva et Marc Maurel.

Les tempes de Flavia bourdonnaient : un livre personnel comportant des annotations concernant leurs recherches et une photo des jumelles, « ce qu'ils avaient de plus précieux », comme Natalia Guénac venait de le souligner. Un livre qu'ils avaient confié à l'anonymat de la bibliothèque universitaire.

La conclusion de Luca Marotti rejoignit la sienne :

– Peut-être se sentaient-ils en danger ?

« Ils l'étaient ! faillit-elle crier. Ils auraient dû monter à bord de *L'Avenir* ! »

Elle se tut pourtant. Ce secret était le sien. Le sien, et celui de ses parents.

Très concentré, Thibault Williams contemplait les tableaux qui se succédaient sur l'écran de son ordinateur.

Luca Marotti lui tapota l'épaule.

– Thibault, vous pouvez arrêter, je pense. Nous avons résolu le problème, si l'on peut dire...

Thibault Williams leva un visage épanoui.

– Mmmm, vraiment ? De quelle façon ?

– Il se trouve que cette jeune personne a bien une sœur jumelle.

Thibault Williams eut un grand sourire.

– Oh ! Vous m'en voyez ravi ! C'est une excellente nouvelle ! Cela signifie que mon hypothèse était exacte. À présent, je n'ai plus qu'à découvrir...

– Vous appelez ça une excellente nouvelle ! l'interrompit Natalia Guénac. Nous avons entre les mains une clé de la plus haute importance, elle est inutilisable et cela vous paraît positif ?

– Euh... bien sûr... C'est très ennuyeux !

– J'ai du mal à comprendre comment Samuel a pu confier la clé à cette jeune fille ! s'emporta Jeremiah Barber.

– Il ignorait que Flavia avait une sœur jumelle, remarqua Natalia Guénac.

– Il le savait, murmura Flavia.

– Oui, mais personne ne savait que cette clé avait cette particularité, trancha Thibault Williams joyeusement. Je n'en avais averti ni le capitaine Blunt ni Tommy. Après tout, c'est Tommy qui devait l'initialiser et il n'a pas de frère jumeau, n'est-ce pas chère Natalia ?

– Pas à ma connaissance, fit celle-ci froidement.

– Je suis désolée, s'excusa Flavia.

– Vous n'y êtes pour rien, la rassura Natalia Guénac. C'est un concours de circonstances.

– Vous ne comprenez pas. Vous ne connaissez pas New York. Tommy a pris des risques pour entrer dans le bâtiment, copier les informations. Et nous aussi… La traversée de l'océan avec les icebergs, notre voyage en traîneau…

– La recherche est faite de déconvenues, dit sagement Elsa Blumberg. Nous avons cette clé, tout n'est peut-être pas perdu. Thibault, pensez-vous pouvoir résoudre cette question de lecture ?

– Quel challenge ! C'est très intéressant, très intéressant…

– Et ces équations ? interrogea Luca Marotti en désignant le traité de mécanique quantique. Ne vous apportent-elles pas des informations similaires à celles qui se trouvent sur la clé ?

– Je ne le pense pas, mais je vais m'employer dès à présent à leur soutirer leurs secrets, déclara Natalia Guénac.

À Landvik avec Flavia

Chris,

Les événements se précipitent et tout se complique. Le travail de Tommy et du capitaine Blunt est anéanti. Quand je pense qu'ils ont traversé l'Atlantique pour remplir cette mission, que Tommy a pris le risque d'entrer à New York en clandestin et d'y rester, tout ça pour ce gâchis, j'en suis malade.

Natalia Guénac dit que ce n'est pas ma faute, que je ne pouvais pas deviner. Elle a raison bien sûr, mais j'ai l'impression de porter la poisse. Que signifie ma petite histoire auprès de ces gens qui ont bien d'autres préoccupations ? Si je n'avais pas décidé de rentrer en Europe sur le Samantha, *le capitaine Blunt serait venu lui-même à Landvik ou il aurait envoyé une autre personne, et à présent les chercheurs auraient à leur disposition la matière dont ils ont besoin.*

Au lieu de cela, ils ont entre les mains un outil inutilisable.

Je ne sais pas comment réparer cette erreur. Que faudrait-il que je fasse ? Qui pourrait m'aider à trouver une solution ?

Quant aux révélations de mon grand-père, elles me hantent sans cesse… Comment a-t-il pu vivre dans le mensonge ? Et s'il avait voulu me protéger ? Car j'en suis certaine à présent : mes parents couraient un grave danger. Si grave que je ne sais en qui avoir confiance, et que je n'ai pas révélé aux résidents de Landvik qu'ils n'avaient pas sombré avec L'Avenir.

Et toi qui es si loin.

Parfois, mon cœur étouffe de trop penser à toi. J'ai envie de hurler, de bousculer l'espace et le temps, je ferme les yeux et j'imagine que lorsque je les rouvrirai tu seras à mes côtés, comme un miracle, et pourtant, je sais que cela ne se produira pas. C'est insupportable.

Heureusement, les autres sont là. Parfois, le soir, avant de m'endormir, je parle à Anita. Je lui murmure ton nom, je lui raconte nos balades sur la digue, nos errances dans la ville, ces moments passés à discuter, j'ignore si elle m'écoute, peut-être dort-elle déjà mais ces mots ne sont pas perdus, ils sont aussi pour toi, par-delà l'océan et par-delà la digue.

53

– Répondre à Anatole ? s'exclama Jonathan Wheale. Bien sûr que nous pouvons lui répondre ! C'est pour cette raison que je suis venu vous trouver ! Cet oiseau peut repartir dès aujourd'hui.

Jonathan Wheale et Chris étaient à nouveau dans le studio que le jeune homme occupait.

– Je vais écrire ! s'exclama-t-il en s'emparant d'un stylo.

– Jeune homme, pas question de faire de la littérature. Ma sterne ne peut transporter que quelques grammes, il faut être synthétique. Racontez-moi ce que vous voulez écrire, je le transcrirai en abréviations.

– Dites à Anatole que Flavia a vécu ici, avec moi, qu'elle est repartie en Europe, avec le capitaine Blunt pour le retrouver, lui, Anatole. Est-elle parvenue jusqu'à lui ? Sinon, il faut absolument qu'il la cherche. Si Tommy a raison, elle est en route pour Landvik ! Il faut parler d'Amalia aussi, je vais vous expliquer. Et lui dire que j'ai revu Tommy et Noémie, Tommy attend le retour du *Samantha*, et...

– Bien, on va trier ! coupa Jonathan Wheale. L'essentiel est de lui expliquer qu'elle est retournée en Europe pour le retrouver, n'est-ce pas ?

– Oui. Et que je l'aime.

– Nous allons trouver de la place pour cela.

– Et une abréviation ?

Jonathan Wheale eut un sourire.

– Il va falloir l'inventer ! Mais je peux vous garantir que si jamais Flavia est auprès d'Anatole, elle comprendra.

– Dites-lui aussi que j'ai trouvé des réponses aux questions qu'elle se pose. Si le capitaine Blunt est prêt à revenir, qu'elle en profite.

– Pfff ! Vous savez que j'ai aussi quelques informations d'ordre climatique à transmettre à Anatole ?

– Oui, mais Flavia…

– J'ai compris !

Une heure après, le message était terminé et retranscrit sur un minuscule rouleau de papier. Jonathan Wheale le glissa dans un tube qu'il fixa à la patte de la sterne.

– Voilà, elle est prête. Nous allons monter sur la digue et…

– Les oiseaux ne parviennent pas à franchir la digue, c'est comme s'il y avait une barrière invisible dans le ciel.

– C'est vrai, je n'y pensais plus, il faut une brèche.

– Je sais ! Suivez-moi !

Sur le quai de New Point Square, un vent glacial soufflait. Les vagues s'engouffraient dans l'ouverture pratiquée dans la digue tandis que le vent rugissait avec violence.

Chris posa un regard sceptique sur l'oiseau fragile que Jonathan Wheale tenait entre ses mains.

– Elle ne passera jamais, dit-il.

– Bien sûr que si ! Si le *Samantha* est passé, elle en fera autant. Attendez.

Il n'y avait que le battement des vagues et le grondement du vent. Jonathan Wheale caressait le dos de l'oiseau. Petit à petit, la sterne arctique se détendit, elle redressa la tête, déplia ses pattes, se percha sur la paume ouverte. Le guetteur avait les yeux fixés sur la brèche, il semblait hypnotisé par le ressac. Chris finit par comprendre qu'il comptait les vagues et il s'aperçut qu'à intervalles réguliers une lame plus importante que les autres se gonflait pour venir s'écraser haut contre la digue.

Et à un moment, alors qu'une masse d'eau bouillonnante montait dans la brèche, deux grands cormorans apparurent. Ils semblaient portés par l'écume et ils glissaient sur les vagues à toute allure.

Jonathan Wheale leva la main et souffla :

– Maintenant !

La sterne déploya ses ailes, Chris eut à peine le temps d'admirer leur finesse et l'élégance du gris de ses plumes, longues, effilées, taillées pour le vol, elle avait déjà quitté son perchoir et tracé son chemin vers les deux grands oiseaux.

Ceux-ci firent gracieusement demi-tour et, entraînant la sterne dans leur sillage, ils franchirent la passe. Ils restèrent un instant suspendus dans le ciel entre les deux murailles, si fragiles qu'ils étaient à peine visibles, gris sur le gris des nuages et du béton de la digue, et puis ils disparurent.

– Elle a réussi, murmura Jonathan Wheale. Elle est passée.

Chris avait peine à y croire.

– Elle va rejoindre l'Europe, vous croyez ? demanda-t-il.

– Naturellement ! Ses guides vont l'escorter un moment, puis elle poursuivra seule.

– Combien de temps lui faudra-t-il ?

– Une huitaine de jours.

Journal de Chris

Elle est partie.

Je la trouvais fragile pour une telle mission mais Jonathan Wheale m'a assuré qu'elle était capable de parcourir des milliers de kilomètres. Je l'ai cru.

À présent, elle hante mes rêves et mes pensées sont sans cesse tournées vers elle.

Inlassablement, j'imagine ses ailes qui battent l'air et sa fine silhouette qui trace son chemin vers l'est. Les vagues moutonnent en dessous d'elle, le ciel est impressionnant de solitude, qu'importe, rien ne la détournera.

Il paraît que ces oiseaux sont surprenants. Ils sillonnent la planète sans se tromper comme si une boussole était gravée dans leur cervelle et une force sans commune mesure les pousse à entreprendre des voyages étonnants. Elle vole vers toi, le jour, la nuit, le jour.

Jonathan Wheale m'a expliqué que depuis le début de la montée des eaux les courants aériens de haute altitude se sont modifiés. Ils sont plus nombreux et surtout plus réguliers. Les oiseaux ont aussitôt appris à en tirer parti. Ils cherchent l'un de ces courants et se laissent porter par lui.

Résultat, ils accomplissent de longs trajets en un temps record.

Notre sterne te trouvera, Flavia. Ou elle trouvera ton grand-père et lui saura où te joindre et te transmettre mon message.

Flavia, il faut que tu reviennes, j'en suis certain à présent. Le Samantha *est la seule liaison entre nos deux continents, il faut que tu l'utilises. Je sais que c'est stupide mais je compte les jours, les heures et les minutes et j'essaie d'évaluer le temps qui nous sépare encore.*

De toute façon, ma décision est prise. Si le Samantha *revient et que tu n'es pas à son bord, je m'embarquerai, je partirai à ta recherche. Je n'en peux plus d'être là, à attendre. Je ne veux pas vivre sans toi. Je te retrouverai.*

54

– Ça ne va pas, dit Anita.

Flavia secoua la tête.

– Non.

– Tu as vu ton grand-père pourtant.

– Oui.

– Tu ne veux pas en parler ?

– Non.

– Bonne nuit, alors.

– Bonne nuit, marmonna Flavia.

Elle se retourna dans son lit pour offrir son dos à sa compagne. Elle lui enviait sa facilité à prendre la vie de front, à aborder simplement les événements. Ils ne se trouvaient pas à Landvik depuis longtemps et pourtant Anita y vivait comme si elle avait toujours connu la base. Elle s'y dirigeait à merveille, entrait, sortait, partait faire courir les chiens dans la forêt, retrouver Pachek, soigner Tomek, entraînant Roberto et Max dans son sillage.

Pendant ce temps, Flavia se débattait avec une foule de problèmes et de questionnements sans parvenir à prendre une décision.

La respiration régulière d'Anita lui apprit que celle-ci s'était endormie. Comment l'imiter avec toutes ces pensées qui tourbillonnaient dans sa tête ? Elle ferma les yeux très fort, se concentra. Ce fut d'abord le cri des oies qui lui parvint : La-luk ! La-luk ! Puis la digue se dessina sur un ciel bas et gris. Quelqu'un marchait. Elle le reconnut aussitôt : Chris. Elle s'accrocha à cette image et suivit les pas du promeneur. La silhouette s'estompa et le ciel se déchira. Une lumière bleue apparut avec un parfum sucré de fleurs et le cri des oies toujours.

Flavia s'endormit avec, sous les paupières, le rêve d'une île au sable blanc.

Au matin, ses idées étaient plus claires.

Elle déjeuna avec Anita et déclara :

– J'ai besoin de réfléchir. Tu m'accompagnes à la bibliothèque ?

– À la bibliothèque ? Quelle drôle d'idée ! Tu ne veux pas plutôt sortir dans la forêt ?

Flavia secoua la tête.

– Non, je serai mieux au milieu des livres. Tu vas voir, c'est un endroit surprenant. Viens.

Le long des couloirs et dans l'ascenseur, Flavia rapporta à Anita ce qu'elle avait appris. Apaisée, elle parlait sans colère ni rancœur et, à mesure qu'elle racontait son entrevue avec son grand-père, ses pensées s'organisaient.

Quand les portes de la bibliothèque s'ouvrirent, Anita poussa une exclamation de surprise.

– Tous ces livres ! Mais à quoi ça sert ?

– À réfléchir, répondit Flavia. Je t'embête avec mes histoires. Toi, tu as tout perdu...

– Moi j'ai Roberto, dit Anita. Les chiens, Pachek. Que veux-tu faire, Flavia ?

– Je crois qu'il faut que je retourne à New York. Chris y est. Mes parents y sont passés, ma sœur jumelle aussi. Leur piste s'arrête là-bas, c'est là-bas qu'il faut la reprendre.

– New York ? Tu as besoin d'un bateau.

– Le *Samantha*, le capitaine Blunt.

– Tu dois retourner sur la côte alors.

– Et si le capitaine Blunt avait déjà appareillé ? Je ne sais pas en combien de temps il pouvait remettre le *Samantha* à l'eau.

– Il faut demander à Max.

– Bien sûr ! Tu as raison ! Allons le chercher.

Elles délaissèrent la bibliothèque pour remonter vers les étages supérieurs de la base.

Dans les couloirs, une joyeuse animation régnait. Des haut-parleurs diffusaient de la musique et des enfants galopaient partout en se bousculant. Anita et Flavia se regardèrent avec surprise : un tel désordre était inhabituel.

– Qu'est-ce qui se passe ? interrogea Flavia.

Elles tombèrent sur Roberto et il les entraîna à grand renfort de gestes vers la place qui formait le cœur de Landvik.

Des guirlandes d'ampoules multicolores avaient été fixées entre les arbres. Les terrasses étaient bondées. Des familles y étaient installées et commentaient le travail des volontaires qui décoraient un sapin planté au beau milieu de la place.

– Noël ! s'exclama Anita.

Flavia était abasourdie.

Le temps avait passé si vite qu'elle n'avait plus aucune notion des dates. Et dans le chaos qu'était devenue sa propre existence, dans le désordre qui régnait sur l'Europe, fêter Noël paraissait absurde.

Et pourtant.

C'étaient bien des chants de Noël que diffusaient les haut-parleurs ! C'étaient bien des étoiles qui s'allumaient dans les yeux des enfants à mesure que le sapin s'embellissait et qu'un sourire rêveur naissait sur les lèvres des adultes. C'était bien cette atmosphère d'excitation qu'elle se souvenait avoir connue, autrefois, quand elle préparait cette fête entre son grand-père et oncle Jean.

Un pincement lui serra le cœur. Mais Anita ne lui laissa pas le temps de s'appesantir sur ses souvenirs nostalgiques. Elle lui saisit la main.

– Viens ! On va les aider ! Et après, on se fera offrir un chocolat chaud !

55

– Ton nom, Amalia, tu sais ce qu'il signifie ? Pourquoi tes parents l'ont-ils choisi ?

Des jours avaient passé depuis la visite de Jonathan Wheale et l'envoi de la sterne arctique. Jonathan Wheale était retourné à Long Island. Il avait invité Chris à lui rendre visite, mais le jeune homme préférait rester à New York pour guetter avec Tommy le retour du *Samantha*.

Noémie était désœuvrée.

Depuis le départ de ses parents et de leurs amis, elle n'avait poursuivi qu'un seul but : retrouver Benjamin. À présent qu'elle savait qu'il était sauf, elle s'interrogeait sur son avenir. Elle était soulagée et heureuse et, dans le même temps, elle qui avait fait preuve d'un courage et d'une volonté sans faille se sentait soudain abandonnée et démunie. Ici, elle dépendait de Noël Nora, de Tommy et, dans une moindre mesure, de Chris.

Si Tommy et Chris partaient pour l'Europe, elle n'avait aucune raison de rester à New York. Mais comment quitter la ville, gagner le pôle Nord ?

– Quel nom ? dit Amalia d'une voix morne.
– Laluk, celui qu'ils t'ont demandé de donner. Ton nom américain.
– J'en sais rien, moi ! Ils ont dû l'inventer !
– Eh bien non !
Noémie était tremblante d'excitation et Amalia morose. Elle voyait Noémie de temps à autre et l'écoutait parler de sa vie en Europe ou des moments passés avec Flavia. C'était comme un fil ténu qui la reliait à un passé resté pour elle incompréhensible, mais elle avait le sentiment que ce fil pouvait se rompre à tout moment et qu'elle retomberait dans la solitude et l'anonymat du centre d'accueil.
– Qu'est-ce que c'est alors ? soupira-t-elle.
– C'est le nom d'une île du Pacifique. Ça te dit quelque chose ?
Devant l'enthousiasme de Noémie, Amalia prit le temps de réfléchir même si elle connaissait déjà la réponse.
– Non. Ça ne me dit rien. Le Pacifique !
– Tu sais bien ! Une île : la mer transparente, le sable blanc, la chaleur, les poissons multicolores, les cocotiers...
– Ça existe vraiment ?
– Évidemment que ça existe !
– Allons sur la digue, proposa Amalia.
– Ça gèle sur la digue.
– Justement.
Depuis que l'hiver avait commencé, les promeneurs se faisaient rares. Le vent cinglant était dissuasif et l'océan contenu par la muraille avait l'air encore plus menaçant.

Noémie entoura le bas de son visage dans une longue écharpe bleue tandis qu'Amalia, en quête d'odeurs marines, repoussait sa capuche.

– Le Pacifique, répéta-t-elle si bas que Noémie ne l'entendit pas.

Le cri des oiseaux leur parvint. Ils tournoyaient au-dessus des vagues, descendant parfois en piqué jusqu'à l'écume et remontant ensuite à la hauteur des deux adolescentes.

– Tu as vu, remarqua Noémie, on dirait qu'ils nous suivent.

Elles s'arrêtèrent et les oiseaux se mirent à voler en cercle, elles repartirent et ils reprirent leur manège.

– C'est incroyable ! s'exclama Amalia.

– C'est toi qui fais ça. Flavia avait un don avec les oiseaux. Il n'y a aucune raison pour que tu n'aies pas le même ou quelque chose de semblable.

– Je ne crois pas à ces trucs-là.

– La question n'est pas d'y croire, c'est comme ça, c'est tout.

– Et tu trouves ça normal ?

– Non !

– Quand j'étais petite... commença Amalia.

Elle se tut. Elle n'avait jamais parlé de son enfance à quiconque. Lorsque ses parents avaient disparu, elle s'était renfermée et avait offert aux autres une coquille lisse et imperméable. Ses souvenirs étaient tout ce qui lui restait de son bonheur enfui, elle ne voulait pas les partager. Le seul avec qui elle aurait pu le faire était Guillaume. Mais Guillaume et elle avaient été séparés et, bien qu'elle l'ait revu à plusieurs reprises, ils avaient grandi en étrangers.

Noémie lui serra la main et Amalia se força à poursuivre.

– Quand j'étais petite, ils me racontaient des histoires. Papa ou maman.

Voilà des années qu'elle n'avait pas prononcé ces mots.

– Ils s'asseyaient au bord de mon lit, l'un ou l'autre ou les deux. Ils riaient. J'avais bien chaud. J'avais une couette en duvet d'oie.

Elle s'arrêta, fronça les sourcils et répéta :

– En duvet d'oie, tu comprends, Noémie ?

– Euh, oui...

– C'est très chaud le duvet d'oie, très chaud. J'étais bien là-dessous, avec leurs voix.

Elles marchèrent en silence pendant un long moment. Noémie n'osait pas intervenir et Amalia jetait des coups d'œil furtifs aux oiseaux qui ne les avaient pas abandonnées.

– C'était une histoire avec des oies, dit soudain Amalia.

Puis regardant Noémie avec des yeux brillants :

– Des oies des neiges ! C'est incroyable... Je ne me souviens plus des détails, mais elles venaient d'une île du Pacifique, j'en suis certaine.

– Des oies des neiges sur une île du Pacifique, répéta Noémie perplexe. Tu dois mélanger plusieurs histoires.

– Non, non, je ne mélange rien du tout !

– Et cette île, elle s'appelait comment ? Laluk, n'est-ce pas ? Il nous faudrait une carte pour voir où elle se situe dans le Pacifique, décida Noémie. Et si on pouvait retrouver cette histoire...

– Allons dans une bibliothèque.

Noémie haussa les épaules.

– Tu es folle ? Je ne vais jamais dans des endroits comme ça ! Il faut voir avec Noël Nora. Il obtient toujours ce dont on a besoin.

56

Des musiciens s'étaient installés sur la place au cœur de la base. La foule se pressait autour du grand sapin. Dans un coin, on distribuait du vin chaud. Quand le père Noël apparut, annoncé par un concert de trompettes, les enfants trépignèrent.

Les yeux d'Anita brillaient d'excitation. Elle entraîna Flavia par la manche.

– C'est la fête ! Viens ! On va bien s'amuser !

Le père Noël se campa au centre de la place et déposa théâtralement sa hotte débordante à ses pieds. Les enfants se pressèrent autour de lui.

– Ho, ho, ho ! chantonna-t-il d'une voix grave.

C'est à cet instant que Manuel tapa sur l'épaule de Flavia.

– Mademoiselle Flavia, il y a quelqu'un qui souhaite vous parler.

– À moi ? fit Flavia étonnée. Qui est-ce ? Victorien de Gouttenoire, peut-être ?

– Non. C'est Anatole Farge, le guetteur.

Flavia rougit et son cœur tambourina dans sa poitrine.

– Il en a du culot ! s'exclama-t-elle d'une voix tremblante. Je lui ai dit que je ne voulais plus jamais le revoir ! Jamais !

– Il m'a demandé d'insister. Il assure que c'est important.

– Important ! Il n'est pas entré au moins ? Il n'est pas ici ?

– Non. Il préfère vous attendre dans la grotte.

– Je n'irai pas, déclara Flavia tandis que les larmes lui montaient aux yeux. Dites-le-lui, s'il vous plaît, Manuel, je n'irai pas. Je ne le reverrai pas, ni aujourd'hui, ni demain, ni jamais.

Et elle lui tourna le dos pour dissimuler son visage bouleversé.

Roberto s'approcha. Il attrapa le bras de Manuel et lui fit signe qu'il l'accompagnait.

– Ho, ho, ho ! clama le père Noël. À qui ce beau cadeau ?

– À moi ! À moi ! hurla le chœur des enfants tandis que Manuel et Roberto quittaient la place et que Flavia tentait de retrouver son calme.

Anatole arpentait la grotte avec impatience. Quand il vit Manuel et Roberto passer la porte blindée, il comprit que Flavia ne viendrait pas et il baissa la tête.

Roberto se planta devant lui et attendit.

Anatole sortit une enveloppe de sa poche.

– Donnez-lui ceci. J'espère qu'elle voudra bien l'ouvrir, c'est pour elle. Tout est expliqué. Vous le ferez n'est-ce pas ? Vous comprenez ?

Roberto hocha la tête et prit l'enveloppe. Anatole se détourna. Manuel eut un geste pour le retenir.

– Vous ne voulez vraiment pas venir ? C'est Noël...

– Non, je préfère rester seul.

Sur la place, l'ambiance montait. Entraînée par Anita, Flavia se mêla à la foule et se joignit au chœur des enfants criant : « À moi ! À moi ! » à chaque fois que le père Noël exhibait un nouveau présent.

Roberto se fraya un chemin jusqu'à elle, l'entraîna un peu à l'écart et lui tendit le pli d'Anatole.

– Qu'est-ce que... s'exclama-t-elle. C'est lui, hein ? Tu es allé le voir ? Je n'en veux pas !

Elle voulut rendre l'enveloppe à Roberto, mais celui-ci la lui remit de force entre les mains et l'obligea à l'ouvrir.

– Tu es têtu, hein !

Rageusement, elle déchira l'enveloppe. Deux feuilles pliées en quatre s'en échappèrent. Elle les déplia avec exaspération sous l'œil attentif de Roberto et elle se mit à lire. À mesure que ses yeux parcouraient les lignes, ses sourcils se fronçaient et son intérêt devenait de plus en plus manifeste.

Anita survint alors que Flavia s'apprêtait à entamer la lecture de la deuxième page.

– Vous faites quoi ? claironna-t-elle.

Sans la regarder, Flavia lui tendit la première page et poursuivit sa lecture.

– « Ma petite Flavia... » commença Anita à haute voix. C'est de qui cette lettre ?

– Anatole, mon grand-père, jeta Flavia.

– Ah...

Anita poursuivit sa lecture à mi-voix avec Roberto à ses côtés qui l'écoutait, la tête penchée.

– « Des sternes voyageuses... nous les entraînions depuis longtemps... Jonathan Wheale a reçu mon premier message... Tu avais déjà quitté New York avec le capitaine Blunt, il l'ignorait bien sûr... Il a rencontré Chris... m'a envoyé une réponse... traduite sur la feuille jointe... les abréviations sont trop nombreuses, tu n'aurais pas compris... elle te concerne. »

Quand Flavia releva la tête, des larmes brillaient dans ses yeux.

– Il est vivant, dit-elle. Chris est vivant. Il a envoyé un message, un message pour moi... Et c'est incroyable, il a rencontré Amalia, ma sœur jumelle. Il a des informations sur mes parents. Il me demande de revenir. Il m'attend. Il m'attend, Anita !

Dans leur dos, entraîné par la voix grave du père Noël, le chœur des enfants entonna :

– « Mon beau sapin, roi des forêts... »

Flavia s'était tue. Elle était trop émue pour poursuivre. Roberto lui adressa un sourire et elle lut distinctement sur ses lèvres muettes :

« Joyeux Noël, Flavia ! »

Et Anita répéta comme un écho :

– Joyeux Noël, Flavia !

57

L'atlas était ouvert sur la table et Noël Nora feuilletait les pages de l'index.

– Voyons... L, L, La, Lal... Voilà ! J'ai trouvé ! Alors...

Il chercha la page indiquée et une grande carte apparut.

– C'est vide ! s'exclama Amalia.

– C'est le Pacifique, murmura Noémie émerveillée.

– Et ce n'est pas vide, regardez, il y a une multitude d'îles. Celle que nous cherchons est ici, dans ce carré. Tenez, la voilà !

Noël Nora posa le doigt sur une minuscule tache orange.

– Faites voir ?

Noémie et Amalia se penchèrent.

– C'est vraiment perdu en plein milieu de nulle part ! fit Noémie.

– Et cette ligne, là, c'est quoi ?

– Cette ligne, jeune demoiselle, c'est l'équateur. Votre île est située pile-poil à la jonction de l'équateur et de... de... C'est quoi ce trait orange... La ligne de changement de date ! Voilà, c'est amusant, ça !

– Je ne vois pas pourquoi, grogna Amalia.

Elle gardait les yeux fixés sur la tache avec animosité. À quoi s'était-elle attendue ? Ce n'étaient que des couleurs sur du papier.

– On est bien avancés maintenant !

– C'est le même nom, dit Noémie.

– Et alors ?

– Alors je ne sais pas.

Noémie était découragée. Il devait y avoir un rapport entre Amalia et le nom de cette île, elle en était certaine. Ses nombreuses lectures lui avaient appris que les choses arrivent rarement par hasard, mais pouvait-on se fier à la littérature pour expliquer la vie réelle ?

– Fais un effort, supplia-t-elle. Il y a ce nom et les oies.

– Ce n'est qu'une histoire !

– Quelles oies ? demanda Noël Nora.

– Des oies des neiges, expliqua Noémie. Une histoire que ses parents lui racontaient quand elle était petite.

– Te gêne pas ! Étale ma vie devant tout le monde !

– Mais je...

– Que disait cette histoire ? coupa Noël Nora.

– Je ne sais plus, j'ai oublié. Laissez-moi tranquille. C'est ridicule. Qu'est-ce qu'on fait là autour de ce livre à parler d'oies et à se demander pourquoi mes parents ont choisi ce nom ? Ils l'ont fait par hasard, voilà !

– C'est néanmoins troublant, remarqua Noël Nora. Je vais me renseigner sur cette île.

– Pour quoi faire ? Si ça se trouve, elle n'existe plus ! Si les eaux ont monté ici et en Europe, il doit en être de même là-bas !

– Pas forcément, répliqua Noël Nora. Cette île se situe dans le Pacifique. J'ai assez enquêté sur les questions d'environnement pour savoir que la montée des eaux n'a pas touché toutes les parties du monde de façon identique.

– Et alors ! dit Amalia brusquement. Vous êtes fous ! Vous êtes complètement fous ! Une fille qui parle aux oiseaux, un voilier qui traverse l'océan, comment j'ai pu croire ça ! Vous m'avez bien eue.

– Amalia, arrête !

– Non, je n'arrêterai pas ! J'étais tranquille, je ne demandais rien à personne, qu'est-ce que vous êtes venus faire dans ma vie ?

– Et vous dans la nôtre ? interrogea Noël Nora à son tour. C'est dangereux pour Noémie, pour Tommy de vous fréquenter, vous pourriez les dénoncer.

– Je ne suis pas comme ça !

– Nous n'en savons rien. Vous avez grandi dans un pays où l'information est inexistante, que savez-vous du reste du monde ?

– Pas grand-chose et je ne m'en porte pas plus mal !

– Pourtant, Amalia, tu es européenne ! fit Noémie.

– Cela ne signifie rien pour moi. Rien. Je ne veux plus vous voir.

Amalia se détourna et partit à grands pas.
Noémie allait la suivre, mais Noël Nora la retint.
– Laisse-la. Elle a besoin d'être seule. Elle reviendra.

58

Amalia arpentait les rues. Elle ne savait pas où elle allait. Elle n'avait pas envie de rentrer au centre d'accueil et elle ne connaissait personne dans la cité. Elle eut une bouffée de nostalgie en pensant à Hartford. Comme elle avait détesté cette ville pourtant ! Comme elle avait eu envie d'en partir ! Mais New York était si énorme, si effrayante.

Ses pas la conduisirent vers les grands magasins. Elle ne s'en étonna pas, c'est toujours là qu'elle revenait, là où tout avait commencé ou plutôt, là où tout s'était arrêté. Ils ruisselaient de lumière et une foule d'enfants se pressaient contre les vitres. Elle s'approcha. Les vitrines étaient splendides : des peluches articulées aux couleurs sucrées mettaient en scène des histoires simples et douces qui parlaient de chaleur et de bonheur tandis que des haut-parleurs diffusaient une musique sirupeuse.

Noël.

C'était Noël aussi quand son père les avait conduits, Guillaume et elle, voir les jouets de ces mêmes magasins, c'était Noël quand il les avait laissés sur le trottoir et sa voix résonnait encore aux oreilles d'Amalia : « Vous restez là. Tous les deux. Vous ne bougez pas de là. Sous aucun prétexte… Vous m'attendez. »

Pourquoi n'était-il pas revenu ? Que lui était-il arrivé ? Et à sa mère ?

Quand elle se retourna, elle le vit. Il était debout de l'autre côté de la rue et il ne la quittait pas des yeux. Elle eut peur ; son père également avait vu quelqu'un en sortant du magasin, quelqu'un qui l'avait poussé à fuir.

Et puis elle le reconnut.

Chris.

Ce garçon qui accompagnait Noémie, celui qui aimait sa sœur. Elle eut envie de lui tourner le dos, de disparaître dans la foule, elle n'en eut pas le temps. Déjà il traversait, venait vers elle.

– Amalia !

– Salut, fit-elle du bout des lèvres.

– Un instant, j'ai cru…

– Je sais. Je ne suis pas elle.

– Excuse-moi.

Ils ne trouvaient plus rien à se dire.

– Je dois y aller, annonça Amalia.

Chris sourit.

– On croirait entendre Tommy !

Elle haussa les épaules.

– C'est possible.

– Tu vas où ?

– Je rentre.

– Je t'accompagne.

Elle répondit de mauvaise grâce :

– Si tu veux.

– Je ne sais pas si les autres te l'ont dit, mais j'aurai peut-être bientôt des nouvelles de Flavia.

Il lui parla de Jonathan Wheale, de la sterne voyageuse et du billet qu'ils avaient envoyé.

– Tu imagines, l'oiseau est en train de traverser l'Atlantique, il ne doit pas être loin des côtes d'Europe, c'est fou ! Un si petit oiseau…

– Et tu crois qu'il va revenir ?

– J'en suis certain !

– Tu es aussi fou que les autres.

– Avant j'étais comme toi, j'avais ma vie, bien tranquille, je ne me posais pas de questions. Et puis Flavia est arrivée…

– Flavia ! Flavia ! Tu n'as que ce prénom à la bouche !

– C'est vrai ?

– Évidemment, c'est vrai ! Tu ne t'en rends pas compte ?

– Non. Si…

– C'est là-bas, dit Amalia en désignant une grille verte. Tu n'as pas besoin de m'accompagner jusqu'au bout.

– Non.

Il la regarda se diriger vers la grille. Elle avait la tête basse, les mains enfoncées dans les poches.

– Amalia ! cria-t-il.

Elle se retourna.

– Pourquoi tu es toujours sur la défensive ?

Elle ne répondit pas.

59

– Anatole Farge communique avec l'Amérique grâce à des oiseaux ?

Elsa Blumberg avait l'air totalement incrédule.

– Ça marche mieux que l'informatique ! sourit Luca Marotti.

– Mais c'est beaucoup moins rapide, coupa Natalia Guénac. Flavia, savez-vous quand ce message est parti ?

– Il y a huit jours.

– Huit jours pour traverser l'Atlantique... Croyez-vous que cet oiseau soit prêt à entreprendre le voyage en sens inverse ?

– Euh, je ne sais pas. Il faudrait demander à mon grand-père.

– Je vais dire à Manuel de faire venir Anatole ici avec cet oiseau.

– Je ne veux pas le voir.

– Personne ne vous y oblige.

– Mais je veux ajouter quelque chose au message que vous préparez.

– Quoi ?

Flavia réfléchit et dit :

– « J'arrive. »

– C'est tout ?

– C'est tout. Et mon nom, bien sûr.

Flavia planta là Luca Marotti, Natalia Guénac et partit à la recherche d'Anita. Il fallait faire vite à présent.

La veille, Max avait laissé entendre que le capitaine Blunt n'avait peut-être pas encore appareillé. Le *Samantha* avait dû subir des avaries lors de son atterrissage sur la neige et étant donné le manque de moyens techniques, cela avait sans doute pris du temps pour le remettre à flot.

– Et puis le capitaine Blunt aura sûrement voulu l'équiper pour la traversée, avait ajouté Max.

– L'équiper comment ?

– Renforcer la coque, consolider la mâture... Cela dit, il doit être presque prêt à présent.

– Si nous repartons avec les chiens, nous n'arriverons jamais à temps !

– Jamais. Surtout que nous n'avons plus que cinq chiens, six si Tomek est capable de reprendre du service.

Flavia ressassait ces paroles en parcourant la base lorsque Roberto surgit d'un couloir et lui prit le bras.

– Laisse-moi, Roberto, je suis pressée, je dois trouver Anita.

L'adolescent n'était pas décidé à la lâcher. Au contraire, il l'entraîna à sa suite vers la grotte d'entrée de la base et de là dans un boyau qu'elle n'avait jamais emprunté.

– Mais enfin, qu'est-ce que tu veux? s'exclama Flavia en essayant de se dégager.

Roberto secoua la tête et accéléra.

– Me montrer quelque...

Flavia s'interrompit. Ils venaient de pénétrer dans un atelier au milieu duquel trônaient deux curieux engins. Ils ressemblaient à des luges géantes munies d'un capot rouge rutilant et surmontées d'un cockpit.

Elle en examina un avec circonspection. Les patins étincelaient, l'intérieur du cockpit était parfaitement aménagé, l'avant était équipé de phares, la forme aérodynamique ne laissait aucun doute.

– C'est... C'est une sorte de motoneige! murmura Flavia.

Roberto approuva. Il fit un geste du bras qu'il répéta à plusieurs reprises.

– Et d'après toi, ça va très vite!

Il hocha la tête.

– Et ça fonctionne à quoi?

Roberto lui indiqua un petit boîtier fixé à l'intérieur du cockpit.

Flavia le regarda d'un air perplexe.

Roberto traça un U dans l'espace.

– À l'uranium! s'exclama Flavia. Ça marche à l'uranium! C'est formidable! Oh, Roberto, tu me sauves la vie!

Flavia ne perdit pas une seconde. Elle se rua dans le bureau de Natalia Guénac, frappa deux coups brefs à la porte et entra sans attendre la réponse.

Natalia Guénac avait horreur d'être dérangée quand elle travaillait. Elle considéra Flavia d'un œil froid. Celle-ci n'y prêta aucune attention et exposa ce qui l'amenait.

– Utiliser une motoneige ? Vous n'y pensez pas ! dit Natalia Guénac sur un ton sans réplique.

Flavia ne se laissa pas impressionner.

– C'est le seul moyen pour retourner sur la côte avant le départ du *Samantha*.

– Mais nous n'avons aucune nouvelle de la côte, Flavia ! Si ça se trouve, le *Samantha* est déjà sur l'océan, entre l'Europe et l'Amérique.

– C'est impossible, déclara Flavia.

– Comment le savez-vous ?

– Je le sens. Il est toujours là, j'en suis sûre, il m'attend. Je dois partir au plus vite et avec cet engin…

– Ces engins ne peuvent servir que dans des cas exceptionnels, coupa Natalia Guénac.

– C'EST un cas exceptionnel ! rugit Flavia.

– Ah oui ? Et en quoi la petite histoire personnelle de Flavia Maurel serait un cas exceptionnel ? Qu'est-ce que vous vous imaginez ? Que la planète entière est à votre disposition pour régler vos affaires ? Nous avons des choses beaucoup plus sérieuses à traiter ! Nous devons poursuivre nos travaux, travailler sur ces équations, essayer de décrypter la clé alpha…

– Justement ! l'interrompit Flavia les yeux étincelants. Pour décrypter la clé, vous avez besoin de moi et de ma sœur jumelle. Monsieur Williams n'y parviendra pas sans nous, il l'a encore dit hier, le système de protection est beaucoup trop sophistiqué ! Si vous me prêtez une motoneige, je rejoindrai le *Samantha* à temps, je vous le promets. Je traverserai l'Atlantique, je trouverai ma jumelle, elle est à New York, nous le savons grâce au message de Chris, et je la ramènerai. Et avec elle, Tommy et les informations manquantes.

Flavia se tut, le souffle court. Elle avait débité sa tirade d'un trait, sans vraiment réfléchir à ce qu'elle disait, et soudain la tâche qui l'attendait lui parut insurmontable.

Natalia Guénac la considéra d'un regard clinique.

– Je vais réunir le Conseil, finit-elle par dire.

– Ouiiiiii ! s'exclama Flavia, oubliant ses doutes et quittant la pièce.

La porte claqua derrière elle.

Natalia Guénac reporta son regard sur le livre ouvert devant elle. D'instinct, elle l'avait dissimulé lorsque Flavia avait surgi et elle s'en voulait de ce geste puéril. Elle relut les annotations et murmura :

– Oceania… Se pourrait-il que finalement…

Elle considéra l'endroit où s'était tenue Flavia.

« Qu'a-t-elle appris auprès de son grand-père ? se demanda-t-elle. Se pourrait-il qu'Anatole ait plus d'informations que nous n'en avons jamais eu sur les recherches d'Eva et de Marc ? Saurait-il quelque chose à propos d'Oceania ? Impossible. Personne ne peut savoir… »

60

Flavia courut dans la base à la recherche de Max. Le marin serait prêt à repartir avec elle, Flavia en était certaine. Et elle en était plutôt rassurée. Elle n'avait aucune idée sur la façon de conduire une motoneige et, malgré l'aplomb dont elle avait fait preuve devant Natalia Guénac, elle se voyait mal effectuer seule ce long trajet. Restaient Anita et Roberto. Anita se plaisait à Landvik. Elle sortait chaque jour entraîner les chiens dans la forêt où elle retrouvait Pachek et revenait épuisée, les yeux brillants, heureuse. Quant à Roberto, il était ici comme un poisson dans l'eau. Tout Landvik l'avait adopté et d'eux quatre, il était celui qui connaissait le mieux la base.

La réponse de Max fut sans surprise.

– Bien sûr que je suis partant, mademoiselle Flavia ! s'exclama-t-il. Je n'attends que ça, moi, de rejoindre le *Samantha* et de prendre la mer. Je suis prêt à partir quand vous voulez, dès demain s'il le faut !

– Oui, demain, si seulement c'était possible ! Je ne sais pas combien de temps il faut pour préparer la motoneige et... Et je n'ai pas la réponse du Conseil !

Elle se tourna vers Anita.

– Et toi, Anita, qu'en penses-tu ? Que voulez-vous faire Roberto et toi ?

Le visage d'Anita était fermé.

– Je ne sais pas, grogna-t-elle. Il y a les chiens, Pachek, la forêt… Pourquoi nous retournerions là-bas ?

La question d'Anita resta sans réponse.

Ni Max ni Flavia ne savaient quoi lui dire. Chacun d'eux avait une bonne raison de retourner auprès du *Samantha*, Anita et Roberto n'en avaient aucune, leur vie n'était pas plus là-bas qu'ici, « mais pas plus ici que là-bas », se dit Flavia. Elle en conclut qu'elle avait de la chance finalement. Elle avait Chris qui l'attendait dans la cité derrière la digue, elle avait une sœur et ses parents étaient quelque part sur la planète, elle en était certaine à présent. Elle avait un but.

Anita et Roberto étaient seuls au monde. Ils avaient tout perdu, jusqu'à leur mémoire et, pour Roberto, jusqu'à la parole.

Flavia posa timidement une main sur le bras d'Anita.

– Réfléchis, Anita. Agis selon ce qui te semble le mieux pour Roberto et toi. Mais si vous restez ici, vous nous manquerez beaucoup. Je vais voir où ils en sont au Conseil. Ils sont capables de tergiverser pendant des heures et nous devons nous dépêcher !

Flavia traversa la base rapidement. Voilà longtemps qu'elle n'avait pas ressenti une telle exaltation. Le message reçu l'avait galvanisée. New York et la digue ne l'effrayaient plus, ni la traversée de l'océan. Pour rejoindre Chris, elle était capable de braver tous les dangers. Et là-bas, il y avait aussi Amalia, sa jumelle, son double.

Son cœur battait à chaque fois qu'elle l'évoquait. Amalia qui avait grandi auprès de leurs parents, Amalia dont elle se sentait si proche et si loin ! Elle avait tellement hâte de la voir, de la toucher, de lui parler !

Et puis il y avait la sterne voyageuse. Elle était repartie le matin même pour l'Amérique avec un message sur lequel figuraient les mots de Flavia : « J'arrive ! »

La voix de Manuel l'arrêta.

– Ils vous attendent, au Conseil. Je vais vous conduire.

– Je sais où c'est.

– Oui, mais votre badge ne vous en permet pas l'accès. Vous me suivez ?

Flavia emboîta le pas à Manuel avec exaspération. Quelle perte de temps ! Alors que, sur la côte, le capitaine Blunt était peut-être en train de mettre la dernière main aux préparatifs de sa traversée !

– Entrez, Flavia, l'invita Natalia Guénac lorsque Manuel s'effaça devant la porte de la salle du Conseil. Nous avons longuement débattu de l'opportunité de vous confier une motoneige...

Flavia serra les poings et enfonça ses ongles dans la paume de ses mains pour se forcer à écouter jusqu'au bout la voix tranquille de Natalia Guénac.

– C'est une lourde responsabilité, poursuivait cette dernière, vous êtes jeune, les circonstances sont aléatoires…

– Je ne serai pas seule ! l'interrompit Flavia incapable de se contenir plus longtemps.

– Certains de mes collègues sont très hésitants, fit Natalia Guénac, ignorant la remarque de Flavia. Les ressources d'uranium dont nous disposons ici sont loin d'être inépuisables. Nous devons les économiser. C'est pour cette raison que nous n'utilisons ces motoneiges qu'en cas d'extrême urgence. Néanmoins et en dépit de tous ces éléments, nous avons décidé…

– C'est oui ! C'est oui ! s'écria Flavia en sautant sur place. Quand pouvons-nous partir ? Combien de temps faut-il pour la préparer ? Et on monte à combien de personnes dedans ? Quatre non ? Il y avait quatre places dans le cockpit !

– Du calme, du calme ! Les motoneiges sont toujours prêtes à démarrer, c'est l'une des règles de Landvik, vous pourriez partir dans l'heure qui vient…

– Dans l'heure qui vient ! coupa Flavia.

– N'y songez pas ! La matinée est trop avancée. Et puis, il faut que vous fassiez un essai pour apprendre à la manier.

– Nous partirons demain matin, décida Flavia. Nous ferons l'essai cet après-midi.

Les membres du Conseil se concertèrent du regard.

– D'accord, lâcha Natalia Guénac.

– Le plus tôt sera le mieux, confirma Luca Marotti.

– Je vais préparer mes affaires, dit Flavia.

– Stop ! l'arrêta Natalia Guénac. Il y a des conditions.

– Des conditions ?

– Si le *Samantha* est déjà reparti, que ferez-vous ?

– Le *Samantha* sera là.

Natalia Guénac eut un sourire.

– Bien. Quoi qu'il en soit, cette motoneige est un engin précieux. Une fois sur place, elle devra être mise à l'abri en attendant votre retour. Pas question qu'elle soit utilisée par d'autres que vous !

– Oui, certainement. Oncle Jean y veillera.

– Nous avons votre parole que vous reviendrez avec ce que vous avez promis ?

– Vous l'avez. Si nous réussissons à franchir l'océan, à passer la digue…

Flavia s'arrêta. Sous le regard sceptique de l'équipe des scientifiques, elle doutait à nouveau.

– Je reviendrai, termina-t-elle dans un murmure.

61

Amalia n'aimait pas cette période de Noël. Elle lui rappelait trop de souvenirs et sa solitude était encore plus cruelle. Une année, la famille adoptive de Guillaume l'avait invitée à venir passer les fêtes. Elle avait détesté. Voir leurs visages heureux, les accompagner dans leurs sorties et festivités, découvrir à quel point son petit frère s'était bien intégré avait été au-dessus de ses forces. C'étaient des gens très gentils pourtant. Ils s'occupaient de Guillaume comme de leurs propres enfants.

Elle les haïssait.

Durant les quatre jours où elle était restée avec eux, elle n'avait pas desserré les dents et elle avait été contente de retrouver l'anonymat et la froideur du centre d'accueil.

Pour l'instant, elle avait réussi à passer le cap du jour de Noël. Comme chaque année, elle avait reçu un livre et une écharpe et partagé un repas amélioré avec les quelques pensionnaires qui, comme elle, n'avaient pas de correspondant.

Il n'y avait plus qu'à attendre que janvier arrive.

Mais cette année-là était différente. Il y avait eu Tommy, Noémie, Chris, Noël Nora. Elle les avait rejetés et pourtant le petit grain de folie qu'ils avaient introduit dans sa vie lui manquait. Et puis, s'ils avaient raison ? S'ils tenaient une piste pour expliquer la disparition de ses parents ? Elle n'osait pas y croire.

Elle n'avait pas cours et le centre lui laissait une marge de liberté importante. Elle décida de passer l'après-midi sur la digue. L'endroit lui plaisait et elle voulait vérifier quelque chose.

Les oiseaux accueillirent son arrivée à grands cris. Elle les observa avec attention. Elle commença à marcher, accéléra, se mit à courir. Ils la suivirent. Elle fit demi-tour. Ils l'imitèrent.

C'était inexplicable.

Inexplicable aussi cette paix qui descendait en elle. Elle avait rarement ressenti cette tranquillité, cette plénitude, l'impression d'être en accord parfait avec ce qui l'entourait.

– Il y a peu de gens qui arrivent à faire ça.

Amalia se retourna et découvrit celui qui avait parlé, Tommy, le grand garçon avec son bonnet rouge enfoncé jusqu'à ses yeux d'un bleu d'acier.

– Tu m'as suivie ? dit-elle, aussitôt sur la défensive.

– Non. Je suis comme toi, j'aime bien venir là. C'est tranquille et il y a l'air de la mer. Et puis d'ici, on voit l'horizon.

– L'horizon ?

– Oui, tu sais, cette ligne au bout de la terre !

– Ne te moque pas de moi.

– Tu n'étouffes pas dans cette ville fermée, calfeutrée derrière ce mur ?

Amalia haussa les épaules.

– Là ou ailleurs...

– Ailleurs ne t'intéresse pas ?

Elle hésita un instant et lâcha :

– Non.

Il lui tourna le dos et se planta face au large tandis que les oiseaux dansaient devant eux.

– Qu'est-ce que tu guettes ? interrogea Amalia au bout d'un moment.

– Ça ne t'intéresse pas.

– Dis-le-moi quand même.

– Je guette le retour du *Samantha*. Bientôt, une voile va apparaître sur cette mer déserte. Nul ne s'en apercevra parce qu'il n'y a personne ici pour croire que l'on traverse encore l'océan. Ce sera le capitaine Blunt. C'est un peu tôt peut-être, ou peut-être pas... Mais il viendra.

– Tu repartiras avec lui ?

– Naturellement. Au fait, Noël Nora voudrait te voir. Et Noémie et Chris se demandent où tu es passée. Ils s'inquiètent pour toi.

– Pour moi ou pour eux ?

– Ne fais pas l'idiote. Qu'est-ce que tu attends de la vie, bon sang, Amalia ?

– Tu n'es pas si bavard, d'habitude.

– Je dois y aller, dit Tommy. Noël Nora a une histoire à te raconter. Tu y vas ou pas, c'est comme tu veux. C'est pas mon affaire.

62

La bibliothèque était l'endroit où Flavia se sentait le mieux. Après la journée qu'elle venait de vivre, les essais en motoneige, la préparation de ses affaires, les adieux à la base, Flavia avait eu besoin de se retrouver dans ce lieu calme et silencieux.

Précautionneusement, elle ouvrit le livre sur les oies des neiges. Elle en étudia les photos en se demandant si les oiseaux qui s'étaient installés dans la forêt depuis son arrivée à Landvik allaient la suivre dans son voyage de retour vers la côte atlantique. D'ailleurs, le pourraient-ils ? La motoneige était très performante, il leur faudrait moins de deux jours pour effectuer le trajet qui leur avait pris une quinzaine de jours en traîneau.

Elle tourna les pages pour chercher celles qui parlaient de la légende. Depuis qu'elle l'avait lue, l'histoire lui trottait dans la tête. C'était idiot. Ce n'était qu'un conte, un conte invraisemblable. Et pourtant, le nom de l'île du Pacifique restait gravé dans sa mémoire.

– Laluk, murmura-t-elle.

Quelqu'un frappa aux portes de verre qui s'étaient refermées derrière elle. Elle leva la tête : Anita !

Elle traversa la pièce pour actionner, grâce à son badge, l'ouverture des portes.

– Je savais que je te trouverais ici ! s'exclama Anita.

– Cet endroit me manquera, soupira Flavia.

– Tu regardais quoi ? Ah ! Les oies !

– Il doit y avoir des livres sur les tigres, dit Flavia. Tu veux que je cherche ?

– Pas la peine. Un tigre, j'en ai un en vrai !

– Tu vas rester alors ?

Anita lui jeta un regard rieur.

– Qu'est-ce qui te fait croire ça ?

– Je ne sais pas. Tu es bien ici.

– C'est vrai. Mais ça fait longtemps qu'on est là, non ?

– Longtemps ! s'exclama Flavia. Pas vraiment, non !

– Pour moi, si. Avec le cirque, on bougeait. Pourquoi resterais-je ici ?

– À cause de Pachek.

Anita poussa un grand soupir.

– Pachek est à sa place dans ces forêts. Il dispose d'un territoire assez vaste, il n'a pas besoin de moi.

– Et toi ?

– Quoi moi ?

– Tu n'as pas besoin de lui ?

– C'est fini le cirque, Flavia. Pachek est libre. Anichka a été pris en charge par ce fou, les autres... Personne ne sait ce qu'ils sont devenus.

– Qu'est-ce que tu essaies de dire ?

– Tu sais quoi, Flavia ? Je ne suis jamais montée sur une motoneige. Ça doit être grisant !

– Ça va très vite ! confirma Flavia. On a intérêt à fermer le cockpit sinon on a le nez gelé !

– Avec une bonne écharpe, on doit pouvoir la laisser en décapotable, non ?

– S'il fait beau. Faut essayer.

– Ils annoncent du beau temps pour demain.

– Heureusement, car sinon jamais Natalia Guénac et ses collègues ne nous laisseront partir !

– Un jour et demi de voyage, hein ?

– Qui te l'a dit ?

– Max.

– Il a raison. Ça file comme le vent cet engin.

– Même à quatre ?

Flavia sourit.

– Ça roule à l'uranium ! Même à quatre !

– Et il y a encore de la place ?

– On vous les a gardées !

– Alors Roberto et moi, on a bien fait de préparer nos sacs.

– Anita, vous venez, c'est vrai ?

– Vrai de vrai. Roberto est d'accord. Il est comme moi, il a la bougeotte.

63

Amalia passa une première fois devant la porte vitrée en jetant un coup d'œil à l'intérieur. Il y avait de la buée mais elle était certaine qu'ils étaient là, au fond de la salle. Elle passa une deuxième fois, une troisième. À la quatrième, elle se décida à entrer et se dirigea vers eux d'un air faussement dégagé.

– Salut, dit-elle en s'asseyant.

Noémie lui adressa un sourire qui lui fit chaud au cœur.

– Nous sommes contents que vous soyez venue, l'accueillit Noël Nora.

– C'est Tommy, expliqua Amalia comme si elle devait se justifier. Il m'a dit que vous aviez une histoire à me raconter.

– Une histoire avec des oiseaux, précisa Chris.

– Des oies des neiges, compléta Noémie.

– Il est possible que ce soit celle que vos parents vous contaient, poursuivit Noël Nora. Écoutez, vous nous direz.

Dans le brouhaha de la salle du café, à mi-voix, il égrena les épisodes du conte. Une île au milieu du Pacifique avant l'arrivée des hommes, des oiseaux aux plumes rosées, les hommes qui débarquent sur le sable blanc, qui partent en chasse, qui allument des brasiers. Les oies s'en vont alors vers le nord et volent longtemps, jusqu'à la toundra déserte, tandis que leur corps se transforme. C'est depuis ce temps-là qu'elles passent du nord au sud, du sud au nord, au fil des saisons, sans jamais oser retourner sur l'île du Pacifique. Mais elles n'ont pas oublié son nom, car elles le clament lorsqu'elles prennent leur envol : La-luk ! La-luk !

Quand il se tut, Amalia avait les larmes aux yeux.

– C'est bien cette histoire ? interrogea Noël Nora.

– Oui, souffla-t-elle. Comment la connaissez-vous ?

– Dans une autre vie, en Europe, je m'occupais d'une émission sur l'environnement. Ça s'appelait *La planète bleue*. J'ai eu l'occasion de rencontrer beaucoup de gens qui parcouraient le monde. L'un d'eux m'a raconté cette histoire. J'en avais gardé un vague souvenir et je me suis dit qu'elle était peut-être consignée quelque part. C'est le cas. Je l'ai retrouvée dans un ouvrage sur les oies dans une bibliothèque spécialisée.

– Amalia, enchaîna Noémie, tout cela ne peut être dû au hasard ! Ce conte est peu connu, si tes parents te le racontaient plutôt que *Le Petit Chaperon rouge* ou *Le Vilain Petit Canard* c'est qu'ils avaient une raison ! S'ils t'ont donné ce nom, aussi. Ils voulaient que tu le mémorises. C'est un message.

– Tu as trop d'imagination, dit Amalia.

– C'est vrai que Noémie a beaucoup d'imagination, fit Chris, mais dans le cas présent elle n'a peut-être pas tort. Il y a ce que Tommy a trouvé...

– Qu'est-ce qu'il a trouvé ?

Noël Nora, Noémie et Chris échangèrent un regard. Pouvaient-ils lui confier tous leurs secrets ?

Ce fut Noémie qui se décida.

– Tommy a récupéré des données scientifiques pour la base de recherche européenne. Très compliquées, que des équations, que des chiffres. Et au milieu un mot : Laluk.

– Amalia, interrogea Noël Nora, y aurait-il une chance pour que vos parents soient là-bas, sur cette île ?

Amalia baissa la tête.

– Je ne sais pas, vous êtes fous. Comment y seraient-ils allés ? Et pourquoi ? Pourquoi sans nous ?

La voix d'Amalia se brisa.

– Ils n'ont peut-être pas eu le choix, suggéra Noémie.

– C'est du roman !

– Pas tant que ça, rectifia Noël Nora. Les îles du Pacifique ont toujours été très convoitées pour abriter des sites expérimentaux.

– Pour expérimenter quoi ? demanda Chris.

– De nouvelles technologies. Par exemple, au siècle dernier, on y a pratiqué des essais nucléaires. Ces îles présentent les caractéristiques nécessaires à un certain type d'installation, la plus intéressante étant leur isolement.

– Et d'après vous, elles auraient été épargnées par la montée des eaux ?

– C'est dans le domaine du possible... dans une certaine mesure. J'ai posé la question à mon ami Simon Lawson, il me l'a confirmé.

– Qu'est-ce que vous essayez de me dire ? demanda Amalia.

– Rien de plus que ce que nous venons de dire. Vos parents sont sans doute vivants quelque part, peut-être sur cette île. En tout cas, leur départ a un rapport avec cette île et on a dû les forcer à partir. Et ceux qui ont fait ça avaient sans doute une excellente raison. Vos parents détiennent un secret, Amalia.

Quand Amalia les quitta, elle avait le cœur plus léger. Une porte s'entrebâillait devant elle. Pour l'instant, il n'y avait derrière qu'une grande part d'obscurité, mais une petite lueur s'annonçait, grâce aux paroles que Noémie avait martelées à plusieurs reprises : « Ils ne vous ont pas abandonnés, Amalia. Ils ont été forcés de partir. Contraints. Tu comprends ? »

Elle se répétait ces mots avec prudence. Forcés. Contraints. Cela changeait tout. Si c'était le cas, elle devait aller à leur recherche. Et s'ils étaient sur cet îlot, eh bien...

Pour la première fois depuis longtemps, elle eut envie de voir Guillaume. Elle avait juste le temps de gagner le quartier où il résidait pour être présente à la sortie des classes.

Quelques secondes à peine après son arrivée, une sonnerie retentit, les portes s'écartèrent et les enfants se répandirent dans la rue en un brouhaha joyeux. Guillaume était parmi eux. Il bousculait en riant un garçon de son âge dans lequel Amalia reconnut l'un des fils de sa famille d'accueil.

Amalia était postée de l'autre côté de la rue et elle ne signala pas sa présence. Elle suivit son frère des yeux alors qu'il s'éloignait le long des immeubles avec son compagnon et une certitude lui traversa l'esprit : « Si je pars, ce sera avec lui. Je ne le laisserai pas ici. »

Partir.

C'était un mot nouveau et elle le ressassa en rentrant au centre d'accueil.

Partir.

Où ? Comment ? Avec qui ?

Pourquoi, elle le savait déjà.

Jamais elle n'avait eu à se poser autant de questions et encore moins à devoir trouver des réponses. Depuis la disparition de ses parents, des inconnus avaient pris sa vie en main et même si au début elle s'était révoltée, par la suite elle n'avait eu qu'à obéir.

Aujourd'hui, c'était différent.

Partir.

Avec Guillaume.

64

La motoneige filait à toute allure. Devant l'insistance d'Anita, ils avaient laissé le cockpit ouvert et l'air glacé leur fouettait le visage.

Ils avaient abandonné la base derrière eux, traversé le viaduc et entamaient à présent la longue montée entre les sapins. Ils glissaient à vitesse réduite et Pachek bondissait à leurs côtés dans la neige, très excité par ce gros insecte rutilant et encouragé par les cris d'Anita et les gesticulations de Roberto.

Quand ils parvinrent sur le plateau, Max arrêta l'engin et coupa le moteur. Ils s'en extirpèrent pour contempler la vallée qu'ils venaient de quitter. Elle gardait ses secrets. Landvik était invisible et le viaduc dissimulé derrière un repli du terrain. Ils n'avaient devant eux qu'un paysage sauvage et une forêt à l'abandon.

Pachek vint frotter sa grosse tête contre Anita.

La jeune fille enfouit son visage dans sa fourrure et ils restèrent ainsi un moment, puis Anita se redressa et jeta un ordre bref.

Pachek se détourna et s'en alla lentement vers la vallée.

C'est à cet instant que Victorien de Gouttenoire apparut, juché sur Anichka.

– Mesdemoiselles, messieurs, je vous salue très bas. En voilà un bel équipage ! Seriez-vous par hasard sur le point d'entreprendre un voyage ?

– C'est tout à fait ça, monsieur de Gouttenoire, déclara Flavia.

Elle s'approcha et Anichka abaissa vers elle sa grosse tête. Elle lui caressa le museau.

– Vous tournez le dos au mont Lune, mademoiselle ?

– Exactement.

– Vous partez vers l'ouest, constata le méhariste.

– Vers l'océan, confirma Max d'un air heureux.

– Eh bien, je vous souhaite un excellent voyage. Quant à moi, je vais errer sur ce plateau. Rien à pourfendre aujourd'hui, ni nuages ni passants... Quel calme !

– Prenez soin de vous, monsieur de Gouttenoire !

– Je n'y manquerai pas, mademoiselle.

– Il faut y aller, dit Max.

Ils s'installèrent dans la cabine, Max aux commandes, Flavia à ses côtés, Anita et Roberto à l'arrière.

– Mademoiselle Anita, on va tout fermer, déclara Max. Parce que à présent, on va filer à grande vitesse !

– D’accord, Max ! D’accord ! Et vous n’oubliez pas, hein, vous m’avez promis que moi aussi, je pourrai piloter !

– Pas de danger que j’oublie ! marmonna Max en lançant l’engin.

Sur la motoneige avec Flavia

Mon amour, je file vers toi à la vitesse du vent. La motoneige est une invention étonnante. Ce chemin que nous avons eu tant de mal à accomplir à l'aller avec nos chiens et notre traîneau se déroule à présent sous nos patins sans difficulté. Nous reconnaissons des lieux où nous avons fait halte, des abris qui nous ont protégés, nous ne nous arrêtons pas. Nous n'avons qu'une hâte, rejoindre la côte avant le départ du Samantha. *Je suis sûre qu'il sera là, et s'il n'y est pas, je trouverai un autre moyen.*

La sterne voyageuse vole vers toi en ce moment. Elle t'apporte mon message. J'arrive, Chris ! J'arrive ! Et j'ai tellement de choses à te raconter et tellement hâte de voir ton visage, de toucher ta peau, de me blottir dans tes bras.

Max aussi est heureux. Il ne se sent bien que sur l'océan, je crois que c'était un gros sacrifice pour lui d'obéir aux ordres du capitaine Blunt et de nous accompagner à Landvik, même s'il ne l'a jamais montré.

Anita et Roberto ont l'air contents. Pourtant, ils ont laissé derrière eux les seuls êtres qui les rattachaient à leur passé, Pachek et Anichka. Mais ils aiment les voyages et je leur envie cette aptitude à être toujours prêts à partir, que ce soit pour faire un tour dans le bois voisin ou gagner l'autre bout du monde ! Quoique, je ne sais pas ce qu'ils décideront quand nous serons sur la côte...

Les chiens sont restés à la base. J'espère qu'oncle Jean ne m'en voudra pas, mais il était impossible de les ramener et Manuel a promis d'en prendre soin.

L'énergie qui permet à cet engin d'avancer est formidable. Avec la minuscule pastille qu'Elsa Blumberg a placée dans le boîtier, nous pourrions faire trois fois le tour de la terre, c'est ce qu'elle a prétendu. Si le Samantha *est déjà reparti, j'utiliserai la motoneige pour te rejoindre. Je filerai vers le nord, il doit y avoir un passage, si l'océan a gelé je le franchirai, rien ne m'arrêtera.*

65

Sur la digue, le froid était piquant. Cela n'empêchait pas Amalia de s'y rendre aussi souvent que possible et, régulièrement, elle y rencontrait Tommy.

Ils marchaient à pas vifs côte à côte, silencieux la plupart du temps, observant l'horizon. Amalia se prenait au jeu, se surprenant à guetter les vagues dans l'attente d'une voile jusqu'à en avoir mal aux yeux.

Puis le vent glacé les contraignait à dévaler les grands escaliers pour retrouver l'abri et la chaleur de la ville. Ils se séparaient alors après avoir échangé un bref signe de tête.

Un jour qu'ils s'apprêtaient ainsi à s'en aller chacun vers leur quartier, Chris les rejoignit. Il était rouge, essoufflé et ses yeux brillaient.

– Je pensais bien vous trouver là, commença-t-il d'une voix hachée. J'ai un message. La sterne arctique est revenue.

Les deux autres le regardèrent sans un mot.

Noémie et Noël Nora firent à leur tour leur apparition.

– Chris vous a dit ? interrogea Noémie avec excitation.

Amalia secoua la tête.

– C'est un message de Landvik, reprit Chris. Flavia s'y trouvait quand la sterne voyageuse que nous avons lâchée, Jonathan Wheale et moi, est arrivée. Ils ont fait repartir l'oiseau presque aussitôt. Elle arrive ! Flavia arrive !

Amalia avait du mal à intégrer ces deux mots « Flavia arrive ».

Chris poursuivit :

– Elle a dû rejoindre la côte atlantique, embarquer sur le *Samantha*... J'ignore le nombre de jours qui séparent son départ de celui de la sterne, mais elle ne devrait plus tarder.

Amalia restait muette. Elle était partagée entre la peur et une sorte de fébrilité qui s'emparait d'elle. Il allait se passer quelque chose ! Dans sa vie d'une infinie tristesse, qui laissait si peu de place à l'espoir, quelque chose allait enfin se produire !

– Amalia, dit Noémie, tu vas rencontrer Flavia ! C'est fou, n'est-ce pas ?

– Ce n'est pas pour moi qu'elle revient... murmura Amalia.

– Si elle est partie, fit Chris, c'est parce qu'elle voulait connaître son histoire. Si elle revient, c'est parce que c'est ici que son histoire se poursuit. Et son histoire passe par toi.

– Elle revient pour toi, Chris, corrigea Amalia avec obstination.

– Oui, j'espère qu'elle revient aussi pour moi. Mais quand elle t'aura rencontrée, quand on lui aura raconté ce que nous avons découvert au sujet de l'île de Laluk, elle n'aura qu'une idée, Amalia, aller là-bas.

– Que ferez-vous alors, jeunes gens ? interrogea Noël Nora. Chris ?

– Cette fois-ci, je ne la laisserai pas partir seule. Je l'accompagnerai.

– Amalia ?

– Moi aussi, souffla Amalia. Son histoire, c'est mon histoire, notre histoire. J'irai aussi.

– Noémie ?

Pour la première fois, Noémie ne savait que dire. Son histoire à elle partait dans une autre direction, vers le pôle Nord. Mais l'aventure du Pacifique – si aventure il devait y avoir ! – était tentante.

– Je dois réfléchir, conclut-elle prudemment.

– Tommy ?

– J'ai une mission à remplir. Cette histoire n'est pas la mienne. Sauf si le capitaine Blunt en décide autrement. Et encore...

– Et vous, monsieur Nora? interrogea Noémie.

– Moi, ma vie est ici à présent. Mais tout peut changer. Depuis que j'habite à New York, je m'interroge.

– Sur quoi ?

– Eh bien par exemple, qui aurait intérêt à maintenir les continents dans l'isolement ? Et à verrouiller les systèmes de communication ?

– Ici, c'est World Media qui contrôle radios et télévisions, constata Chris.

– Exact. Et World Media appartient à Uranus… comme Gatstone.

– Quel rapport avec Laluk et les parents de Flavia et Amalia ?

Noël Nora haussa les épaules.

– Peut-être aucun.

66

Quand la nuit tomba, ils poursuivirent leur course un bon moment à la lueur des phares. Enfin, ils reconnurent une grange où ils avaient fait halte à l'aller et décidèrent de s'y arrêter. Ils tirèrent l'engin à l'abri, refermèrent les portes, se barricadèrent à l'intérieur. Ils dévorèrent leurs provisions. Ils étaient pleins d'une énergie violente, le voyage, la vitesse les avaient grisés et ils eurent du mal à trouver le sommeil.

Ils repartirent très tôt, il faisait à peine jour et le sol était gelé.

Max conduisait avec prudence.

– Nous prendrons de la vitesse quand le soleil sera plus haut et qu'il aura ramolli la croûte de neige, expliqua-t-il.

Le ciel était d'un bleu profond, sans aucune trace de nuages, l'univers était vide.

Soudain, ils entendirent des cris.

– La-luk ! La-luk !

– Les oies ! s'exclama Flavia.

Ils s'arrêtèrent un instant pour les regarder venir. Les oies des neiges traçaient dans le ciel un grand V blanc et soyeux et elles avançaient infatigablement, battant l'air de leurs larges ailes, le cou tendu vers un but connu d'elles seules.

– Elles nous ont rattrapés pendant la nuit, dit Flavia. Et même si nous les distançons encore, elles nous rejoindront.

Le paysage avait changé.

À présent, sous la conduite experte d'Anita, la motoneige filait sur une plaine dont la surface tranquille était parfois bosselée d'un monticule que l'engin avalait sans ralentir.

Ils ne parlaient plus.

Dans le cockpit, la tension montait.

Ils approchaient et bientôt ils sauraient s'ils avaient gagné leur pari, si le *Samantha* était toujours là.

C'est Roberto qui l'aperçut le premier.

Il était assis à côté d'Anita et il tendit le bras.

Max et Flavia se jetèrent en avant pour mieux voir et leurs têtes se cognèrent.

– Ouille ! dit Flavia en se frottant le front.

– Désolé, mademoiselle Flavia ! Désolé ! s'excusa Max.

Sa voix tremblait d'excitation.

Le *Samantha* avait l'air de flotter sur la neige. Ses trois mâts se dressaient fièrement au-dessus du sol et, à l'avant, une voile minuscule commençait à se gonfler.

– Il est en train d'appareiller ! hurla Max. Vite, mademoiselle Anita, pleins gaz !

Anita appuya sans hésiter sur la manette et la motoneige bondit à l'assaut d'un mamelon, tandis que Flavia, secouée par l'accélération, s'agrippait au siège de Roberto.

Un étrange spectacle s'offrit à eux.

Le brick goélette se dressait sur la neige, la coque maintenue par d'énormes cales de bois, et deux files d'hommes étaient attelées à l'avant à deux câbles reliés au navire.

À bord, on distinguait quelques silhouettes dont une, plus grande que les autres, qui, de toute évidence, dirigeait l'opération.

– Ils sont en train de le haler vers le chenal, murmura Max. Nous arrivons juste à temps !

Leur irruption provoqua un certain flottement parmi les hommes occupés à tirer le bateau, qui se redressèrent soudain pour observer ce curieux engin sorti de nulle part.

Anita stoppa la motoneige tout près du *Samantha*, déverrouilla le cockpit et ils sautèrent au sol.

– Qu'est-ce que ça signifie ! tonna la voix du capitaine Blunt. Qui vous a dit de vous arrêter ? Tirez, tirez ! La marée n'attendra pas !

Flavia sourit tandis qu'une bouffée d'un bonheur puissant l'envahissait.

Déjà Max courait vers le navire.

– Capitaine ! Capitaine ! Attendez !

– Max ! Si tu veux profiter du voyage, il faut te dépêcher ! hurla le capitaine Blunt.

– Je ne suis pas seul, capitaine ! Je ne suis pas seul !

– On fait une pause ! annonça le capitaine. Trois minutes, pas plus ! Restez à vos postes !

Un colosse emmitouflé dans une ample pelisse s'approcha en marmonnant :

– Qu'est-ce que c'est que ce...

Flavia se jeta à son cou.
– Oncle Jean ! Qu'est-ce que je suis contente ! Qu'est-ce que je suis contente !
– Flavia ! Mais qu'est-ce que tu fais là ? Et cet engin, c'est quoi ? Ah ! Il y a aussi Anita, Roberto... Et Max !
– Bon alors, il se passe quoi, là ? fit le capitaine. On ne peut pas attendre !
– On n'a pas le temps de te raconter, oncle Jean, dit Flavia. Écoute-moi bien. Je repars en Amérique, je vais rejoindre Chris et faire la connaissance d'Amalia, ma sœur jumelle.
– Ta... quoi ???
– Max, si tu veux partir avec nous, monte à bord, c'est un ordre ! appela le capitaine Blunt.
– J'arrive, capitaine ! Mademoiselle Flavia, si vous voulez partir, c'est tout de suite.
– Je viens, répondit Flavia. Oncle Jean, tu mets cette motoneige à l'abri et tu t'assures que personne n'y touche, tu entends, personne, jusqu'à ce que je revienne. Anita va t'expliquer... Anita ?
Flavia fit un tour sur elle-même, perplexe.
Anita et Roberto étaient debout côte à côte au pied du *Samantha* et, le nez levé vers le bastingage qui se dressait à plusieurs mètres au-dessus de leurs têtes, ils observaient un marin dérouler une échelle de corde.
– Anita ! répéta Flavia en approchant.
– C'est là-dessus que tu vas traverser l'océan ? questionna Anita sans la regarder.
– Oui. Anita, je voulais te dire...

– T'en penses quoi, Roberto ? l'interrompit la jeune fille.

Roberto s'approcha et aida Max à ajuster l'échelle de corde à la coque du *Samantha*. Quand il se redressa, un grand sourire illuminait son visage.

– D'accord, accepta Anita.

Max commença à grimper les échelons et, quelques instants plus tard, deux marins l'aidaient à se hisser à bord.

Aussitôt, Roberto entreprit de grimper à son tour.

– Anita… fit Flavia, le cœur battant.

Elle se tourna vers Jean, le visage illuminé de bonheur.

– Oncle Jean, je ne vais pas pouvoir t'en dire plus et je crois qu'Anita non plus. Promets-moi pour la motoneige. Promets-le-moi, c'est très important.

– Je te le promets, Flavia. Je la mettrai à l'abri, je la couvrirai, personne n'y touchera. Mais toi…

Anita montait à son tour le long de la coque.

– Moi… Je t'enverrai une sterne voyageuse pour te raconter, lança-t-elle soudain.

– Une sterne voyageuse ?

– Oui. Tu verras.

– Flavia !

– Je dois y aller. Oncle Jean, embrasse-moi.

– Bonne chance, mon petit. Bonne chance. Et reviens !

– Flavia !

Flavia se précipita vers le navire, et, d'un geste décidé, empoigna les montants de l'échelle de corde. Elle eut à peine le temps de rejoindre le bord, déjà le capitaine Blunt ordonnait :

– La pause est finie ! Tirez ! Tirez !

Les hommes se remirent au travail et Anita, Max, Roberto et Flavia sentirent le *Samantha* s'ébranler. Il glissait très doucement sur la neige dans un crissement qu'ils percevaient à peine tandis qu'à terre les hommes écartaient au fur et à mesure les étais qui le soutenaient.

Puis il prit un peu de vitesse tout en restant bien droit. Le chenal s'ouvrait devant, très proche. Le capitaine était dressé à la proue, guettant les opérations. Les deux files d'hommes s'engagèrent chacune d'un côté du chenal en continuant à haler. Le nez du *Samantha* plongea vers l'avant.

– Tirez ! Tirez ! Encore !

Puis :

– Lâchez tout !

Les câbles tombèrent en zigzaguant sur la neige, les hommes s'éparpillèrent et le *Samantha* entra dans l'eau majestueusement.

– Larguez le foc ! hurla le capitaine. La barre droit devant !

Le *Samantha* accéléra et les hommes se mirent à courir sur la berge en poussant des vivats. Les marins s'activaient sous les ordres du capitaine Blunt qui passait d'un bord du bateau à l'autre, affairé. Anita et Roberto observaient cette animation avec intérêt.

Flavia était debout à l'avant, les mains crispées sur le bastingage, adressant parfois un petit signe à la lourde silhouette qui les accompagnait depuis la berge. Oncle Jean... Elle aurait voulu parler, se confier... Pas le temps.

Au bout d'un très long moment, le chenal s'élargit. Les hommes étaient loin derrière, ils avaient renoncé à les suivre et Flavia imagina leur retour vers les grottes.

Ils allaient ramasser les câbles, les billes de bois qui avaient soutenu le brick goélette, remiser la motoneige, commenter cette extraordinaire journée.

Un grand souffle de vent chargé d'embruns balaya le pont du *Samantha*, ébouriffant les cheveux de Flavia. Roberto respira profondément, les yeux fermés. Le bateau tangua.

– Qu'est-ce que... commença Anita.

Elle ne poursuivit pas, guettant avec son corps les mouvements du navire qui craquait alors que les premières vagues de l'océan venaient le prendre pour l'emporter.

– Hissez les voiles ! hurla le capitaine.

Les voiles se déployèrent d'un coup, immenses, éblouissantes. Le *Samantha* s'inclina sous le vent et commença à virer, les vagues se creusèrent, mais l'océan restait paisible. Derrière eux, les côtes s'éloignaient à vive allure, ils ne se retournèrent pas.

– Avec le cirque, dit enfin Anita, nous avons circulé dans l'Europe entière. Nous avons franchi des montagnes, traversé des forêts, parcouru des plaines et des plateaux, longé des fleuves… Nous n'avons jamais navigué sur l'océan.

Flavia lui serra la main.

Roberto leva le bras et désigna le ciel.

Elles étaient devant eux en formation de vol et elles criaient joyeusement :

– La-luk ! La-luk !

– Des oies des neiges ! fit le capitaine Blunt.

– Elles viennent avec nous, commenta Flavia.

– Il n'y a jamais eu d'oies des neiges en Europe, observa le capitaine Blunt.

– Ça a changé.

– Je vois. Il va falloir que tu m'expliques un certain nombre de choses, Flavia.

– Vous aussi, capitaine Blunt !

– Plus tard. Pour l'instant, il faut avancer !

Il leur tourna le dos et Max le suivit.

Anita, Roberto et Flavia restèrent là, contemplant sans se lasser le spectacle du ciel et de l'océan, habituant leur corps au balancement du *Samantha* sur les vagues.

– Ce roulis, Pachek n'aurait pas aimé, dit Anita.

Et elle sourit à Flavia.

OCEANIA

Une trilogie d'Hélène Montardre

Tome 1

LA PROPHÉTIE DES OISEAUX

Tome 2

HORIZON BLANC

Tome 3

SUR LES AILES DU VENT

L'AUTEUR

Hélène Montardre est née en 1954 à Montreuil, mais ses racines se trouvent dans les monts du Forez. Après le bac, elle poursuit des études d'anglais qui la conduisent jusqu'à une thèse de doctorat.

Petite, elle voulait écrire, voyager, avoir des enfants. Cela ne correspondait à aucun métier précis. Alors elle en a exercé plusieurs : assistante de direction, guide culturel, éditrice...

Les voyages ? Ils ont toujours fait partie de sa vie.

Les enfants ? Elle a deux filles.

L'écriture ? L'écriture a toujours été une certitude, un fil conducteur, un besoin, le seul moyen qu'elle ait trouvé pour transmettre rêves, envies, espoir, mais aussi la force et la fragilité de la vie et de la mémoire. Ses livres, romans, albums, contes, documentaires – une cinquantaine publiés à ce jour – s'adressent à tous ceux qui ont envie d'y mettre leur nez.

Depuis 1981, Hélène Montardre vit dans la région toulousaine. Mais elle s'en échappe souvent pour rencontrer ses lecteurs, voyager, ou retrouver le Forez, les « Monts du Soir » où naissent ses idées de romans.

L'ILLUSTRATEUR

François Baranger est un graphiste touche-à-tout qui officie dans de nombreux domaines allant de l'édition au cinéma, en passant par le jeu vidéo. Il a également publié quelques bandes dessinées.
Ses autres travaux sont visibles sur son site :
www.francois-baranger.com

Retrouvez

OCEANIA

sur le site :

www.lesmondesimaginairesderageot.fr

Achevé d'imprimer en France en mars 2010
par CPI Hérissey à Évreux (Eure)
Dépôt légal : avril 2010
N° d'édition : 5156 - 02
N° d'impression : 113699